Im Kloster von Madrigal erhält die Äbtissin María Esperanza einen Brief von Papst Julius II: Sie sei eine uneheliche Tochter Ferdinands V. – des Katholischen Königs, der die Mauren aus Spanien vertrieben und die Expeditionen des Christoph Kolumbus ausgerüstet hat. Der Name ihrer Mutter ist nicht vermerkt. María Esperanza, die bis dahin dachte, sie sei ein namenloses Findelkind, hat nur noch ein Ziel: Die Frau zu finden, die ihr das Leben geschenkt hat. Sie verlässt ihr Kloster in Kastilien und macht sich auf eine Reise, deren Ziel nur Gott kennt …

Toti Lezea, geboren 1949 in Vitoria, ist mit ihren historischen Romanen die bekannteste Autorin des Baskenlandes. Sie hat zahlreiche Literaturpreise erhalten und lebt mit ihrer Familie in der Biskaya. Im Krüger Verlag ist ihr neuer historischer Roman ›Die Heilerin‹ erschienen.

Unsere Adresse im Internet: www.fischerverlage.de

Toti Lezea

Die Äbtissin

Roman

Aus dem Spanischen von
Lisa Grüneisen

Fischer Taschenbuch Verlag

Veröffentlicht im Fischer Taschenbuch Verlag,
einem Unternehmen der S. Fischer Verlag GmbH,
Frankfurt am Main, November 2005

Die Originalausgabe erschien 2002 unter dem Titel
»La Abadesa« im Verlag Maeva Ediciones, Madrid

Landkarte: Kartengrafik Thomas Vogelmann, Edingen
Satz: Pinkuin Satz und Datentechnik, Berlin
Druck und Bindung: Nørhaven Paperback A/S, Viborg
Printed in Denmark
ISBN 3-596-15910-5

Für Edurne

Für Paco, Carmen, Ángel, Pablo und Kontxi
in Dankbarkeit für ihre Hilfe und Unterstützung

Bilbao, Sommer 1476

Toda de Larrea sah aus dem Fenster ihres Hauses, des Turms Etxeberri an der Ecke zur Carnicería Vieja, um das Eintreffen des königlichen Gefolges zu beobachten.

»Sie kommen! Sie kommen!«

Auf ihr Geschrei hin eilten ihre Mutter und ihr Bruder herbei und versuchten sich einen Platz an dem schmalen Fensterchen zur Plaza zu erobern.

»Sei vorsichtig, Toda!«, rief Doña Mayor, als sie sah, wie sich ihre Tochter über die Brüstung lehnte.

Ihr Bruder Pedro packte sie um die Taille und stellte sie mit den Füßen auf den Boden.

»Da kommt der König!«

Der Thronfolger von Aragón und Mitregent von Kastilien, Don Ferdinand, zog in die Stadt ein, um im Namen seiner Gemahlin den Schwur auf die Fueros abzulegen, die Rechte und Privilegien der Grafschaft. In ihrem jungen, fünfzehnjährigen Leben war Toda noch nie Zeugin eines solchen Ereignisses geworden, doch sie war nicht die Einzige, die aufgeregt war. Die gesamte Bevölkerung war es aus dem einen oder anderen Grund. Die Stadtväter, weil der Aufenthalt des Königs in Bilbao das größte Ereignis war, das stattfinden konnte; die Anführer der einzelnen Adelsgeschlechter, weil sie die Waage der Privilegien zu ihren Gunsten neigen wollten; die Händler und Krämer, die während der Feierlichkeiten auf fette Einkünfte hofften; und das Volk, das für ein paar Tage seine Nöte und Sorgen vergessen konnte, um auf Kosten des Stadtsäckels zu feiern, zu tanzen und zu trinken.

Es hatte erbitterte Machtkämpfe gegeben. Die Adelshäuser hatten einander die Ehre und das Recht streitig gemacht, den Empfang für Don Ferdinand auszurichten. Die Ratsherren und die besonneneren Mitglieder der beiden Parteien, die sich die Regierung der Stadt streitig machten, mühten sich vergeblich, die erhitzten Gemüter zu besänftigen. Der Zwist griff auf Straßen, Schänken und öffentliche Plätze über, und es verging kein Tag ohne Fehden mit Verletzten und gar Toten, verursacht durch den abgrundtiefen Hass, den Gamboinos und Oñacinos gegeneinander hegten.

»Es ist wie so oft nur ein Vorwand, um dem unbegreiflichen, seit Generationen schwelenden Hass unter den Adligen der Biskaya freien Lauf lassen zu können. Dabei sollte deren vorrangiges Interesse doch das Wohl ihres Landes sein«, bemerkte Pedro de Larrea zu seiner Mutter und seiner Schwester.

Auch er war bei einigen der Händel dabei gewesen, wie es seine Verwandten von ihm verlangt hatten, insbesondere Tristán Díaz de Leguizamón, der allmächtige Anführer der Oñacinos, des Adelsgeschlechts, dem auch die Larreas angehörten. Sein Wort war Gesetz, und die meisten seiner Parteigänger leisteten ihm Folge, ohne es infrage zu stellen, denn es ging um weitaus mehr als nur die Ehre oder die Verteidigung des guten Namens: Die Bestätigung der Zollrechte und des Rechts auf Handel mit fremden Ländern, der Warenhandel und die Betreibung der Schmieden, die Freizölle, Wegerechte, Hafenzölle und sonstigen Steuern; Pachtzinsen, die Ausbeutung der Minen, die Einsetzung von Ämtern und Präbenden, Privilegien, Freibriefe und vieles mehr waren Sache des Königs. Darum ging es den in Bilbao residierenden Adelsherren. Wer die meisten Rechte erhielt, würde reicher sein als die anderen und die größte

Macht haben. So war es immer gewesen und so würde es auch weiterhin sein.

Dieses Mal obsiegte die Partei der Oñacinos. Leguizamón, Butrón, Arbieto, Arbolantxa und weitere führende Männer machten sich daran, den Empfang für den König vorzubereiten. Hunderte von Kapaunen, Hühnern, Zicklein, Seebarschen und Doraden wurden gekauft und eingesalzen; Gewürze, Honig und Weizen zur Herstellung von Brot und Naschwerk herbeigeschafft; Früchte aller Art, um sie frisch und eingekocht zu verzehren; Eier, Milch, Apfelwein; und Wein, der in großen Fässern aus der Rioja, aus Bordeaux und La Rochelle eintraf. Das alles, natürlich, zu Lasten der Grafschaft. Don Ferdinand würde im Turm Arbieto logieren und die Tage, die der Kronprinz in der Stadt weilte, wurden zu Festtagen erklärt. Es würden Feierlichkeiten stattfinden, Feuerwerke, Tänze, Spiele, alles, was einer so hohen Persönlichkeit für angemessen erachtet wurde. Niemand, der diese Lustbarkeiten miterlebte, sollte jemals vergessen, dass ihm das Privileg zuteil geworden war, eines der mächtigsten Fürsten der Christenheit ansichtig zu werden.

»Dort! Dort!«

Ein Raunen ging durch die Zuschauer. Hinter den Hellebardieren, Soldaten zu Fuß und zu Pferde sowie Schildknappen mit den königlichen Standarten erschien Don Ferdinand auf einem herrlichen Araberpferd, begleitet von den Granden des Reiches. Er war zu jenem Zeitpunkt vierundzwanzig Jahre alt und galt als der attraktivste Mann in beiden Königreichen, sowohl in Aragón, dessen Thronfolger er war, als auch in Kastilien, das er mitregierte. Indes hätte selbst der bescheidenste aller Männer attraktiv gewirkt, hätte er ein scharlachrotes, mit goldenen Blüten durchwirktes Wams getragen und darunter ein linnenes Hemd mit

Manschetten und Spitzenkragen; dazu gleichfalls samtene, zum Wams passende Beinkleider sowie Reitstiefel mit silbernen Sporen; und schließlich eine schwere Kette aus massivem Gold auf der Brust sowie einen mit Federn und Perlen besetzten Hut. Sein Ruf als siegreicher Feldherr und listiger Herrscher war ebenso in aller Munde wie sein Hang zu Bettgeschichten, und es war schwer zu entscheiden, was von beidem größere Neugier auf seine Person weckte, bei den Männern nicht anders als bei den Frauen. Die Pagen, die vor ihm hergingen, warfen Silber- und Kupfermünzen unters Volk, das die Gabe mit aufbrandenden Begeisterungsrufen entgegennahm.

Toda hielt es nicht länger aus und eilte die Treppe hinunter, um den Zug aus der Nähe zu betrachten. Weder die Rufe ihrer Mutter noch der Versuch ihrer Amme Andresa, sie zurückzuhalten, fruchteten etwas. Noch bevor der Prinz vom Pferd gestiegen war und sich mit den Ellenbogen einen Weg durch die Menge zu bahnen versuchte, stand sie auf der Plaza. Eine eiserne Hand packte sie am Arm.

»Darf man wissen, wo du hinwillst?«

Toda fuhr wütend herum, aber ihr Zorn wich einem Lächeln, als sie sah, dass der Mann, der sie zurechtwies, ihr nur um wenige Jahre älterer Verlobter Martín Sánchez de Arana war.

»Hast du das gesehen, Martín?«, fragte sie zurück und stellte sich auf die Zehenspitzen, um besser sehen zu können. »Hast du schon einmal etwas so Außergewöhnliches gesehen?«

»Dies ist kein Ort für ein junges Mädchen, das in wenigen Monaten heiraten wird«, antwortete der Junge, um Strenge bemüht.

»Ach, papperlapapp! Ein solches Ereignis wird es so

bald nicht wieder geben. Lass uns sehen, ob wir ein bisschen näher herankommen!«

Martín Sánchez de Arana ließ sich davonziehen. Er konnte dem quirligen Mädchen, das man ihm bestimmt hatte, nichts abschlagen. Sie kannten sich von Kindesbeinen an, und seit er denken konnte, hatten sie sich immer gern gehabt. Die glückliche Entscheidung ihrer Familien, sie zu vermählen, erschien ihnen beiden so natürlich wie das Leben selbst. Drückend und schiebend verschafften sie sich Platz, um das Zeremoniell zu verfolgen, das vor dem Portal de la Tendería stattfand. Don Ferdinand schwor auf die Fueros und verpflichtete sich im Namen seiner Gemahlin, der Königin Isabella von Kastilien, getreulich die Freiheiten, Sitten und Gebräuche der Provinz zu achten. Dann überreichte man ihm die Schlüssel der Stadt, und ein ohrenbetäubender Jubel brandete ringsum auf. Von nun an war Doña Isabella als Herrscherin der Biskaya anerkannt, und ihre neuen Untertanen schworen ihr Gefolgschaft. Martín und Toda nutzten den Trubel, um sich bei den Händen zu fassen und einander Liebesschwüre zuzuraunen. Die Berührung ihrer Körper drängte sie zu größeren Liebesbeweisen, doch sie mochten keinen Anlass zu Gerede geben und begnügten sich damit, einander zuzulächeln, ohne der Zeremonie große Beachtung zu schenken. Tristán Díaz de Leguizamón leitete gemeinsam mit dem Richter, den Stadtvätern, Ratsherren und führenden Männern Bilbaos die Zeremonie, doch seine Überheblichkeit machte sehr deutlich, dass er, und nur er, die Geschicke der Stadt lenkte. Nach dem Treueid und den darauf folgenden Handküssen begab sich die Gesellschaft ins Rathaus, wo ein derart opulentes Bankett bereitet war, wie man es seit vielen Jahren nicht gesehen hatte.

Alle bedeutenden Persönlichkeiten der Biskaya waren geladen, auch die Zurbaráns, die Basurtos, die Abendaños und weitere Anführer der Gamboinos, die indes weit genug entfernt platziert wurden, um keinen direkten Zugang zum Prinzen zu haben. So beschnitt man auf subtile Weise ihren Einfluss auf die Geschicke der Grafschaft. Die Zahl der Gäste überschritt die fünfhundert. Zehn Köche und eine endlose Reihe von Helfern und Küchenjungen bereiteten Speise um Speise, welche von jungen Mädchen aus den besten Familien der Oñacinos aufgetragen wurden. Toda befand sich unter ihnen.

Während dieses Banketts wurde Don Ferdinand auf sie aufmerksam. Jeder wusste um seine Schwäche für das weibliche Geschlecht. Sein bereits in jungen Jahren erworbener Ruf als feuriger, unersättlicher Liebhaber eilte ihm voraus, und seine Abenteuer waren in aller Munde. Sein Erfolg bei den Frauen, der als Beweis seiner außerordentlichen Männlichkeit angesehen wurde, gab Männern wie Frauen Anlass zu Neid und Bewunderung. Das junge Mädchen zu sehen, das ihm so munter, fröhlich und liebreizend aufwartete, und sich für es zu begeistern, war eins. Wenn sie zu ihm trat, um ihn zu bedienen, ließ er sich keine Gelegenheit entgehen, ihr eine Schmeichelei zu sagen, sie bei der Hand zu fassen oder den Arm um ihre Taille zu legen. Toda lachte, wie sie es immer tat, und lief zu Martín, der sie am anderen Ende des Saales nicht aus den Augen ließ und immer ungehaltener wurde, je vertraulicher die Gesten des Mitregenten wurden.

Draußen auf der Plaza vergnügte sich das gemeine Volk, die Leute sangen und tanzten zum Klang der Schalmei und der Schellentrommel. Drinnen nahm das Mahl durch die Hitze, die gewürzten Speisen und den vielen Wein, Apfelwein und andere Getränke, die immer wieder großzügig in die leeren Becher der Gäste eingeschenkt wurden, die Ausmaße eines Bacchanals an. Don Ferdinand blieb zurückhaltend, denn er war ein maßvoller Esser und Trinker, doch er ließ Toda nicht aus den Augen, die, vor Hitze glühend, ihr Hemd geöffnet hatte und den Ansatz jugendlicher, kleiner, fester Brüste erkennen ließ.

Das Interesse des Prinzen blieb nicht unbemerkt. Tristán Díaz de Leguizamón, der auf jede Geste und jede Regung Don Ferdinands achtete, folgte mit seinem Blick demjenigen des Königs. Rasch merkte er, dass Don Ferdinand seine junge Verwandte kennen zu lernen wünschte. Diesem Wunsch nachzukommen, so dachte er treffend, würde ihm und seiner Familie zweifelsohne große Vorteile einbringen. Eine solche Gelegenheit, im wahrsten Sinne des Wortes auf dem Silbertablett serviert, durfte man sich nicht entgehen lassen. Als das Bankett zu Ende war, rief er Toda in einen Nebenraum, während die Gäste aus dem Festsaal zu strömen begannen, um zum Ausklang das Feuerwerk zu betrachten, das von der anderen Flussseite im alten Teil von Bilbao gezündet wurde.

»Toda«, begann er ohne Umschweife, »Seine Hoheit ist sehr zufrieden mit dem Bankett, das wir für ihn ausgerichtet haben, und mehr noch, er hat ein Auge auf dich geworfen. Dies ist zweifellos eine große Ehre bei einem Mann, der daran gewöhnt ist, sich mit den schönsten Frauen des Landes zu umgeben.«

Das Mädchen lächelte schüchtern, ohne genau zu verstehen, was man von ihm erwartete.

»Es ist unsere notwendige Pflicht«, fuhr Leguizamón fort, ohne mit der Wimper zu zucken, »seinen Aufenthalt bei uns so angenehm wie möglich zu gestalten. Da er deine Bekanntschaft zu machen wünscht, wirst du die heutige Nacht im Turm Arbieto verbringen.«

Toda begann zu begreifen, worauf das Oberhaupt ihrer Linie hinauswollte, und ihre Augen weiteten sich vor Entsetzen.

»Wollt Ihr damit sagen«, stammelte sie, »dass ich die Nacht mit ihm verbringen soll?«

»So ist es. Du wirst deiner Familie damit einen großen Dienst erweisen und dazu beitragen, dass unsere Beziehungen zur Krone fruchtbar und freundschaftlich sind.«

»Hat er das angeordnet?«

»Natürlich nicht! Ein König braucht nichts anzuordnen, um die Übrigen wissen zu lassen, was er wünscht.«

»Aber … ich kann das nicht tun!«, rief sie entsetzt. »Wie könnt Ihr mir einen solchen Vorschlag unterbreiten? Ihr seid das Familienoberhaupt und habt für all Eure Verwandten Sorge zu tragen …«

Tristán Díaz de Leguizamón begann ungeduldig zu werden. Er war nicht daran gewöhnt, dass sich die Mitglieder seines Hauses seinen Entscheidungen widersetzten, schon gar nicht so ein junges Ding, das er mit einem Handstreich von der Erde tilgen konnte. Mehr als einer war wegen wesentlich Geringerem gestorben.

»Genau das tue ich«, ließ er sich dazu herab zu erklären: »Meine Angehörigen und ihre Interessen vertreten, auch die deinen.«

»Aber ich bin Martín Sánchez de Arana versprochen«, beharrte das Mädchen schwach. »Im Herbst soll die Hochzeit sein.«

Tränen rannen über ihr Gesicht, und sie sprach unter Schluchzen und Klagen.

»Jeder von uns dient der Familie, so gut er es versteht.«

Leguizamóns Ton ließ keinen Widerspruch zu. »Unsere Männer lassen in Kriegen und Fehden ihr Leben oder werden zu Krüppeln, sie verlieren ihr Vermögen und sehen ihren Grund und Boden in Flammen aufgehen. Die Ehre einer Frau gilt viel weniger als das Leben eines Mannes, und es ist keine Schande, sondern eine Auszeichnung, von einem so mächtigen Herrn auserkoren zu werden.«

»Ich werde es nicht tun!«, erwiderte Toda wütend. »Ich bin keine Dirne, die das Bett eines Mannes wärmt und möge er von noch so hohem Rang sein!«

Die Antwort des Familienoberhaupts bestand in einer schallenden Ohrfeige. Das Mädchen taumelte gegen die Wand und sank dann zu Boden. Leguizamón zog den Dolch aus der Scheide und bohrte die Spitze gegen Todas Wange.

»Und ob du es tun wirst! Du wirst es tun, weil die Umstände es erfordern, sei es in Güte oder mit Gewalt. Hast du verstanden? Andernfalls werde ich dein hübsches Gesichtchen entstellen und dich meinen Männern übergeben. Du wirst weder Martín de Arana noch einem anderen Mann gehören.«

Leguizamón verließ den Raum und schloss die Tür hinter sich. Toda blieb verstört und in tiefster Verzweiflung zurück. Kurze Zeit später wurde sie von Leguizamóns Vertrauten abgeholt und zum Turm Arbieto gebracht.

Am nächsten Morgen und in den darauf folgenden Tagen erfuhr alle Welt, dass Toda die Geliebte des Prinzen geworden war. Jeder konnte es sehen. Während Don Ferdinands Aufenthalt in der Stadt war sie stets an seiner Seite, und danach begleitete sie ihn auf seinem Weg durch die übrigen Städte der Biskaya. Ihrer Mutter und ihrem Bruder gelang es nicht, sich ihr auch nur für einen Moment zu nähern. Tristán de Leguizamón ließ das Mädchen streng bewachen.

Nach zwei Tagen verließ das königliche Gefolge Bilbao und machte sich auf den Weg nach Larrabetzu im Txoriherri-Tal, auch *Dorf der Vögel* genannt, weil es eine waldreiche Gegend war, in der viele Vögel nisteten. Wo sie vorbeikamen, strömten die Anwohner zusammen, um den Zug zu sehen. Mit großen Augen bestaunten sie die in Samt, Seide und Hermelin gekleideten Edelleute auf feingliedrigen Pferden, die ebenso herausgeputzt waren wie ihre Reiter; elegante Damen mit Geschmeiden und kostbaren Kleidern, einige zu Pferde, andere in offenen Wagen, die für den Anlass mit weichen Stoffen und großen Kissen ausgekleidet waren; Kleriker sämtlicher Orden in weißen, schwarzen, braunen und grauen Kutten, das Haar zur Tonsur geschoren; Pagen und Soldaten, Dutzende von Soldaten in schimmernden Rüstungen, die zum Klang der Trommeln vor, hinter und neben dem langen Zug marschierten. Doch die größte Bewunderung der Landbevölkerung, die nie zuvor Gelegenheit gehabt hatte, einen Granden des Landes zu Gesicht zu bekommen, galt Don Ferdinand. In einem Wams aus rotem Damaszener Samt, dazu passenden Hosen, einen kurzen Hermelinumhang um die Schultern geworfen, einen federgeschmückten, mit Edelsteinen besetzten Hut auf dem Haupt, saß der König von Aragón auf seinem Araberhengst, einem Geschenk des Emirs von Marokko, und grüßte lächelnd die Leute, die ihm vom Wegesrand zujubelten. Sie würden diesen Augenblick niemals vergessen und ihn in Erinnerung behalten, um ihren Kindern und Kindeskindern davon zu erzählen.

Pedro de Larrea, dem seine Mutter aufgetragen hatte, Toda nicht aus den Augen zu lassen, ritt in Begleitung weiterer niederer Adliger hinter dem Zug her. Er hielt die Lippen fest zusammengepresst und antwortete kaum auf die Fragen seiner Reisegefährten. Vergeblich versuchte er das Mädchen auszumachen, das auf einem der Damenwagen saß. Er hörte die Jubelrufe der Bauern und dachte, dass diese Leute im Grunde nicht dem Mann zujubelten, der seine Schwester entehrt hatte, sondern den Anführern der biskayischen Adelsgeschlechter, die dort Seite an Seite ritten. Er war überzeugt, dass sie glaubten, die Auseinandersetzungen, die so viel Leid über die Gegend gebracht hatten, seien endlich beigelegt. Die Zurbaráns und die Leguizamóns, die Butróns und die Abendaños, die Salazars und die Marroquíns in Eintracht zusammen zu sehen war etwas, wovon sie immer geträumt hatten, und die Hoffnung auf eine ruhigere Zukunft erfüllte ihre Herzen mit Freude.

Don Fernando schwor in Larrabetzu auf die Fueros und danach in Gernika und Bermeo. Toda de Larrea war stets an seiner Seite. Jedes Mal wenn der Zug anhielt, um Huldigungen entgegenzunehmen, bemerkte ihr Bruder, wie blass sie war, und er sah, dass die Fröhlichkeit aus ihrem stets heiteren Gesicht gewichen war. Aber er bemerkte auch, wie groß ihr Stolz war, denn sie senkte nicht einmal den Kopf, noch zeigte sie ihren Schmerz, wenn sie die schmutzigen Kommentare der Höflinge und sogar einiger ihrer Verwandten hörte.

Eine Woche nach seiner Ankunft verließ der Mitregent von Kastilien die Biskaya, um nach Vitoria weiterzuziehen. Er ließ eine durch seine Unterstützung begünstigte Partei zurück, einen ruinierten Staatssäckel, eine unauslöschliche Erinnerung unter den einfachen Leuten und ein fünfzehnjähriges schwangeres Mädchen, dessen Zukunft höchst ungewiss war.

Madrigal, Sommer 1510

Wie so oft verließ die Äbtissin an diesem Morgen nach den Laudes das Klostergebäude, statt sich in ihrer Zelle ins Gebet zu versenken. Zu ihrer Rechtfertigung sagte sie sich, dass es ihre Pflicht war nachzusehen, ob alles im Kloster seinen geordneten Gang ging, doch sie wusste ganz genau, dass dies nicht der Grund für ihre Fluchten war. Sie genoss ihre einsamen Spaziergänge, während derer sie sich für kurze Zeit frei fühlte, eine Illusion, die in tausend Stücke zersprang, sobald sie wieder das Kloster betrat. Alles war ruhig, nur gelegentlich vom leisen Zwitschern der Vögel durchbrochen, die in den Bäumen im Garten nisteten, oder vom Krähen eines Hahnes in der Ferne, das von einem zweiten weiter weg beantwortet wurde. Nicht einmal Sultan, der große Hofhund, der darüber wachte, dass kein Eindringling den Frieden der Nonnen störte, streckte die Schnauze hervor, als sie an seiner Hütte vorbeikam. Trotz des Hochsommers waren die Morgenstunden in Madrigal kühl und ließen einen durchatmen, bevor sich die drückende Hitze lastend über den Tag legte. Sie sog tief die Morgenluft ein, die den Geruch des frisch geschnittenen Korns herantrug, strich mit den Händen über einige wilde Blumen, die zwischen den Mauerritzen hervorsprossen, und betrachtete lange die Felder, die sich auf der anderen Seite der Mauer erstreckten. Der Tag erschien ihr mühselig, wenn sie nicht diese kurzen Momente völliger Einsamkeit und der Zwiesprache mit der Natur genießen konnte.

Als die Glocke zur Terz rief, kehrte sie eilig um und mischte sich unter die Nonnen, die ohne einen Blick, ohne ein Wort der Kapelle zuströmten. Sie nahm ihren Platz im

Chorgestühl ein und gab mit einem leichten Kopfnicken das Zeichen, mit der Messe zu beginnen.

Seit fünfundzwanzig Jahren lebte sie hinter diesen Mauern. Nur wenige ihrer Mitschwestern wussten, wie alt sie waren. Sie hingegen kannte ihr Geburtsdatum, weil sie ein Marienmedaillon um den Hals trug, auf dessen Rückseite ihr Name stand, María Esperanza, und ein Datum, der 15. April 1477. Folglich war sie dreiunddreißig Jahre alt. Draußen in der Welt wäre sie bereits eine reife Frau gewesen, im klösterlichen Leben jedoch war sie noch jung, denn die meisten Nonnen erreichten durch das beschauliche, zurückgezogene Leben im sicheren Hort des Konvents ein sehr hohes Alter, nicht zuletzt deshalb, weil es dort nie an einem Teller Suppe mangelte. Es war eine Ehre, in so jungen Jahren Äbtissin zu werden, und sie hatte dieses Amt seit fünf Jahren inne. Wieder einmal fragte sie sich nach dem Grund für diese Ehre, denn das Amt war Frauen aus adligen Familien oder von tiefster Frömmigkeit vorbehalten, und sie hatte weder das eine noch das andere vorzuweisen. Sie konnte sich nicht mit Doña María Díaz vergleichen, der Dame, die das Kloster gegründet hatte, einen Ort der Beschaulichkeit inmitten der gehetzten Welt, noch besaß sie den Opfergeist der frommen Mathilde, die sich harten Bußen und Kasteiungen unterwarf, um Gottes Gegenwart in ihrer Seele zu spüren.

Aus welchem Grund war sie hier? Sie konnte sich nicht erinnern. Einige der Nonnen waren als Neugeborene vom Kloster aufgenommen worden. Normalerweise handelte es sich um Mädchen aus bitterarmen Familien, die ihre Töchter vor der Tür des geweihten Ortes ablegten, um so ihr Überleben zu sichern. Andere wiederum waren Früchte illegitimer Liebschaften, deren Eltern ihre Ehre nicht aufs

Spiel setzen wollten. Die meisten indes waren als junge Mädchen in den Orden eingetreten, weil ihre Familien es so entschieden hatten, und unterhielten mittels Briefen und Besuchen Beziehungen zu den Ihren. Sie hingegen wusste weder, woher sie kam, noch, wer ihre Eltern waren. Manchmal versuchte sie sich an die ersten sieben Jahre ihres Lebens zu erinnern, doch es gelang ihr kaum. Ein paar Schemen, mehr nicht. Ihre Erinnerungen verloren sich mit dem Moment, in dem sie die Schwelle des Klosters überschritt.

Ihr Blick fiel auf die Hauswirtschafterin. Diese war ein Findelkind wie sie. Beide waren sie mit sechs oder sieben Jahren ins Kloster gekommen, sie waren gemeinsam aufgewachsen, gemeinsam hatten sie den Schleier genommen, und sie hatten sogar den gleichen Namen, fast das gleiche Alter und eine gewisse äußere Ähnlichkeit, über die sie manchmal lachen mussten. Aber während die Hauswirtschafterin ein sanftmütiges Wesen hatte und gut geeignet war, die Bücher zu führen, musste sie ständig mit sich ringen, um das Temperament zu zügeln, das in ihr schlummerte und das sie zu verbergen gelernt hatte. Wie oft hatte sie ihre Meinung für sich behalten? Wie oft hatte sie verschweigen müssen, was sie wirklich dachte? Die Disziplin, die Gebete, der Gehorsam hatten ihr einiges abverlangt. Hätte sie die Wahl gehabt, niemals wäre sie Nonne geworden. Doch was konnte eine Frau ohne Familie schon tun? Wohin hätte sie gehen sollen?

Die Nonnen sahen sie ein wenig verwundert an. Ihr wurde bewusst, dass die Messe zu Ende war und sie den Segen erteilen musste. Spöttisch dachte sie, dass ihre arglosen Mitschwestern in ihrem schlichten Gemüt wahrscheinlich annahmen, dass sie zu sehr ins Gebet vertieft war. Nach dem Segen gab sie ihnen ein Zeichen, dass sie die Kapelle verlassen konnten. Sie wartete, bis alle gegangen waren, und sah zu, wie eine nach der anderen hinausging, genauso schweigsam, wie sie gekommen waren. Dann setzte sie sich wieder. Tag für Tag wiederholte sich die gleiche Zeremonie, die gleichen Gebete, die gleichen Gesten, der gleiche Tagesablauf … und genauso schweigsam, wie sie gelebt hatten, würden sie sterben und durch andere ersetzt werden. Alle gleich.

Anders als in anderen Ordenshäusern befolgte man im Kloster Nuestra Señora de Gracia de las Agustinas de Madrigal getreulich die Ordensregel des heiligen Augustinus: Gebet, Schweigen und Gehorsam. Hier gab es keine vornehmen, von Zofen umgebenen Damen, die nach Belieben ein- und ausgingen, als handelte es sich um eine Sommerfrische und nicht um ein Kloster. Nur gelegentlich akzeptierte man die Anwesenheit einer Dame aus dem Adel, die aufgrund ihrer Witwenschaft oder anderer Unbilden des Lebens darum bat, sich für kurze Zeit zurückziehen zu können, und dies immer auf Vermittlung des Königshauses, unter dessen Schirmherrschaft das Kloster stand.

Bis zu ihrem Tod vor mittlerweile fünf Jahren hatte Ihre Katholische Hoheit Königin Isabella von Kastilien ein besonderes Interesse an der Klostergründung von Madrigal gezeigt.

Eine seltsame Frau, diese Königin, dachte sie.

Als sie der Königin zum ersten Mal begegnet war, hatte sie ihren stechenden Blick auf sich ruhen gespürt. Sie war erst zwölf Jahre alt gewesen. Anders als man ihr geraten hatte, hatte sie aufgeblickt und war dem eisblauen, schneidenden

Blick Isabellas begegnet, der in Kontrast zu dem engelsgleichen Lächeln stand, das sie ihr schenkte.

Die Königin kam gelegentlich nach Madrigal, wo sie im Palast ihres Vaters, König Johanns II., logierte. Dort war sie geboren und hatte lange Jahre ihrer Kindheit verbracht. Der Palast erhob sich stolz über dem kleinen kastilischen Ort, doch seit vielen Jahren lebte niemand mehr darin als ein paar Bedienstete. Die Vernachlässigung und vor allem die seltene Nutzung hatten sowohl an der Fassade als auch im Inneren ihre Spuren zu hinterlassen begonnen. Der einstmals wundervolle, blühende Garten hatte sich in ein dichtes Gestrüpp aus Unterholz und Unkraut verwandelt, das über die Mauern wucherte und in dem Schlangen und Maulwürfe hausten. Manchmal hieß es, dass Doña Isabella darüber nachdenke, den Palast wieder herrichten zu lassen und eines Tages an diesem herrlichen Ort zu residieren, der so viele Erinnerungen an ihre glückliche Kindheit in Gesellschaft ihrer Eltern und ihres Bruders barg. Doch neue Burgen und Paläste, zum höheren Ruhm des Königreiches errichtet, zögerten die Arbeiten immer wieder hinaus.

Bei einem ihrer Besuche in Madrigal hatte die Königin den Wunsch geäußert, zwei der Novizinnen zu sehen, *die beiden Marías*, wie sie liebevoll von den Nonnen genannt wurden. Zunächst sie, weil sie die Ältere war.

»Das ist also María?«, hatte sie an die Äbtissin gewandt gefragt.

»So ist es, Euer Hoheit. María Esperanza, *die Ältere*«, hatte die Äbtissin im Flüsterton geantwortet.

»Sie wirkt nicht sehr kräftig. Ist sie bei guter Gesundheit?«, hatte die Königin wissen wollen. »Leidet sie an Rachitis oder Krätze?«

Die Äbtissin schien beleidigt.

»Nein, Euer Hoheit. Alle unsere jungen Novizinnen erfreuen sich bester Gesundheit. Gott sei Dank! Das Leben in unserem Hause ist sehr gesund, saubere Lebensmittel, Bewegung, Arbeit, Gebet …«

»Gewiss doch, Frau Äbtissin. Wir sind überzeugt, dass alles so ist, wie Ihr es sagt. Euer Garten gemahnt an den Garten Eden.« Und mit einem Hauch von Ironie in der Stimme setzte sie lächelnd hinzu: »Falls es im Garten Eden Gemüse gab.«

Die Ordensfrau erwiderte das königliche Lächeln, das ihr die Ruhe wiedergab. Es war ihre größte Sorge, alles zum Gefallen ihrer großzügigen Gönnerin zu bestellen, ohne deren finanzielle Unterstützung das Leben im Kloster in der Tat äußerst schwierig gewesen wäre. Mit der gewohnten Handbewegung, mit der sie Bedienstete und einfaches Volk entließ, erklärte die Königin ihr Interesse für beendet und verlangte die andere zu sehen, María *die Jüngere*.

Bevor María Esperanza den Saal verließ, warf sie einen raschen Blick auf die Herrscherin und stellte überrascht fest, dass diese sie ebenfalls ansah. Sie bemerkte etwas in ihren Augen, das sie erzittern ließ. Groll? Verachtung? Hass vielleicht? Weswegen? Sie hatten sich nie zuvor gesehen. Die große Königin, Herrscherin über die halbe Welt, und die junge Novizin, eine von vielen in den Klöstern Kastiliens, hatten nichts gemeinsam.

Sie sah die Königin erst Jahre später wieder, als sie gerade ihr Gelübde abgelegt hatte und bereits den schwarzen Habit der Augustinerinnen trug.

Doña Isabella weilte erneut für einige Tage in Madrigal, doch diesmal wohnte sie im Kloster. Sie floh die Hitze des Sommers, und vielleicht floh sie auch vor sich selbst und den Gespenstern, die sie quälten. Es war das Jahr des Herrn

1499. Das Jahrhundert neigte sich dem Ende zu und ein neues Jahrhundert sah den großen Veränderungen entgegen, die sich in den letzten Jahren ereignet hatten. Ferdinand und Isabella hatten Kolumbus ausgesandt. Man hatte einen neuen Kontinent entdeckt, und das Gold, das von dort kam, begann die königlichen Truhen zu füllen. Granada war erobert, die Juden waren ebenso wie die Anhänger Mohammeds aus dem Land vertrieben worden, und der katholische Glaube hatte auch den letzten Winkel des Königreichs erreicht. So ging in Erfüllung, was die Königin dem ersten Großinquisitor Fray Tomás de Torquemada einst in Arévalo versprochen hatte, als sie noch ein junges Mädchen und er ihr Beichtvater gewesen war. Hospitäler, Universitäten und Schulen waren entstanden. Isabella von Kastilien und Ferdinand von Aragón wurden in der ganzen zivilisierten Welt geachtet. Doch die Zukunft der beiden Königreiche war ungewiss. Die Thronerbin, Doña Johanna, zeigte Anzeichen von Wahnsinn, eine Krankheit, an der auch ihre Großmutter mütterlicherseits, Isabella von Portugal, gelitten hatte.

María war erschüttert über die Erscheinung der Königin. Diese mochte um die fünfzig sein, doch sie wirkte wie eine hinfällige Greisin. Ihre Bewegungen waren unsicher, sie war dick, hatte große Tränensäcke unter den Augen, den Schatten eines grauen Schnurrbarts über der Oberlippe und einen bitteren Zug um den Mund. Das Haar trug sie unter einer weißen Haube zusammengefasst, die von einem dünnen Schleier bedeckt war; einige graue und weiße Strähnen lugten achtlos hervor. Sie hatte ihre prächtige Kleidung abgelegt, die vor Zeiten den Zorn ihrer Beichtväter hervorgerufen hatte. Die Königin hatte stets eine Schwäche für aufwändig verzierte Gewänder gehabt, für goldbestickten Damast, großzügige Dekolletés, weite Ärmel und goldene, mit erbsengroßen Edelsteinen und Perlen besetzte Geschmeide. Diesmal trug sie ein dunkelgrünes, wollenes Kleid mit einem bestickten, bis zum Hals geschlossenen Hemd. Ihr einziger Schmuck bestand in einem kostbaren Kreuz mit der Muschel des Ordens der Jakobsritter darunter, welche die beiden Enden des Schleiers zusammenhielt. Sie wirkte sehr verändert, ihr Blick jedoch war derselbe geblieben.

Sie hasst mich immer noch.

Wenn María an ihr Gespräch mit der Königin zurückdachte, schauderte es sie noch immer. Damals war sie zweiundzwanzig Jahre alt gewesen und hatte die Kunst des Lesens und der Kalligraphie erlernt; sie konnte eine Unterhaltung in Latein führen und sprach ein wenig Französisch; die musikalische Komposition barg keine Geheimnisse für sie, aber vor allem beherrschte sie den Umgang mit Pinsel und Feder. Bereits seit einiger Zeit fertigte sie kunstvolle Abschriften an, Einkommensquelle der Klostergemeinschaft. Während die Druckkunst ihren Siegeszug antrat, erhielten sie weiterhin Aufträge von Adligen und Begüterten, die einen handgeschriebenen Kodex mit großen Kapitelbuchstaben in Gold, Rot oder Blau und prächtigen Zeichnungen von Pflanzen, Tieren und Arabesken stiften oder einfach besitzen wollten. Unter allen Nonnen im Skriptorium war sie für die erlesenste Arbeit ausgewählt worden.

Die Äbtissin wollte der Frau, die während so vieler Jahre der Schutzengel des Klosters gewesen war, ein Geschenk machen und fand, dass eine solch kostbare Handschrift zweifelsohne eine Gabe wäre, welche die Regentin zu schätzen wisse. Sie beauftragte María mit der Anfertigung eines Stundenbuches zu Ehren der Jungfrau Maria und ermunterte sie, ihre besten Pinsel, ihr ganzes Können und all ihre Begeisterung an die Fertigstellung dieses Werks zu verwenden.

Der Kodex kostete sie fast ein Jahr Arbeit. Mit Ausnahme der Stunden, die dem Gebet und der Gemeinschaft gewidmet waren, war sie von allen weiteren Aufgaben freigestellt. Sie verwandte ihren ganzen Eifer daran, und das Ergebnis lohnte die Mühe. Mit kritischem Blick sah sie Seite für Seite durch und versuchte jeden noch so kleinen Fehler zu entdecken. Es erfüllte sie mit großem Stolz, als sie feststellte, dass die Arbeit perfekt war. Das Stundenbuch enthielt zweiundvierzig ganzseitige Miniaturen und zwölf kleinere auf ausgewählten Seiten. Jede Miniatur zeigte eine reich ausgeschmückte Szene aus dem Leben der Gottesmutter: Mariä Geburt, Mariä Opferung, Heimsuchung, Verlöbnis, Geburt Jesu, der Tod Mariens, Mariä Himmelfahrt ... Jede Illustration war von einem Schmuckrahmen umgeben, in welchem sich, durch goldene Linien verbunden, Lilien, Seerosen, Haselnussblätter, Artischocken, Disteln, Lorbeer und unbekannte, von ihr selbst erdachte Pflanzen kunstvoll ineinander verschlangen. Die Rahmen hatten fast so viel Zeit in Anspruch genommen wie die Illustrationen selbst, und es hatte ihr großes Vergnügen bereitet, Phantasiegärten zu erschaffen, in denen sie sich träumend verlor, auf der Suche nach unbekannten Landschaften, die sie jenseits der Ebene von Zapardiel vermutete, die sie vom Kloster aus überblicken konnte.

Der Einband aus Sämischleder auf Holz, verziert mit Einlegearbeiten und kostbaren Steinen, Prägung und goldenen Schließen, war das Werk eines Goldschmieds aus Valladolid. Meister Francisco war ein angesehener Künstler, der schon zuvor einige Arbeiten für die Königin angefertigt hatte. Der Preis war gewiss sehr hoch, doch ging er nicht zu Lasten der stets knappen Klosterkasse. Die Äbtissin, sehr gewandt in der Kunst, das Geistliche mit dem Irdischen zu verbinden, erreichte, dass sich einige adlige Damen zum höheren Ruhme der heiligen Muttergottes, der Königin und ihrer selbst an dem königlichen Geschenk beteiligten. Sie versprach ihnen einen gut sichtbaren Platz in der Widmung, damit die Königin ihren Anteil an solch kostbarer Gabe nicht vergäße.

Und schließlich kam der lang ersehnte Tag. Da hielt sie nun das Buch in Händen, während die Äbtissin die Ansprache hielt, die sie vorbereitet und mit großem Eifer einstudiert hatte; darin dankte sie der Königin für die vielen großzügigen Zuwendungen, die sie dem bescheidenen Kloster im Laufe so vieler Jahre gewährt habe, und pries ihre Weisheit, Güte und Gerechtigkeit. Doña Isabella saß auf dem geschnitzten Stuhl, der nur ihr vorbehalten war, umgeben von ihren Zofen, den Nonnen und den vornehmen Damen, die sich an dem Geschenk beteiligt hatten, und hörte abwesend zu, den Blick auf einen unbestimmten Punkt im Raum gerichtet. Manchmal, nur manchmal und für einen kurzen Augenblick, ruhten ihre Augen auf dem Buch und dann auf seiner Schöpferin. Der jungen Nonne kamen die wenigen Minuten, während die Äbtissin sprach, wie eine Ewigkeit vor. Sie hatte feuchte Hände, und ein leichtes Zittern durchlief ihren Körper vom Kopf bis zu den Füßen.

»... und mögen Euer Hoheit gestatten, dass wir Euch, in aller Bescheidenheit, zum Beweis unserer Verehrung für Eure Person, dieses Geschenk überreichen ...«

Die Äbtissin gab ihr ein Zeichen, und María trat unsicher vor die Königin, kniete nieder und präsentierte ihr den Kodex. Doña Isabella nahm ihn an sich, ohne ihr einen Blick zu schenken, und blätterte in der Handschrift. Sie war eine sehr gebildete Frau, eine Seltenheit in jener Zeit, selbst für eine Königin; allerdings hatte sie ihre Bildung und ihre Kenntnisse, auch des Lateinischen, erst erworben, als sie bereits auf dem kastilischen Thron saß. Es war allgemein bekannt, dass sich niemand sonderlich um die Erziehung des jungen Mädchens gekümmert hatte, denn damals hatte niemand damit gerechnet, dass die Halbwaise, die mit ihrer Mutter und ihrem jüngeren Bruder nach Arévalo verbannt worden war, eines Tages Königin werden könnte. Während Doña Isabella die Seiten umblätterte, verriet ihr Blick Bewunderung und Staunen angesichts dieser schön ausgeführten Linien, der regelmäßigen Schrift, der goldverzierten Miniaturen, der Fülle an Blumen und Pflanzen... Als sie die zentrale Illustration des Kodex erblickte, die sie gemeinsam mit ihrem Gemahl und den Kindern beim Gebet zeigte, flankiert von einigen einflussreichen Persönlichkeiten bei Hofe, konnte sie ihre Bewunderung nicht verbergen. Sie verweilte lange bei diesem Bild. Ihre Augen trübten sich und ihre Oberlippe bebte, als sie dort die Menschen vereint sah, die sie am meisten liebte: ihre Kinder.

Da war Johann, ihr einziger Sohn und Erbe, der strahlendste Stern der Krone, verheiratet mit Margarete, der Tochter Maximilians von Österreich, für die er in solcher Liebe entbrannt war, dass er nicht auf die Ärzte hörte, die ihm aufgrund seines prekären Gesundheitszustands zur Enthaltsamkeit rieten. Sie hatten sogar eine vorübergehende Trennung empfohlen, doch Isabella hatte sich geweigert und bemerkt, dass der Mensch nicht scheiden solle, was Gott vereint habe. Der Infant war mit neunzehn Jahren an Erschöpfung gestorben. Seine Gemahlin hatte einen Knaben geboren, der nicht überlebte, und war dann in ihre Heimat zurückgekehrt. Dann Isabella, die zweimalige Königin von Portugal, war mit zwanzig Jahren bei der Geburt ihres ersten Sohnes Miguel gestorben. Der Knabe war ein Lichtstrahl inmitten des Unglücks gewesen, er sollte die Kronen von Kastilien, Aragón und Portugal erben, doch trotz der großen Fürsorge, die ihm seine Großeltern angedeihen ließen, erlebte er nicht das zweite Lebensjahr. Und dann Johanna – die arme Johanna! Die künftige Königin von Kastilien war geistig umnachtet, bis zum Wahnsinn in einen untreuen Ehemann verliebt, der sie, wie es hieß, demütigte und nach Belieben manipulierte. Und ihre Kleinen: María, die den Witwer ihrer Schwester, den König von Portugal, heiraten sollte, und Katharina, ihre liebe Katharina, vierzehn Jahre alt, die wie ihre Schwestern aus politischen Gründen versprochen war – dem englischen Thronfolger Arthur – und bald weit weg sein würde.

Ihre Augen glänzten feucht, aber es kamen keine Tränen. Eine Königin zeigte niemals in der Öffentlichkeit ihre Gefühle. Das hatte sie bereits in sehr jungen Jahren gelernt, als sie nach dem Tod ihres Vaters gezwungen gewesen war, zurückgezogen in Arévalo zu leben und sich um ihre wahnsinnige Mutter und ihren kleinen Bruder Alfons zu kümmern. Ihr Halbbruder Heinrich, der Vierte seines Namens, hatte die zweite Familie seines Vaters nicht bei Hofe haben wollen. Wie lange lagen die Zeiten zurück, als niemand daran dachte, dass eines Tages sie auf dem kastilischen Thron sitzen würde!

»Wer hat diese wundervolle Arbeit angefertigt?«, fragte sie, an die Äbtissin gewandt.

»Das war Schwester María Esperanza, Euer Hoheit.«

Die Äbtissin konnte ihre Zufriedenheit nicht verbergen.

Das Geschenk hatte das Gefallen der Königin gefunden! Doña Isabella richtete ihre Augen auf die junge Nonne, die immer noch reglos zu ihren Füßen kniete und auf ein Zeichen wartete, um sich zu erheben.

»Es ist eine Arbeit, die der besten Kopisten würdig ist. Sie gefällt Uns außerordentlich und Wir beglückwünschen sie.«

Bewegt und – weshalb es verhehlen? – stolz auf sich selbst sah sie auf. Sie stand im Mittelpunkt der Aufmerksamkeit, ihre Mühe wurde gewürdigt und die Königin richtete das Wort an sie. Der Anflug eines Lächelns erschien auf ihren Lippen, erstarb jedoch sofort wieder. Das Gesicht der Königin hatte sich verändert, als diese sie eingehender betrachtete, sie runzelte die Stirn und schaute María kalt an.

»Sie ist diejenige, die man María *die Ältere* nennt, nicht wahr?« Der Ton der Königin war hart geworden. »Wie Wir sehen, geht die Erziehung, die sie erhalten hat, weit über das hinaus, was bei einer Waise ohne Herkunft zu erwarten wäre.«

Weshalb hatte sie in diesem Ton zu ihr gesprochen? Weshalb wurde sie vor den übrigen Nonnen und den anwesenden Damen von ihr daran erinnert, dass sie ein Niemand war, eine Waise ohne Wurzeln und ohne Beistand?

Doña Isabella hatte sich erhoben und war in den Garten hinausgegangen, gefolgt von den Damen und Nonnen. María hatte an ihrem Platz verharrt, kniend, die Augen auf den Kodex gerichtet, der achtlos auf dem Stuhl liegen geblieben war wie ein benutztes Taschentuch.

Ein Schauder durchlief sie, wenn sie an die Szene zurückdachte. Sie hatte die Königin nie wieder gesehen. Diese war fünf Jahre später gestorben – an einem qualvollen Frauenleiden, wie man sich erzählte. Im Kloster wurden fünfhundert Messen für ihr Seelenheil gelesen, und María hatte nie den Grund für ihr sonderbares Betragen erfahren.

Als sie sich umschaute, war sie allein. Die einzigen Zeugen ihrer Erinnerungen waren die Heiligenstatuen aus Holz und Stein, die sie von ihren Sockeln herunter mit einem törichten Lächeln anblickten, das vom Künstler als Verzückung gedacht gewesen war. Sie atmete ein paar Mal tief durch. Bald würde Zeit zum Mittagessen sein, und sie hatte noch einiges zu erledigen.

Sie hatte versprochen, zwei Bauern zu empfangen, die sich um ein Stück Land stritten. Sie wollte als Schlichterin dienen, um zu verhindern, dass der Streit vor den Rat der Stadt kam. Angelegenheiten wie diese führten immer zu Verwicklungen, und der Urteilsspruch war für gewöhnlich nie zur Zufriedenheit der beteiligten Parteien. Beim letzten derartigen Vorfall hatte der Rat beschlossen, das Land einzubehalten und an einen Dritten zu verpachten. Diese Entscheidung hatte zur Folge gehabt, dass die Widersacher handgreiflich geworden waren. Einer der Eigentümer war dabei ums Leben gekommen, den anderen hatte man wegen Mordes gehängt. Seither unterstützte das Kloster die Frauen und Kinder beider Familien, die schutzlos zurückgeblieben waren. María war beim Stadtrat vorstellig geworden, doch die Ratsherren hatten mit den Schultern gezuckt und erklärt, dass die Mildtätigkeit Sache der Nonnen und Priester sei, nicht der Ratsherren, und die Angelegenheit als beendet betrachtet. Deshalb hatte sie sich bereit erklärt, bei dem jetzigen Streitfall zu vermitteln, denn neben anderen

Gründen ließen es die Finanzen des Klosters nicht zu, sich um zwei weitere Familien zu kümmern.

Als sie die Kapelle verließ, kam ihr die Pförtnerin Schwester Joaquina entgegengelaufen und fuchtelte mit den Armen, als ob etwas Schreckliches vorgefallen wäre. Sie war eine junge, aber ziemlich dicke Frau, die bei der geringsten Anstrengung einen hochroten Kopf bekam. Sie hastete immer durch die Gänge wie eine gehetzte Seele. Nachdem sie aus Talavera gekommen war, hatten sich die übrigen Nonnen zunächst erschreckt, weil sie dachten, dass etwas Furchtbares passiert sei, doch bald gewöhnten sie sich daran, und Joaquinas Rennerei bot Anlass zu Gelächter und Scherzen. Jetzt konnte sie kaum sprechen, und es sah aus, als würde sie jeden Augenblick der Schlag treffen.

»Ganz ruhig, Joaquina, wie oft soll ich dir noch sagen, dass du nicht so durch die Gänge laufen sollst?«

»Ehrwürdige Mutter … es ist schrecklich!«, brachte die Pförtnerin schließlich heraus.

»Was ist so schrecklich? Gibt es vielleicht einen Brand? Oder Diebe?«

»Schlimmer! Viel schlimmer!«

»Es kann nichts Schlimmeres geben als einen Brand, Joaquina.« María versuchte sie mit einem Lächeln zu beruhigen.

»Doch, das gibt es. Das gibt es, Doña María … Die Mutter Oberin ist hier! In unserem Haus!«

Schließlich gelang es ihr zu erklären, dass die Mutter Oberin soeben aus Toledo eingetroffen sei und sie im Studierzimmer erwarte. Es dauerte einen Moment, bis María reagierte. Es musste etwas sehr Wichtiges vorgefallen sein, damit Doña Elvira nach Madrigal kam. Sie reiste nur ungerne, erst recht während des Sommers.

»Und wo ist sie jetzt? Du hast sie doch nicht an der Pforte stehen lassen?«

»Aber nein! Natürlich nicht! Ich habe sie ins Studierzimmer geführt und bin dann hergekommen, um Euch Bescheid zu geben.«

María machte sich auf den Weg zum Studierzimmer, im Eilschritt gefolgt von Joaquina, die sich Mühe gab, ihr nicht auf den Rocksaum zu treten. Unterwegs begegnete sie einigen Schwestern, die ihr fragende Blicke zuwarfen, die einen neugierig, die anderen besorgt. Es war nicht erstaunlich, denn ihr ging es genauso.

Das letzte Mal hatte die Mutter Oberin anlässlich von Marías Amtseinführung in Nuestra Señora de Gracia geweilt, und bereits damals war sie eine ältere Frau um die sechzig gewesen. María war zu Ohren gekommen, dass es mit ihrer Gesundheit nicht zum Besten bestellt war, und zweifelsohne musste der Grund ihrer Reise ein sehr gewichtiger sein, damit sie in einem Mauleselkarren über die staubigen Wege hierher kam. Sie betrat das Studierzimmer und schloss die Tür hinter sich; zurück blieb Joaquina, die vergeblich auf eine Gelegenheit hoffte, den Grund für einen so ungewöhnlichen Besuch zu erfahren. Doña Elvira stand am Fenster und betrachtete die Landschaft. Als sie die Äbtissin eintreten hörte, wandte sie sich um.

Der Anblick ihrer Ordensoberin weckte nahezu töchterliche Gefühle in María. Sie war die erste Person gewesen, die sie liebevoll behandelt hatte, als sie nach Madrigal gekommen war, sie hatte sie getröstet, ihre Tränen getrocknet und war stets an ihrer Seite gewesen. Damals war sie noch nicht die Mutter Oberin gewesen, sondern Doña Elvira, die Äbtissin. Zwischen ihnen bestand eine ganz besondere Verbindung, und beide wussten darum. Von dem Moment an, als sich ihre Wege kreuzten, war María ihre Lieblingsschülerin gewesen. Sie hatte ihr das Lesen und Schreiben beigebracht, sie im Lateinischen unterwiesen und war unerbittlich gewesen, wenn es darum ging, die Tonleitern zu wiederholen, aber sie hatte ihr auch Geschichten von tapferen Kreuzfahrern erzählt und sie Verse wie jene gelehrt, die Juan Ruiz vor nahezu zweihundert Jahren verfasst hatte und die sie trotz der vielen Jahre, die seither vergangen waren, nicht vergessen hatte.

Ach! Wie schön ist Doña Endrina, wenn sie über die Plaza schwebt!
Welche Taille, welche Anmut, welch ein Schwanenhals!
Welches Haar, welch ein Mündchen, welche Farbe, welche Glückseligkeit!
Mit Pfeilen der Liebe trifft sie, wenn ihren Blick sie hebt.

Sie umarmten sich und gedachten vergangener, vielleicht glücklicherer Zeiten, verloren in den Erinnerungen ihres Lebens.

»Ich habe dich lange nicht gesehen, María Esperanza.«

»Fünf Jahre, Doña Elvira.«

»Fünf Jahre sind viel in meinem Alter. Vielleicht hätte ich dich nach Toledo mitnehmen sollen, doch du wurdest hier gebraucht, und die Pflicht geht vor dem Gefühl.«

»Ich weiß, ehrwürdige Mutter«, antwortete María mit einem Lächeln. »Ich lernte es von Euch.«

»Du hast mich nie enttäuscht«, fuhr die greise Frau mit müder Stimme fort. »Du warst meine beste Schülerin, und wie ich sehe, bist du es immer noch. Mir bleibt nicht mehr viel Zeit, meine Tochter ...«

»Aber Mutter ...«

»Wenn etwas gewiss ist auf dieser Welt«, unterbrach Doña Elvira sie, »dann, dass wir alle sie eines Tages verlassen müssen, und Gott sei Dank bin ich bereit. Entgegen der Empfehlungen Meister Pablos von Toledo, eines konvertierten Juden, ein guter Arzt zudem, der mir eindringlich von dieser Reise abriet, wollte ich herkommen, um dich zu sehen. Vor allem aber habe ich dir etwas Wichtiges mitzuteilen.«

»Ich hätte nach Toledo kommen können.«

»Und einer alten Frau ihr letztes Aufbegehren verwehren? Das wäre nicht sehr mildtätig gewesen.«

Doña Elvira lachte herzlich. Es war eher das Lachen eines jungen Mädchens als das einer Greisin. María musste einfach mitlachen, und plötzlich war ihr der Anlass des Besuches gleichgültig, und auch, ob sie gute oder schlechte Nachrichten brachte. Diese Frau war unwiderstehlich, und nun merkte sie, wie sehr sie sie vermisst hatte.

»Doch zurück zu dem, was ich zuvor sagte«, fuhr Doña Elvira in ernsterem Ton fort. »Uns widerfahren viele Dinge im Leben, für die wir keine Verantwortung tragen. Es gibt Menschen, die uns Schaden zufügen, ohne es zu wollen, und doch bestimmen ihre Taten den Lauf unseres Lebens, manchmal zum Guten und manchmal zum Schlechten. Unsere Pflicht als Christen und Ordensfrauen ist es, sie nicht zu verdammen, sondern ihnen von Herzen zu vergeben.«

María verstand nicht, worauf Doña Elvira hinauswollte und was sie ihr mit diesen Worten zu sagen versuchte. Sie schwieg und wartete ab. Doña Elvira schien in Gedanken versunken, so als spräche sie mehr zu sich selbst als zu ihrer ehemaligen Schülerin.

»Welche Erinnerungen hast du an deine Kindheit, María Esperanza?«, fragte sie plötzlich.

Die Frage traf María unvorbereitet und sie zögerte einen Moment mit der Antwort.

»An meine Kindheit? Ich erinnere mich an Euch«, antwortete sie. »Ich erinnere mich an Euren Trost und an Eure Güte … an den Klostergarten, die Blumen … die kalten Winter und die heißen Sommer …«

»Vorher, María«, beharrte die alte Nonne. »Erinnerst du dich an etwas, bevor du zu uns kamst?«

Mühsam suchte María in ihrer Erinnerung. Ein schemenhaftes junges Gesicht einer Frau, die lachte, ihr das Haar kämmte… Ein Zimmer, in das durch ein schmales Fenster die Sonnenstrahlen fielen, eine Puppe auf dem Bett, eine große Muschel, in der man das Meeresrauschen hören konnte, die Geräusche von der Plaza, Schiffe.

Manchmal wurde sie nachts von einem immer wiederkehrenden Albtraum aus dem Schlaf gerissen. Sie wusste nicht genau, ob es eine Erinnerung war oder das Werk des Teufels. Sie war bei der Frau, die sie anlächelte und ihr schöne Geschichten erzählte, während sie Marmelade in große Töpfe füllte, die auf dem Tisch aufgereiht standen. Da war auch ein riesiger schwarzer Hund, der sich neben sie legte und den sie streichelte. Plötzlich erschienen bewaffnete Männer, die sich auf sie stürzten. Der Hund sprang auf, aber der Anführer der Männer durchbohrte ihn mit seinem Schwert und das Tier brach tot zu ihren Füßen zusammen. Sie schrie. Der Mann, der den Hund getötet hatte, packte sie und hielt ihr den Mund zu. Er hatte eine Narbe quer übers Gesicht und drohte ihr, nicht zu schreien. Sie bekam keine Luft. Die Frau schrie ebenfalls, aber sie erhielt einen Schlag und sank bewusstlos in die Arme eines anderen Mannes. Sie wurden beide aus dem Zimmer gebracht und auf Pferde gesetzt. Das Klappern der Hufe weckte sie jedes Mal auf.

Sie beendete den letzten Satz mit einem Lächeln, so als wollte sie dem bösen Traum, aus dem sie immer in kalten Schweiß gebadet und keuchend vor Angst aufwachte, seine Bedeutung nehmen.

Doña Elvira nahm ein Pergament vom Tisch, das ihr zuvor nicht aufgefallen war.

»María Esperanza, ich habe hier ein Sendschreiben Unserer Heiligkeit Papst Julius II., Gott möge ihm noch viele Jahre schenken. Seine Katholische Majestät, König Ferdinand von Aragón, hat es mir zukommen lassen, und es betrifft dich.«

Die Augen der Äbtissin waren auf das Dokument gerichtet. Ein Sendschreiben des Papstes, übermittelt durch den König, das sie betraf? Sie wagte es nicht, die Hand auszustrecken.

»Es betrifft noch eine weitere Schwester dieses Klosters«, fuhr Doña Elvira fort. »María *die Jüngere*, wie wir sie immer genannt haben. Aber du bist die Erste, die ihn lesen sollte. Ich werde solange nach draußen gehen, um zu schauen, wie es dem Jasmin geht, den wir vor so vielen Jahren zusammen gepflanzt haben. Später können wir unsere Unterhaltung fortsetzen.«

María stand reglos da, ohne zu bemerken, dass ihre Oberin hinausging. Sie konnte den Blick nicht von dem Pergament wenden, das Doña Elvira wieder auf den Tisch gelegt hatte. Schließlich setzte sie sich und griff nach dem Schriftstück. Ein Gefühl sagte ihr, dass es etwas Wichtiges war, das ihr Leben verändern würde, aber sie verspürte eine große Angst. Sie öffnete den Brief, dessen Lack mit dem päpstlichen Siegel bereits von anderer Hand erbrochen worden war, und las seinen Inhalt.

In Kenntnis des Umstands, dass Don Ferdinand von Aragón zwei Töchter hat, beide mit Namen María genannt und fromme Ordensfrauen, welche ihres unehelichen Standes wegen unter Gewissensnöten leiden könnten, geben Wir, Papst Julius II. der Bitte des Königs statt und dekretieren die Anerkennung derselben, damit sie ihre religiösen Aufgaben und Ämter ohne jeden Zweifel, ohne jede Hemmnis und ohne jegliche Einschränkung ausüben können.

Sie las den Text, bis sie ihn auswendig konnte. Sie las ihn, als ob es sich um eine Lektion, einen Abschnitt des Neuen Testaments oder einen Gedanken des verehrungswürdigen Ordensgründers handelte. Sie fing ein ums andere Mal von vorne an, wie ein Automat, der immer wieder dieselben Bewegungen ausführte.

»*... ihres unehelichen Standes wegen ...*«

Der Satz hämmerte in ihrem Kopf. Sie wollte schreien, aber sie konnte nicht. Ihre Gedanken überschlugen sich, die Worte »Töchter« und »unehelich« vermischten sich mit den Bildern des toten Hundes und des Mannes mit der Narbe. Sie fühlte einen leichten Schwindel, während das päpstliche Sendschreiben langsam aus ihrer Hand zu Boden glitt.

Sie wusste nicht, wie viel Zeit vergangen war. Unfähig zu denken, saß sie im Lehnstuhl, den Blick ins Nichts gerichtet, den Kopf leer. Sie empfand nichts, weder Kälte noch Wärme, weder Schmerz noch Freude. Das Knarren der Tür brachte sie in die Realität zurück und sie erhob sich schwerfällig, während sie das Schriftstück mit dem Fuß wegstieß.

»Aber, aber! Eine solch heftige Reaktion hätte ich nicht erwartet«, rief Doña Elvira lächelnd und deutete mit dem Finger auf das Dokument.

Verwirrt und eine Entschuldigung murmelnd hob María das Pergament vom Boden auf.

»Tochter ...«, fuhr die Mutter Oberin fort, während sie ihr zärtlich über den Arm strich, »ich muss dir einen Befehl erteilen, oder vielmehr ist es ein Gefallen, um den ich dich bitte. Der König hat mich gebeten, dass diese Nachricht nicht die Runde machen möge. Er ist ein alter Mann und wollte seinen Frieden machen, bevor er vor Gott tritt. Viele Jahre sind vergangen, und es wäre nicht zum Vorteil der Krone, wenn bekannt würde, dass er neben den seinerzeit offiziell anerkannten noch weitere Kinder hat. Don Ferdinand ist in der ganzen christlichen Welt geachtet, und der kastilische Thron ist bei seinem Enkel Karl in guten Händen. Karl wird die Herrschaft übernehmen, sobald seine arme Mutter stirbt, was angesichts des Zustands, in dem sie sich befindet, das Beste für sie wäre. Wenn nun bekannt würde, dass noch zwei weitere Töchter existieren, zöge dies nur Komplikationen nach sich, die niemand wünscht. Du verstehst das, oder?«

Was sollte sie antworten? Die widersprüchlichsten Gedanken schossen ihr in Schwindel erregender Geschwindigkeit durch den Kopf. Sie war eine Tochter des Königs! Sie hatte ihr ganzes Leben in einem Kloster zugebracht, während ihr Vater nur wenige Meilen entfernt gewesen war, man hatte sie in Ungewissheit über ihre Herkunft gelassen und nun bat man sie auch noch, Stillschweigen zu bewahren!

»Es liegt nicht in unserer Hand, Gottes Geschicke zu beeinflussen«, mahnte Doña Elvira, als sie Marías Unruhe bemerkte. »Er hat gewollt, dass du heute hier bist.«

Bei den letzten Worten spiegelte sich Ungläubigkeit in Marías Gesicht. Sie bezweifelte, dass alles so einfach war. Das Sendschreiben erwähnte mit keinem Wort den Namen ihrer Mutter, und sie kam nicht umhin, an das verschwommene Bild der Frau zu denken, die ihr vorsang, die sie kämmte und vor dem Einschlafen zudeckte. Sie wollte wissen, wer sie war, wie sie hieß und wo sie lebte. Jahrelang hatte sie gelitten, weil sie nicht wusste, wohin sie gehörte, und nun wurde ihr plötzlich klar, dass der Albtraum, der sie mitten in der Nacht aus dem Schlaf riss, kein böser Traum war. Es war vor langer Zeit passiert. Sie spürte, wie sich ihre Augen mit Tränen benetzten, nicht ihretwegen und um ihrer Einsamkeit willen, sondern wegen der Frau, an die sie sich kaum erinnern konnte. Man hatte sie beide aus ihrem Zuhause gerissen. Sie war hier, doch wo war ihre Mutter?

Sie begleitete Doña Elvira in den kleinen Garten in der Mitte des Kreuzgangs, und sie setzten sich auf eine Bank im Schatten einer großen Ulme. Es war sehr heiß, aber hier wehte eine leichte Brise, die den kastilischen Mittag erträglicher machte und den Duft des Jasmins zu ihnen herantrug. Auf Marías inständiges Fragen hin versuchte sich die alte Ordensfrau an den Tag ihrer Ankunft im Kloster zu erinnern.

»Es war Nacht«, begann sie mit müder Stimme. »Wir hatten uns in unsere Zellen zurückgezogen, als an die Pforte der Klostermauer geklopft wurde. Es war die Zeit großer Truppenbewegungen, die in den Kampf gegen die Mauren in Granada zogen. Zuweilen kamen Reiter auf der Suche nach einer Unterkunft vorbei, aber zu dieser Nachtstunde war das ungewöhnlich. In Begleitung der Pförtnerin eilte ich so schnell ich konnte nach unten und öffnete. Draußen warteten mehrere berittene Männer, und keiner von ihnen stieg ab. Derjenige, bei dem es sich um den Anführer zu handeln schien …«

»Der Mann mit der Narbe«, unterbrach María sie fast unwillkürlich.

»Ja«, bestätigte die Greisin, »er hatte eine große Narbe, die quer über das Gesicht lief und ihm ein wildes Aussehen verlieh. Dieser Mann fragte mich, ob ich die Äbtissin sei. Als ich bejahte, packte er das verschreckte Mädchen, das auf der Kruppe seines Pferdes saß, und stellte es auf die Erde. Dieses Mädchen warst du. Er sagte nur ein paar knappe Worte: ›*Unsere Königin befiehlt, dass sie hier bleiben soll.*‹ Und er machte kehrt und preschte davon, gefolgt von den übrigen Männern.«

Die Königin befiehlt … *Die Königin befiehlt* … María wiederholte im Geiste diese Worte, als läge in ihnen der Schlüssel zu ihrer Existenz. Sie betrachtete die Zweige der Ulme und die Vögel, die darin umherflatterten, aber sie nahm sie nicht wahr.

»Das waren seine Worte«, fuhr Doña Elvira fort. »Du warst sehr verängstigt und hast geweint. Du hast nichts gesagt, nur geweint. Ich brachte dich in eine der Zellen und blieb bei dir, bis du eingeschlafen warst. Viele Tage lang warst du wie ein verschrecktes Vögelchen, das versucht, dem Käfig zu entkommen. Dann hast du dich eingewöhnt, das Lächeln kehrte auf dein Gesicht zurück, und bis heute, María Esperanza, habe ich diesen in die Enge getriebenen Blick nicht mehr in deinen Augen gesehen.«

»Als man mich herbrachte, wusstet Ihr da, wer mein Vater war?«

Doña Elvira seufzte, aber sie sah ihr direkt in die Augen.

»Ich wusste, dass du mir diese Frage stellen würdest, und die Antwort lautet nein. Was ich mir vorstellen, denken und schlussfolgern konnte, war allein meine Angelegenheit. Im Laufe meines Ordenslebens bin ich oft dabei gewesen, wenn man uns kleine Mädchen übergab, auch Neugeborene. Aus allerlei Gründen, die hier nichts zur Sache tun, habe ich die Bekanntschaft von Persönlichkeiten gemacht, die einen gewissen Einfluss bei Hofe haben, und ich glaube, dass mich meine Schlüsse nicht immer fehlgeleitet haben. Aber du in deiner Funktion als Äbtissin weißt besser als jeder andere, dass wir niemals Fragen stellen und das annehmen, was Gott uns gibt, oder …« – die Oberin lächelte kraftlos – »was man uns bringt. Darum argwöhne nicht, dass ich über deine Herkunft Bescheid wusste, denn so war es nicht.«

»Und die Frau aus meinem Albtraum? Was ist mit ihr geschehen? Habt Ihr keine Frau bei diesen Männern gesehen?«

»Falls sie sich bei ihnen befand, so habe ich sie nicht gesehen. Durch die Dunkelheit und die Überraschung ob dieses unerwarteten Besuchs war es mir unmöglich, auf jemand anderen als dich und den Mann mit der Narbe zu achten.«

Die Tränen traten María in die Augen und rollten haltlos über ihr Gesicht, ohne dass sie etwas dagegen tun konnte. Es war, als wollten sie die Bitternis all der kummervollen Jahre voller Fragen hinwegwaschen, auf die es keine Antworten gab. Ein unfassbarer Schmerz hatte sich ihrer bemächtigt und sie fühlte einen solchen Druck auf der Brust, dass sie tief die jasmingeschwängerte Brise einatmen musste, um Luft zu bekommen.

»María *die Jüngere* …«, sagte sie schließlich.

»Sie ist genau wie du hierher gekommen, zwei oder drei Jahre später. Derselbe Mann mit der Narbe hat sie gebracht.«

Kurz darauf verabschiedete sich María von Doña Elvira und ging in die Kapelle, wo sie den Trost zu finden hoffte, den sie brauchte. Die Kapelle war dunkel, nur erleuchtet von dem Licht, das durch die bunten Glasfenster über dem Altar fiel. Sie wollte zu ihrem angestammten Chorsitz gehen, doch sie schaffte es nicht bis dorthin und ließ sich auf den erstbesten Platz sinken.

Die Königin befiehlt es … Die Königin hatte von ihrer Existenz gewusst, sie hatte angeordnet, sie im Kloster von Madrigal einzusperren, ganz in der Nähe ihres alten Palastes. Deshalb ihr Hass und diese Blicke, die so kalt waren wie die Schneide eines Dolches. Damals hatte sie es nicht verstanden, doch nun verstand sie. Sie war der lebende Beweis für die Untreue des Königs. Sie und die arme María *die Jüngere*, ihre leibliche Schwester. König Ferdinand, genannt *der Katholische*, Herrscher über Aragón und Neapel, Geißel der Ketzer, der Eroberer, Sieger in so vielen Schlachten, Initiator der Entdeckung West-Indiens, Förderer der Künste und Universitäten – ein Ehebrecher und Vater von Bastarden.

Sie empfand nichts für diesen Vater, von dessen Existenz sie soeben erfahren hatte. Auf seine alten Tage mochte ihn sein Gewissen dazu getrieben haben, mehr als dreißig Jahre nach ihrer Geburt vom Papst die Legitimierung seiner unehelichen Töchter zu erbitten. *Die Königin befiehlt es …* und der König hatte es hingenommen. Er hatte hingenommen, dass seine Töchter lebenslang hinter Klostermauern verschwanden, dass man sie von ihren Müttern trennte und ihnen ihre Erinnerungen nahm. Er hatte nie versucht, sie zu sehen. Er hatte nicht einmal wissen wollen, wie sie aussahen, noch hatte er sie ein einziges Mal im Arm halten wollen. Die Möglichkeit dazu hätte er gehabt. Der Hof von

Medina del Campo war nur einige wenige Meilen von Madrigal entfernt, und jeder Vorwand wäre tauglich gewesen. Schließlich war er Schirmherr und Gönner des Klosters. Sein Besuch hätte kein Befremden hervorgerufen. Er, den seine Eltern über alles geliebt hatten, hatte zugelassen, dass seine Töchter ohne die Wärme einer Familie und die Liebe einer Mutter aufwuchsen, etwas, in dessen Genuss selbst die geringste Kreatur der Schöpfung kam.

Sie hatte keine Lust mehr zu weinen. Der Kummer war einer Kälte gewichen, die sie erschreckte. Sie empfand weder Liebe noch Hass. In diesem Moment, in der Stille der Kapelle, fasste sie den Entschluss, herauszufinden, wer sie wirklich war, *koste es, was es wolle*, wo ihre Wiege gestanden hatte, wer ihre Familie war, sie wollte die Gründe erfahren, die einen so hohen Herrn dazu bewegt hatten, die gebührende Treue gegenüber seiner Gemahlin zu vergessen, und vor allem wollte sie wissen, wer ihre Mutter war, von der sie nicht einmal mehr den Namen wusste, und was aus ihr geworden war.

Nun, da sie sich besser fühlte, verließ sie die Kapelle und ging in ihr Studierzimmer, wo die beiden zerstrittenen Bauern auf sie warteten. Sie brauchte nicht lange, um sie zur Vernunft zu bringen und an den Entschluss zu erinnern, den der Rat beim letzten Mal gefasst hatte, der ganz ähnlich gelagert gewesen war. Ein Stück Land war es nicht wert, das Leben aufs Spiel zu setzen, und wenn sie auf ihren Standpunkten beharrten, würde die Sache gewiss ein böses Ende nehmen. Sie bot sich als Vermittlerin an. Das umstrittene Stück Land sollte geteilt werden, und sie würde darüber wachen, dass die getroffenen Abmachungen eingehalten wurden, und sie allzeit an ihre Rechte und Pflichten erinnern.

»Und eure erste Pflicht ist es, für eure Familien zu sorgen und sie nicht ins Elend zu stürzen wie jene beiden Unglücklichen, die ihre Frauen und Kinder der Barmherzigkeit einiger Nonnen überließen.«

María erhob sich und erklärte das Treffen für beendet. Sie läutete das Glöckchen, das auf dem Tisch stand, und sofort erschien Joaquina und bedeutete den Bauern, ihr zu folgen. In diesem Augenblick rief die Glocke zum Refektorium. Sie war schon auf dem Weg zur Tür, als diese aufflog und Mariá *die Jüngere* hineinstürzte. Die beiden schauten sich an. Sie sahen sich mit neuen Augen, sie waren nicht nur Schwestern im Herrn, sondern auch leibliche Schwestern.

Selbst die Schwester hat man mir all diese Jahre vorenthalten, dachte sie.

María war sich sicher, dass ihre Schwester genauso überwältigt gewesen war wie sie, aber sie wusste auch, dass sie so reagiert hatte, wie Doña Elvira dies von ihr selbst erwartet hatte: demütig und verzeihend.

Ich werde ihnen nie vergeben.

Sie versuchte diesen wenig barmherzigen Gedanken zu verscheuchen, aber als sie die jüngere María umarmte, wurde sie erneut von ihren Gefühlen überwältigt. Sie sprachen nichts, doch während sie sich gemeinsam auf den Weg zum Refektorium machten, spürten sie, dass ein neues Band sie stärker vereinte als je zuvor.

Es waren einige Tage vergangen, seit Doña Elvira ihr das Sendschreiben des Papstes überbracht hatte. Nach außen hin hatte sich nichts in ihrem Leben verändert, und doch war alles anders. Es war ein merkwürdiges Gefühl, wenn ihr morgens beim Aufwachen wieder einfiel, dass sie nicht länger eine namenlose Waise war. Jetzt war sie Doña María Esperanza von Aragón und in ihren Adern floss das Blut von Generationen von Königen, Rittern und hohen Damen.

Sie unternahm jeden Tag lange Spaziergänge in Begleitung ihrer Mentorin, die sich nicht kräftig genug fühlte, um die Rückreise nach Toledo anzutreten. María machte sich große Sorgen um sie, weil sie sehr schwach wirkte, ließ sich aber nichts anmerken, um sie nicht zu ängstigen. Sie hatten nicht wieder über das Thema gesprochen, das Doña Elvira nach Madrigal geführt hatte. Sie beide mieden es. Allerdings versuchte ihre frühere Lehrerin sie in all ihren Gesprächen davon zu überzeugen, ohne Hader hinzunehmen, was die göttliche Vorsehung für sie bereithielt. María hörte ihr aufmerksam und respektvoll zu, doch in ihrem tiefsten Inneren suchte sie weiterhin nach einem Weg, um mehr über ihre Vergangenheit zu erfahren.

Als sie eines Abends auf der Bank unter der Ulme saßen, erzählte ihr die greise Nonne von einem Ereignis, das sich in ihrer Jugend zugetragen hatte.

»Seit fast fünfzig Jahren trage ich dieses Habit«, sagte sie zu ihr, »und ich habe es nie bereut. Ich glaube sogar, dass ich eine gute Nonne gewesen bin.« Sie lachte vergnügt. »Wenn auch nicht immer! Ich war nicht zur Nonne bestimmt, musst du wissen. Ich war die einzige Tochter meiner Eltern, und es wäre ihnen niemals in den Sinn gekommen, mich in ein Kloster zu stecken. Schon als kleines Mädchen von drei oder vier Jahren wurde ich einem entfernten Vetter versprochen, der in unserem Hause aufwuchs. Sein Name war Rodrigo. Wir wuchsen gemeinsam auf, ich vergötterte ihn und er mich. Alle sagten, dass wir ein wundervolles Paar seien und sehr glücklich miteinander werden würden.

Wir fanden das ebenfalls und brannten darauf, Mann und Frau zu werden, aber … das Leben verläuft nicht immer so, wie wir es uns erträumen. Unsere Hochzeit sollte in dem Jahr stattfinden, in dem wir beide siebzehn Jahre alt wurden, doch dann rüstete der verstorbene König Heinrich zu einem Feldzug gegen Granada und alle jungen Adligen im waffenfähigen Alter begleiteten ihn. Mein Vetter zog mit der Illusion eines jungen Ritters von dannen, der darauf hofft, ganz alleine eine große Schlacht zu gewinnen. Auch mein Bruder Luis machte sich auf den Weg. Die beiden gingen mit dem Segen meines Vaters, der sie, weil er schon betagt war und an Gicht litt, nicht begleiten konnte, wie es sein sehnlichster Wunsch gewesen wäre.«

Doña Elvira rief sich ein weiteres Mal den Tag in Erinnerung, an dem sie sehnsüchtig der Rückkehr ihres Verlobten entgegensah. Ein Bote hatte ihrem Vater mitgeteilt, dass der König und seine Mannen mit einem weiteren Sieg aus Granada heimkehrten und man sie noch am selben Tage in Toledo erwarte.

Es vergingen viele Stunden, bis in der Ferne die königlichen Banner auftauchten. Augenblicklich wimmelte es in den Straßen von lärmenden Menschen. Der Zug näherte sich der Stadtmauer und die ersten Soldaten marschierten durch die Puerta San Martín. Wie es so üblich war, führten sie die Standarten mit sich, die sie dem Feind entrissen hatten, und ließen sie im Wind flattern, während das aufgeregte Volk ihre Siegesrufe erwiderte. Hinter ihnen folgte in einigem Abstand König Heinrich IV. in seiner Rüstung und einem langen Umhang, der die Flanken seines Pferdes bedeckte. Er war ein großer, linkischer Mann, nicht der strahlende Ritter, der auf den Porträts zu sehen war, die eher der Schmeichelei der Maler als der Realität zu danken waren.

Aber wie er dort mit seinem schimmernden Harnisch, dem Umhang, dem rötlichen Bart, der die Pockennarben und ein ausgeprägtes Kinn verbarg, alleine und hoch zu Ross siegreich in die Stadt einzog, den Kopf nach rechts und links neigend, um die Hochrufe seiner Untertanen zu erwidern, war er das Abbild des Königtums selbst. Niemand dachte in diesem Moment an seinen Ruf als betrogener Ehemann, den ihm seine Gemahlin Isabella von Portugal mit Beltrán de la Cueva und anderen Herren aus ihrem Umfeld angehängt hatte.

Nach ihm hielten die Granden des Reiches Einzug: Enríquez, Villena, Alba, Mendoza und viele andere. Sie alle waren tapfere Soldaten, vor allem aber hatten sie Geld und Macht. Ihr Auftreten stand dem des Königs in nichts nach, ja sie wirkten sogar überheblicher, so sicher waren sie sich ihrer Position und der Tatsache, dass der Monarch auf sie angewiesen war.

Dann folgten, mit Stricken um den Hals, in Viererreihen aneinander gekettet, die gefangenen Muselmanen. Es waren bedeutende Persönlichkeiten, wie man an ihrer Kleidung erkennen konnte, oder vielmehr dem, was davon übrig geblieben war. Dieser Teil des Zuges begeisterte die Bevölkerung am meisten, die sich stets bereitwillig an der Erniedrigung der Mächtigen ergötzte, mochten sie nun Christen oder Muslime sein. Die Leute bewarfen sie unter Gelächter und Schmähungen mit Schalen, Hundekot und dem einen oder anderen Stein.

Schließlich traf die Truppe ein, die trotz der Erschöpfung durch den langen Marsch und das Gewicht ihrer Rüstungen und Waffen einen kriegerischen Eindruck zu machen versuchte. Schmutzig und müde zogen die Soldaten die Füße nach, während sie die Hochrufe erwiderten. Sie hielten Ausschau nach vertrauten Gesichtern und warfen den Frauen, die von Balkonen und Terrassen die Parade beobachteten, derbe Scherzworte zu.

Als die Nachhut eintraf – Marketender, Pagen, Proviantmeister, Feldscher und Verwundete –, begannen sich die Zuschauer bereits angeregt schwatzend in den Straßen zu zerstreuen. Keine Spur von Rodrigo oder Luis.

»Wie du siehst, Tochter«, sagte Doña Elvira mit gebrochener Stimme, »erinnere ich mich auch nach so vielen Jahren noch immer an jede Einzelheit jenes Tages. Mein Bruder kehrte verwundet und in einem jämmerlichen Zustand zurück. Rodrigo war tot, nach Gottes Willen. Ich wurde sehr krank, man fürchtete um mein Leben. Gott hat nicht gewollt, dass ich damals starb, weil er anderes mit mir vorhatte. Meine Eltern versuchten einen Mann für mich zu finden, aber in meinem Herzen war kein Platz mehr für einen anderen Mann. Obwohl sie meinen Wunsch zunächst ausschlugen und meine Entscheidung sie schmerzte, gestatteten sie mir, den Schleier zu nehmen, und seither bin ich Nonne. Ich war glücklich in all diesen Jahren, und oft denke ich, dass das, was zunächst wie ein grausames Spiel des Schicksals erscheinen mag, nichts anderes ist als der Weg, der uns schon vor unserer Geburt bestimmt wurde ...«

Die Glocke rief zum Mittagessen und unterbrach die Worte der alten Ordensfrau, und die beiden begaben sich ins Refektorium.

Die Nonnen hatten ihre Plätze auf den langen Bänken eingenommen, die entlang der Wände des Saales standen. Am Kopfende hatte Doña Elvira den Ehrenplatz am Tisch der

Äbtissin inne, die beiden Marías saßen zu ihren Seiten. Die Schwester, die an diesem Tag an der Reihe war, sprach das Gebet und las eine Passage aus den *Bekenntnissen* des heiligen Augustinus, des Ordensgründers.

Während María der monotonen Stimme der Vorleserin lauschte, betrachtete sie den Raum mit größerer Aufmerksamkeit als so viele Male zuvor. Die gänzlich schmucklose Holzdecke, die getäfelten Wände und die geteilten, doppelten Fensterläden, die im Augenblick weit geöffnet waren, denn obwohl draußen eine sengende Hitze herrschte, war es im Inneren kühl, und man wollte die natürliche Wärmequelle der Sonne so gut wie möglich nutzen; den Fußboden mit den bunten Tonfliesen …

Was diese Wände alles gesehen haben …, dachte sie.

Sie sah die Dinge nun aus einem anderen Blickwinkel und fragte sich, warum Katharina, eine Tochter Johanns II. und seiner ersten Gemahlin María von Aragón, den Entschluss gefasst hatte, hier in diesem Kloster den Schleier zu nehmen. Seit damals waren über fünfzig Jahre vergangen, in denen aus dem kleinen Heiligtum zu Ehren des heiligen Hilarion das Kloster Nuestro Señora de Gracia vor den Toren geworden war.

Ihr Blick wanderte zur Stirnseite des Saales, wo ein Porträt der Katholischen Könige Isabella und Ferdinand hing, ein Geschenk der Königin, das früher den Audienzsaal im Palast ihres Vaters geschmückt hatte. Sie hatte es hunderte Male angesehen, doch nun sah sie es mit anderen Augen. Das Bildnis zeigte die Könige vom Gürtel aufwärts, zu einer Zeit, als sie schon nicht mehr ganz jung gewesen waren. Sie standen nebeneinander, den Blick auf zwei verschiedene Punkte gerichtet. Doña Isabella trug ein goldbesticktes rotes Brokatgewand und einen dünnen Schleier, der ihr damals noch kastanienbraunes Haar bedeckte, das ihr bis auf die Schultern reichte. Um den Hals trug sie eine schwere goldene Kette, an der eines jener mit Edelsteinen besetzten Geschmeide hing, die sie so sehr geschätzt hatte. Ein weiteres Schmuckstück, etwas kleiner, war mit einem Samtband am Ärmel ihres Kleides befestigt. Ihr Gesicht zeigte keinerlei Regung. Der Blick war starr und die Wangen gerundet; der Mund klein und fest geschlossen, vielleicht der einzige Zug, der einen eisernen, unbeugsamen Willen verriet.

María verweilte nicht lange bei dem Bildnis der Königin. Sie wollte im Augenblick nicht an deren Hass und Beteiligung an ihrer Entführung und der ihrer Mutter denken.

Später, dachte sie, *später … wenn ich die Gedanken ein wenig geordnet habe, die in meinem Kopf umherschwirren, wenn ich ein wenig ruhiger denken kann.*

Sie richtete ihre Aufmerksamkeit auf die Gestalt des Königs. Er schien um die dreißig Jahre alt zu sein. Sie rechnete rasch nach und kam zu dem Ergebnis, dass das Porträt vor ungefähr fünfundzwanzig Jahren gemalt worden sein musste, ungefähr zur selben Zeit, als sie nach Madrigal gekommen war. Sie studierte aufmerksam die Gesichtszüge des Mannes, von dem sie seit kurzem wusste, dass er ihr Vater war. Er trug ein Wams aus dunkelgrünem Samt, auf dem eine schwere goldene Gliederkette ruhte; darunter war das bestickte Leinenhemd zu sehen. Er hatte große Augen unter recht ausgeprägten Brauen, eine gerade Nase und volle Lippen, umrahmt von einem nicht sehr dichten Bart. Das vorne kurz geschnittene Haar fiel ihm bis über die Schultern. Wie bei der Königin ließ das Porträt nichts von seinen Empfindungen erkennen, doch er machte einen selbstsicheren, ehrgeizigen Eindruck.

So selbstsicher und ehrgeizig, dass er keinen Augenblick zögerte, seine beiden kleinen unehelichen Töchter zu opfern, so als ob sie nie existiert hätten, dachte sie verbittert.

Sie sah zu Doña Elvira und war erstaunt, ihrem besorgten Blick zu begegnen. Sie war so in die Betrachtung des Porträts vertieft gewesen, dass sie nicht bemerkt hatte, dass die Vorleserin mit ihrer Lesung geendet hatte und die meisten Nonnen bereits einen gut Teil ihrer Ration Linsen mit Bohnen sowie das Stück Brot, das jeder von ihnen zum Gedenken an das letzte Abendmahl serviert wurde, verzehrt hatten. Sie begann hastig zu essen und vergaß für einen Moment ihre Sorgen.

Wenig später stand Doña Elvira auf und erteilte den Segen. Die Nonnen verließen schweigend den Saal, um sich in ihre Zellen zu begeben. María ging vor ihrer Lehrerin, die den Abschluss bildete, aber an der Tür blieb sie stehen, um sie vorbeizulassen.

»Tochter«, sagte die Greisin zu ihr gewandt, »ich muss mich ausruhen. Die vergangenen Tage waren sehr aufregend, und die Reise hat mir das bisschen Kraft geraubt, das mir noch geblieben war. Begleite mich und stütze eine arme alte Frau, damit sie einigermaßen würdevoll ihre Zelle erreichen kann.«

Rasch fasste María sie beim Arm. Es erfüllte sie mit großer Zärtlichkeit, ihre Lehrerin so schwach und hilflos zu sehen, und sie legte ihr ganze Zuneigung in diese Geste, während sie langsam durch die Gänge wandelten, bis sie die Zelle erreichten.

»Bring mich bis ans Bett, Tochter«, bat Doña Elvira lächelnd, als wollte sie sich dafür entschuldigen, Anlass zu solcher Sorge zu geben, »alleine werde ich es nicht schaffen, fürchte ich …«

»Ehrwürdige Mutter, Ihr wirkt sehr schwach. Kann ich etwas für Euch tun?«

»Du kannst nichts tun, meine Liebe«, antwortete Doña Elvira sanft, während sie sich zu Bett bringen und mit einer Decke zudecken ließ. »Gott hat mich viele Jahre auf dieser Welt wandeln lassen, und nun ist die Stunde gekommen, vor ihn zu treten. Ich hoffe, er wird nicht zu streng über mich richten. Ich habe versucht, ihm so gut wie möglich zu dienen …«

»Man muss doch etwas tun können«, beharrte María besorgt. »Ich werde die Kräuterschwester rufen. Sie weiß viel über Stärkungsmittel und hat eine gesegnete Hand, wenn es um Arzneien geht. Sie bereitet sie selbst aus den Pflanzen, die sie im Garten heranzieht und …«

»Ruf sie nicht«, unterbrach die Alte sie. »Gegen das, was mir fehlt, ist kein Kraut gewachsen, und ich will nicht ihre Zeit vergeuden. Außerdem« – sie versuchte zu lächeln, aber es gelang ihr nicht – »hasse ich Arzneitränke! Ich habe sie nie ausstehen können. Ich will mit dir sprechen, bevor ich nicht mehr dazu in der Lage bin. Du machst mir große Sorgen. In gewisser Weise bist du die Tochter, die ich niemals hatte. Ich habe dich umsorgt, habe dir beigebracht, was ich wusste und dich auf das Ordensleben vorbereitet …«

»Ihr seid die wunderbarste Lehrerin gewesen, die eine Schülerin haben kann«, unterbrach María sie mit einem Kloß im Hals.

Doña Elvira lächelte immer kraftloser.

»Keine Schmeicheleien, María Esperanza, und unterbrich mich nicht, denn sonst kommen wir nie zu einem Ende und du wirst dich um meine armen Gebeine kümmern müssen, ohne zu wissen, was ich dir sagen wollte. Du musst mir versprechen, nicht länger über die Sache nachzugrübeln, die mich hierher geführt hat, wo ich ohne jeden Zweifel bis zum Tag des Jüngsten Gerichts bleiben werde. Versprich mir, dass du zu niemandem ein Wort sagen wirst und niemand im Kloster von deiner und deiner Schwester Herkunft erfahren wird.«

María versprach ihr, worum sie bat, um sie zu beruhigen. Doña Elvira sprach mit so leiser Stimme weiter, dass sie sich vorbeugen musste, um ihre Worte zu verstehen.

»Versprich mir außerdem, dass du nichts unternehmen wirst, um an die Vergangenheit zu rühren. Dein Platz ist bei uns. An dem Tag, als du die ewigen Gelübde ablegtest, hast du deiner Vergangenheit entsagt, und so soll es bleiben …«

María schwieg. Wie sollte sie so etwas versprechen, wenn sie sich vor wenigen Tagen erst geschworen hatte, ihre Herkunft ausfindig zu machen und etwas über ihre Mutter zu erfahren? Sie konnte es nicht.

»María!« Doña Elvira war kaum noch zu verstehen. »Versprich es mir … bitte … ich will nicht, dass du leidest, und …«

Ein trockener, rasselnder Husten unterbrach die Worte der Greisin. Ihre Augen verdrehten sich für einige Augenblicke und dicke Schweißperlen traten ihr auf die Stirn. Dann lächelte sie und ihr Blick wanderte durch die Zeit.

»Rodrigo …«

Doña Elvira fiel in einen Dämmerzustand, aus dem sie nicht mehr erwachte. María ließ sofort die Kräuterschwester rufen, die jedoch nicht wusste, welches Mittel sie der Kranken verabreichen sollte. Sie musste nach einem Arzt schicken. Don Diego de Villanueva ließ keinen Zweifel daran, dass die Lage sehr ernst war. Trotzdem setzte er Blutegel an, um die schlechten Körpersäfte aus ihrem Blut zu ziehen, wies jedoch darauf hin, dass er sich keine großen Erfolge von dieser Maßnahme verspreche. Um die Luft im Zimmer zu verbessern, ließ María Jeromiakraut bringen, dessen Duft der Gesundheit förderlich war, und bat die Kräuterschwester, einen Aufguss aus Borretsch und Malve zu bereiten, um die Hustenanfälle zu lindern, obwohl es ihnen kaum gelang, der Kranken mehr als einen Schluck einzuflößen. Sie wich keinen Augenblick von Doña Elviras Lager und ordnete an, dass alle Nonnen in Erwartung der Ereignisse Tag und Nacht für die Kranke beten sollten.

Als sie den langen, tiefen Seufzer hörte, der sich Doña Elviras Kehle entrang, wusste sie, dass ihre alte Freundin und Beschützerin gestorben war. Für eine Zeit, deren Dauer sie nicht ermessen konnte, blieb sie neben dem Lager knien und betrachtete das Gesicht der Frau, die ihr Wegweiserin und Begleiterin gewesen war. Sie wollte sie so in Erinnerung behalten, wie sie in diesem Moment war, heiter und friedlich. Dann erhob sie sich und trat in den Flur hinaus. Sie klatschte ein paar Mal in die Hände, und wie immer erschien augenblicklich Joaquina. María bat sie, die Totenglocke zu läuten. Die Pförtnerin unterdrückte einen entsetzten Schrei, und da sie rasch weinte, füllten sich ihre Augen mit Tränen, bevor sie sich umdrehte, um den Auftrag auszuführen. Während die Glocken des Klosters den Trauerfall verkündeten, kam Petra, die Kräuterschwester, in die Zelle. Mit dem erfahrenen Auge eines Menschen, der daran gewöhnt war, dem Tod zu begegnen, ließ sie ihren Blick über den ermatteten Körper wandern, untersuchte die Augen der Toten, die Mundwinkel, aus denen ein Speichelfaden rann, tastete die Brust ab und gab ein sicheres Urteil ab.

»Unsere ehrwürdige Mutter ist an Entkräftung gestorben. Gott möge sie in seine Herrlichkeit aufnehmen.«

María verließ den Raum und ging in Gedanken durch, was in Fällen wie diesem zu tun war: Man musste den Geistlichen herbeiholen, Anweisung geben, den Leichnam herzurichten, den Rat über den Sterbefall in Kenntnis setzen, unverzüglich einen Boten mit der traurigen Nachricht nach Toledo entsenden, die Trauerfeier vorbereiten und entscheiden, wo in der Kapelle Doña Elvira beigesetzt werden sollte. Bei dieser unerträglichen Hitze war nicht daran zu denken, sie zu überführen. Das Kloster Nuestra Señora de Gracia de Madrigal, das ihre Lehrerin so sehr geliebt hatte, würde ihre letzte Ruhestätte sein.

Sie war mit so vielen Dingen beschäftigt, dass sie stundenlang an nichts anderes denken konnte. Bei Einbruch der Nacht hielt sie Totenwache bei ihrer Lehrerin. Als sie in der Stille vor dem Sarg kniete, durchfuhr ein unsäglicher Schmerz ihre Brust und verursachte ihr ein nie gekanntes Leid. Zum zweiten Mal in ihrem Leben blieb sie allein zurück. Es waren zu viele Gefühle für einen einzigen Tag gewesen, und während sie ihren Kopf gegen den schlichten Holzsarg lehnte, schlief sie ein.

Es vergingen Wochen, bis sie einen Brief aus Toledo erhielt, in dem man ihr mitteilte, dass eine neue Oberin ernannt worden war und man sie in ihrem Amt als Äbtissin des Klosters von Madrigal bestätigt hatte.

Die Monotonie kehrte zurück und María war froh darum. Sie konnte meditieren, auch wenn ihre Gedanken unablässig um einen Punkt kreisten: ihre Vergangenheit.

Sie hatte kein Wort mit ihrer Schwester, der jüngeren María, über das Geheimnis gewechselt, das sie beide teilten. Es hatte nicht den Anschein, als hätte sich diese viel daraus gemacht, denn sie bemerkte keine Veränderung in ihrem Verhalten. Nichts an ihr verriet, dass sie um die neue Situation zwischen ihnen wusste. María war unschlüssig, ob sie sich freuen oder die Reaktion ihrer Schwester bedauern sollte. Sie war überzeugt, dass die gehorsame Ordensfrau beschlossen hatte, den Ratschlägen Doña Elviras aufs Wort zu folgen, und die ganze Angelegenheit beiseite geschoben hatte, die sie selbst so quälte. María wollte, sie musste mehr erfahren, aber sie wusste nicht, wo sie anfangen sollte. Keine der Nonnen, die ihre Ankunft vor fünfundzwanzig Jahren miterlebt hatten, lebte noch im Kloster. Einige waren gestorben, andere waren an andere Orte geschickt worden. Sie hatte also nicht den entferntesten Anhaltspunkt, an den sie sich klammern konnte.

Eines Tages, sie stutzte gerade den Jasmin, mit dem sie so liebevolle Erinnerungen verband, als ihr blitzartig ein Gedanke durch den Kopf schoss: die Archive! Sie war so überrascht, dass sie die Gartenschere zwischen die Blumen fallen ließ. Wieso hatte sie nicht früher daran gedacht? In der Klosterbibliothek wurden Register von allen Ereignissen aufbewahrt, natürlich auch von der Ankunft neuer Novizinnen, ihre Namen, Familien, Geburtsdaten und Geburtsorte. Sie ließ die Schere Schere sein und rannte davon. Unterwegs begegnete ihr Joaquina, die entgegen ihrer Gewohnheit gemächlich den Flur entlangschlenderte. María winkte ihr zu und lief weiter, während die Pförtnerin verdutzt zurückblieb.

Im Skriptorium befanden sich mehrere Nonnen und Novizinnen, die studierten und Manuskripte kopierten. Sie wandte sich an Teresa, die Bibliothekarin, und bat sie, ihr die Register der Novizinnen zu zeigen.

»Welche Register meint Ihr, Doña María?«

»Jene, in denen die Angaben über die neuen Novizinnen vermerkt sind, die ins Kloster eintreten«, antwortete sie und wünschte, sie hätte selbst danach gesucht.

»Von diesem oder dem vergangenen Jahr?«

Sie atmete tief durch, bevor sie antwortete. Sie wollte nicht neugierig oder ungeduldig erscheinen.

»Ich meine die Register im Allgemeinen«, sagte sie, »und insbesondere jene von vor etwa fünfundzwanzig Jahren.«

»Fünfundzwanzig Jahre?«

In ihrer Überraschung hob die Bibliothekarin die Stimme und die übrigen sahen von ihren Arbeiten auf.

»Ja, fünfundzwanzig Jahre.« María senkte die Stimme. »Ich muss ... nun ... ich arbeite an einer Rekopilation und ...«

»Aber fünfundzwanzig Jahre sind eine lange Zeit und ...«

»Ich brauche diese Archive.«

Ihr fester, entschlossener Ton erinnerte daran, dass sie die Äbtissin war und keine Nonne ihren Befehlen auch nur im Leisesten zu widersprechen hatte. Teresa senkte fügsam den Kopf, erhob sich von dem Pult, an dem sie gearbeitet hatte, und bat sie, ihr zu folgen. Sie entzündete eine Kerze und ging zu den Bücherschränken am Ende des Saales, gefolgt von María und den neugierigen Blicken der übrigen Nonnen, die sich sofort wieder an ihre Arbeit machten, als sie dem Blick der Bibliothekarin begegneten.

Die Bücherschränke befanden sich im dunkelsten Teil des Skriptoriums. Bücher, Handschriften, Urkunden, Vermächtnisse und andere Dokumente waren sorgfältig nach Jahren und Gebieten geordnet. Teresa war seit Jahren für die Bücher zuständig und kannte alles, was dort verwahrt wurde wie im Schlaf. Sie nahm einen alten Schemel und stieg darauf, um gleich in einem der oberen Fächer zu suchen.

»Vor fünfundzwanzig Jahren ... das muss im Jahr des Herrn 1484 gewesen sein, nicht wahr?«, fragte sie, während sie mit der Kerze in die Schränke leuchtete.

»Ja. Gebt mir die Archive der Jahre 1483 und 1484. Möglicherweise finde ich in einem von ihnen das, wonach ich suche.«

Sie log ganz selbstverständlich und ohne Schuldgefühle. Schließlich und endlich hatte sie keine Rechenschaft darüber abzulegen, was sie suchte, und zum anderen war es eigentlich keine Lüge. Sie wusste nicht, wonach sie suchte, aber sie vertraute ganz fest darauf, dass in diesen alten Unterlagen etwas zu finden war. Sie war sehr ungeduldig und fürchtete, dass man es ihr zu sehr ansah. Abwesend blätterte sie in den Dokumenten aus den unteren Regalen. Jahrbücher, Rechnungsbücher, Mappen mit Schriftwechseln, Grundbücher und andere Schriftstücke waren fein säuberlich aufgestapelt, auch wenn deutlich zu sehen war, dass an vielen von ihnen die Ratten ihre Zähne gewetzt hatten. Ihr Blick fiel auf einen kleinen Lederumschlag. Er war mit den Jahren dunkel geworden und mit einem gleichfalls ledernen Bändchen umwickelt. Im Gegensatz zu den übrigen Schriftstücken trug er keinen Vermerk, der auf seinen Inhalt hingedeutet hätte. Sie versuchte den Knoten des Bändchens zu lösen, doch dieser war verschimmelt. Die Stimme der Bibliothekarin erinnerte sie wieder daran, weshalb sie hergekommen war.

»Ich bin schon fündig geworden, Doña María.«

Zwei Mappen in der Hand, stieg sie von dem Schemel und schenkte ihr ein breites Lächeln. Es bestand kein Zweifel, dass sie sehr stolz war, die Wünsche der Äbtissin so schnell erfüllt zu haben.

»Hier sind sie!«, rief sie, zufrieden mit sich selbst. »Soll ich Euch bei Eurer Suche behilflich sein?«

»Nein, danke«, antwortete María hastig. »Ich werde sie aufmerksam studieren und sie Euch zurückbringen, sobald ich damit fertig bin.«

Sie lächelte die Bibliothekarin an, nahm die Mappen und wandte sich zum Gehen, umso schnell wie möglich in ihr Studierzimmer zurückzukehren. Da fiel ihr der kleine Lederumschlag wieder ein und sie machte kehrt.

»Dieses Dokument möchte ich ebenfalls mitnehmen«, sagte sie und fügte hinzu: »Und seid unbesorgt. Ihr werdet alles in bester Ordnung zurückbekommen.«

Sie nahm den ledernen Umschlag an sich, wobei sie eine Gleichgültigkeit an den Tag zu legen versuchte, die sie nicht im Entferntesten empfand, und nachdem sie zum Abschied mit dem Kopf genickt hatte, verließ sie gemessenen Schrittes die Bibliothek. Draußen auf dem Korridor beschleunigte sie ihre Schritte und ging in ihr Studierzimmer. Vom Fenster aus sah sie die Bediensteten des Klosters, die Äpfel pflückten und sie in große Weidenkörbe füllten.

Sie öffnete die Mappe mit der Aufschrift *Monasterii Noave Monachae-Annus Domini MCDLXXXIII* und wanderte mit dem Finger nervös über die Zeilen, in denen ordentlich der Name jeder Novizin festgehalten war, die in jenem Jahr ins Kloster gekommen war. Neben jedem Namen war das Datum der Ankunft vermerkt, Ort und Tag der Geburt, wenn diese bekannt waren, sowie die Namen der nächsten Verwandten, wenn es welche gab. In einigen Fällen hatte man sogar die Existenz körperlicher Gebrechen festgehalten, wie das Fehlen eines Fingers oder eine Narbe.

Sie überflog rasch die Namen und verweilte bei denen, die mit »María« begannen, ein Name, der sehr häufig vorkam. Die schriftlichen Angaben bewiesen ganz eindeutig, dass keiner von ihnen der ihre war. Ihr Mut sank ebenso rasch, wie ihre Aufregung wuchs. Sie legte die Mappe beiseite und nahm sich die andere vor. Juli, August, September … da war es! *María Esperanza.* Sie betrachtete ihren mit schwarzer Tinte in wunderbarer Kursivschrift kalligraphierten Namen und freute sich über ihre Entdeckung. Doch neben dem Namen war nur das Datum ihrer Ankunft in Madrigal vermerkt, *am zehnten Tag des Monats September 1483*, sowie zwei Initialen, *I. R., »Iussu Reginae«*, im Auftrag der Königin. Wütend stieß sie die Mappen von sich, und ihr Inhalt breitete sich auf dem Boden aus.

»Jetzt bin ich so weit wie am Anfang!«, rief sie laut. »Ich habe nur einen Taufnamen, den Tag der Ankunft im Kloster und die Gewissheit, dass ich auf Anordnung der Königin hier bin.«

Aber das hat mir ja bereits Doña Elvira erzählt, dachte sie. Vielleicht hatte ihre Lehrerin Recht gehabt. Sie sollte nicht nach etwas suchen, das sie vielleicht niemals finden würde. Sie lächelte traurig. Wenn in diesem Moment eine der Schwestern die Studierstube beträte und ihre stets so zurückhaltende und schweigsame Äbtissin dabei anträfe, wie sie Selbstgespräche führte, all diese Schriftstücke auf dem Fußboden verteilt, müsste sie zu Recht denken, dass sie verrückt geworden sei. Sie sammelte die Blätter auf und ordnete sie wieder, um sie in demselben Zustand in die Bibliothek zurückzubringen, in dem sie ihr anvertraut worden waren.

Diese ganze Angelegenheit wühlte sie zu sehr auf. Seit Doña Elvira ihr vor ihrem Tod das Sendschreiben des

Papstes überreicht hatte, war nichts mehr wie vorher. Sie konnte sich nicht den Aufgaben widmen, die ihr Amt mit sich brachte, sie schenkte den tausend Dingen, die sie zuvor beschäftigt hatten, nicht die nötige Aufmerksamkeit und es gelang ihr nicht, sich auf das Gebet zu konzentrieren. Ihr Geist kam nicht zur Ruhe. Die Glocke rief zum Angelus. Als sie gerade das Zimmer verlassen wollte, fiel ihr Blick auf den kleinen Lederumschlag. Der Knoten des Bändchens war fest geknüpft und im Laufe der Jahre war das Leder spröde geworden. Sie überlegte nicht lange und durchschnitt es mit einem kleinen Messerchen.

Das Erste, was ihr beim Öffnen ins Auge fiel, war der gute Zustand, in dem sich die Blätter befanden; zweifellos hatte das dicke Leder sie vor der Feuchtigkeit und der Zeit bewahrt. Auf dem ersten Blatt stand lediglich ein Name: *Johanna Abatissa*. Sie setzte sich und begann das zweite Blatt zu lesen.

»Gott hat es so gewollt, dass ich Äbtissin dieses Klosters wurde, und ich möchte von den Dingen berichten, die sich in ihm ereignen, um aus möglichen Fehlern zu lernen, und damit dies als Leitfaden dienen möge …«

Sie wagte es nicht, weiterzulesen. Sie kannte die Handschrift der Frau genau, die während langer Jahre ihre Lehrerin gewesen war. Die saubere, feste Linienführung mit einem waagerechten Strich unter jedem Großbuchstaben und dem verschnörkelten Ypsilon.

Es ist nicht rechtens, dachte sie. *Sie ist tot, und das Schriftstück gehört mir nicht.*

Der Gedanke überzeugte sie nicht. Was hatte dieses Schriftstück hier zu suchen? Doña Elvira musste einen

Grund gehabt haben, es in Madrigal zurückzulassen, als sie zur Ordensoberin ernannt wurde. Möglicherweise hatte sie es vergessen, aber es konnte sich auch lediglich um Anweisungen und Ratschläge zur Verwaltung des Klosters handeln. Sie beschloss, es zu lesen. Sei es, wie es sei, hier saß sie mit etwas, das ihrer geliebten Freundin gehört hatte. Doña Elvira hatte diese Blätter mit eigener Hand beschrieben, und in gewisser Weise lebte sie in ihnen fort. Sie vergaß das Angelus und vertiefte sich in die Lektüre.

Die Zeit verging rasch, während sie las. Doña Elvira hatte minutiös die Ereignisse im Kloster festgehalten, einige davon wichtig, andere weniger. Es war keine Chronik, es waren schlicht die Notizen einer Frau, die um das Wohlergehen des Unternehmens besorgt war, das man ihr anvertraut hatte. Ihr Ansinnen war es, Rechenschaft über ihr Handeln abzulegen für den Fall, dass man dies von ihr verlangte: Es ging um wirtschaftliche und personelle Angelegenheiten, Besuche bedeutender Persönlichkeiten, Eintritte von Schwestern und Sterbefälle, Krankheiten, Arzneien, das Ziehen von Blumen und Gemüsen, Kommentare, Gedanken … ein Gemisch der unterschiedlichsten Ereignisse, mit der leichten, ironischen Feder niedergeschrieben, an die sich María erinnerte. Sie lächelte.

Ein zaghaftes Klopfen unterbrach sie in ihrer Lektüre. Joaquina steckte den Kopf durch die Tür.

»Fühlt Ihr Euch wohl, Doña María?«, fragte die Nonne.

»Bestens, Joaquina«, antwortete die Äbtissin mit einem Lächeln. »Ich habe mich lange nicht mehr so gut gefühlt. Ist etwas vorgefallen?«

»Nein … nun ja …« Joaquina wirkte verwirrt. »Euer Gnaden waren nicht beim Angelus zugegen, und ich fragte mich … wir fragten uns, ob Euch etwas fehlt.«

María stand auf und ging zur Tür.

»Mir fehlt nichts, Joaquina«, sagte sie. »Ich war so in die Lektüre vertieft, dass die Stunden dahinflogen, ohne dass ich es bemerkte. Es tut mir Leid.«

Sie fühlte sich verpflichtet, sich für die Sorge zu entschuldigen, die sie verursacht hatte. Die Pförtnerin, stets bereit, ihr zu Diensten zu sein und ihren Wünschen zu willfahren, lächelte beruhigt und María erwiderte das Lächeln. Der Essensgeruch drang bis zu ihnen.

»Das Essen! Ich müsste schon längst im Refektorium sein. Entschuldigt mich, Euer Gnaden!«, rief Joaquina aus und rannte aufgeschreckt davon wie ein Knabe, den man beim Äpfelstehlen ertappt hat.

María konnte ein vergnügtes Lachen nicht unterdrücken, sie schloss die Tür der Studierstube hinter sich und machte sich auf den Weg zum Refektorium. Sie brannte darauf, weiter in dem kostbaren Manuskript zu lesen, das ihr ein wenig von der geliebten Frau zurückbrachte, die es geschrieben hatte, aber sie durfte nicht beim Essen fehlen. Ein erneutes Fehlen bei den gemeinschaftlichen Anlässen konnte Anlass zu Gerede geben und für Unmut unter den Schwestern sorgen. Das wollte sie verhindern, und außerdem war sie hungrig.

Als sie in ihr Studierzimmer zurückkehren konnte, zog sie den Stuhl ans offene Fenster, durch das eine leichte Brise und der Geruch nach frisch gemähtem Gras von den umliegenden Feldern strömten, und begann weiterzulesen. Doña Elvira hatte die Ereignisse jedes Jahres seit 1480 niedergeschrieben. María hatte keine Eile, obwohl sie wusste, dass auf diesen Seiten etwas stehen musste, das mit ihr zu tun hatte. Sie las langsam und genoss jede Anmerkung und jeden Kommentar. Schließlich gelangte sie zu einem Datum, *Annus Domini 1483, am zwölften Tag des Monats September.* Nach einigen Bemerkungen über die Arbeit der Maurer, die ein Stück der Außenmauer ausbesserten, das mit der Zeit gelitten hatte, hatte Doña Elvira geschrieben:

»Vor zwei Tagen wurde uns ein weiteres Mädchen gebracht. Die Kleine ist sechs oder sieben Jahre alt. Sie ist zart, wirkt aber groß für ihr Alter. Ihre Haut ist weiß und ihr Haar schwarz und kurz geschnitten wie bei einem Mönch. Sie befindet sich bei guter Gesundheit, aber sie will nicht essen und weint unaufhörlich. Wir wissen nicht, woher sie stammt, noch verstehen wir die Sprache, die sie spricht. Sie wurde auf Befehl der Königin, unserer Regentin Doña Isabella, von einigen bewaffneten Männern hergebracht, und ihrer schmutzigen, müden Erscheinung nach zu urteilen schienen sie von weither zu kommen.«

Es folgten einige Anmerkungen, die daran erinnerten, dass mit dem Abernten der Apfelbäume begonnen werden musste. María las noch einmal den Abschnitt, der sie betraf. Er brachte nicht viel Klarheit, aber sie spürte, dass sie allmählich den Weg fand, den sie verfolgen musste. Fürs Erste wusste sie nun, dass sie bei ihrer Ankunft im Kloster kein Kastilisch gesprochen hatte. Vielleicht war es Aragonesisch, sagte sie sich, schließlich stammte der König von dort, und es war unwahrscheinlich, dass man sie aus dem Ausland nach Madrigal gebracht hatte.

Als sie die Lektüre fortsetzen wollte, rief die Glocke zur None. Sie ließ das Schriftstück liegen und eilte zur Kapelle.

Nach dem Gebet konnte sie nicht wieder in die Studierstube zurückkehren, und der Nachmittag erschien ihr endlos lang. Sie musste sich sehr zusammennehmen, um sich auf ihre Arbeit und sogar aufs Gebet zu konzentrieren. Die mit monotoner, eintöniger Stimme wiederholten Litaneien, in denen Gott, die Jungfrau und die nicht enden wollende Reihe von Heiligen angerufen wurden, erschienen ihr sinnlos und hohl. Der Herrgott musste sich außerordentlich langweilen, wenn er sie hörte. Sie war selbst erschrocken über diesen Gedanken, der gewiss als Ketzerei gegolten hätte, hätte sie es gewagt, ihn laut auszusprechen. Die Nachrichten vom Inquisitionseifer, von Verhaftungen, Folter und lodernden Scheiterhaufen in ganz Kastilien waren selbst bis zu einem so abgelegenen Ort wie Madrigal vorgedrungen. Es waren schlimme Zeiten. Die Bulle Papst Sixtus' IV., vor dreißig Jahren auf Bitten der Könige ausgefertigt, um Scheinkonvertiten zu verfolgen, hatte ihre Tentakeln über das ganze Königreich ausgestreckt. Mittlerweile standen nicht länger nur die Scheinkonvertiten im Blickpunkt der Inquisitoren, ihr Eifer hatte sich auf alle Schichten und Bereiche der Gesellschaft ausgeweitet. Ketzer und Gotteslästerer wurden ebenso erbittert verfolgt wie Poligamisten, Ehebrecher, Protestanten, Hexer und überhaupt jeder, der eine verdächtige oder spöttische Bemerkung über die katholische Kirche, ihr Dogma oder ihre Stellvertreter machte. Vor kurzem war in Madrigal ein Mann verhaftet worden, weil er laut gesagt hatte, dass ein Mann und eine Frau nicht verheiratet sein müssten, um miteinander ins Bett zu gehen, und ein anderer, weil er den Priester einen Sohn Satans geziehen hatte. Von keinem der beiden hatte man je wieder gehört.

Bei dem bloßen Gedanken, sie könnte von den schwarz

gekleideten Männern festgenommen werden, lief es María eiskalt den Rücken hinunter. Einmal hatte sie mit den Inquisitoren zu tun gehabt, als zwei von ihnen, Dominikanermönche, im Kloster Zuflucht für die Nacht gesucht hatten. Wie gewöhnlich kümmerten sich zwei Ordensfrauen um das Wohl der Reisenden, und bei jener Gelegenheit war sie eine von ihnen gewesen. Sie hatten kein Wort miteinander gewechselt, doch María hatte die bohrenden Blicke der beiden Männer bemerkt, die jeden ihrer Schritte kontrollierten, während sie ihnen aufwartete. Sie waren von durchschnittlichem Äußeren, nicht besonders groß, die Köpfe zu einer Tonsur geschnitten, sodass nur ein Haarkranz stehen blieb. Ihre weiten Umhänge waren schmutzig und voller Flecken, vielleicht aufgrund einer langen Reise oder wegen mangelnder Hygiene. Sie kam zu dem Schluss, dass Zweiteres der Grund sein musste, denn sie hatten kein Gepäck dabei, und die Maulesel, auf denen sie gekommen waren, wirkten ausgeruht. Die Dominikaner suchten die Reinheit der Seele, nicht jene des Körpers, den sie als befleckte Hülle der verwerflichsten Sünden und Verkommenheit betrachteten. Die Jünger des heiligen Dominikus hatten es sich zur Aufgabe gemacht, die Feinde der einzigen und wahren Kirche zu entlarven. Auf der Suche nach dem Bösen irrten sie über die Straßen und verachteten die Mönche, die sich hinter Klostermauern zurückzogen, um ihrem eigenen Seelenheil zu frönen. Sie hingegen strebten nach der Bekehrung aller Sterblichen zum wahren Christentum, demjenigen Roms. Um ihrer selbst und aller ihrer Mitschwestern willen hatte María erleichtert aufgeatmet, als sie die Mönche am nächsten Tag aufbrechen sah, nachdem diese sich kurz angebunden von der Äbtissin verabschiedet hatten.

Es vergingen Tage, bis sie erneut einen ruhigen Moment fand, um die Lektüre des Manuskripts fortzusetzen. Auf den folgenden Seiten hatte Doña Elvira ihren Namen nicht erwähnt. María glaubte schon, dass sie nichts mehr finden würde. Die Eintragungen wurden spärlicher, manchmal waren es lediglich ein paar Bemerkungen über Monate hinweg. Es hatte den Anschein, als wäre die Verfasserin in jener Zeit sehr beschäftigt gewesen oder als hätte sie schlicht das anfängliche Interesse am Schreiben verloren. Marías Hoffnung begann zu sinken, dass ihre Suche erfolgreich sein könnte, als ihr Blick auf ein weiteres Datum und einen weiteren Namen fiel.

Annus Domini 1486, fünfzehnter März
Heute ist erneut derselbe Mann zum Kloster gekommen, der uns vor drei Jahren María Esperanza brachte. Diesmal übergab er uns ein weiteres, etwa sechsjähriges Mädchen. Seine Worte waren die gleichen wie damals: ›Unsere Königin befiehlt, dass sie hier bleiben soll.‹ Dann ging er, gefolgt von seinen bewaffneten Männern. Dem Mädchen, obzwar ein wenig verängstigt, geht es gut. Es hat ein hübsches Gesicht und heißt ebenfalls María.«

Einige Tage später schrieb sie:

»Die beiden Mädchen, die zwei Marías, wie wir sie nennen, vertragen sich bestens. María Esperanza kümmert sich um die Kleine und sagt ihr, was sie tun soll. Sie schlafen in einem Bett und spielen zusammen. Wenn ich sie so betrachte, komme ich nicht umhin, über den Grund ihres Hierseins nachzudenken. Es ist nicht das erste Mal, dass man uns Mädchen ins Kloster bringt, doch im Allgemeinen wissen wir, woher sie kommen.

In diesem Falle wissen wir gar nichts. Sie haben zwei Dinge gemeinsam: Sie tragen denselben Namen und wurden auf Befehl Doña Isabellas von demselben Mann hergebracht. Weshalb schickt uns die Königin von Kastilien zwei Mädchen, ohne uns etwas über sie mitzuteilen? Will sie ihre Existenz verbergen? Wer sind ihre Eltern?«

Sie fand keine weitere Eintragung und verspürte eine herbe Enttäuschung, gepaart mit Erleichterung. Ihre geliebte Lehrerin hatte ihr nichts vorenthalten. Sie hatte ihr alles gesagt, was sie wusste. María seufzte und legte das Manuskript auf den Tisch. Es stand fest, dass sie eigene Nachforschungen außerhalb der Klostermauern würde anstellen müssen, und sie hatte nur einen einzigen Hinweis, um mit der Suche zu beginnen: Sie hatte eine Sprache gesprochen, die Doña Elvira nicht verstand, und diese war eine kultivierte, belesene Frau gewesen. Auch keine der anderen Nonnen schien sie verstanden zu haben, denn sonst hätte Doña Elvira dies erwähnt.

Nachdem sie einige Dinge erledigt hatte, die ihre Aufmerksamkeit erforderten, ging sie am späten Vormittag in die Bibliothek. Die Register hatte sie bei sich, nicht aber die Mappe. Sie hatte beschlossen, sie zu behalten. Diese Papiere enthielten viele gute Ratschläge zur Verwaltung des Klosters, die ihr nützlich sein konnten. Aber in Wahrheit wusste sie genau, dass sie die Mappe deshalb nicht zurückgab, weil sie etwas besitzen wollte, das ihrer Lehrerin gehört hatte. Sie übergab Teresa die Register, ohne den Lederumschlag zu erwähnen. Die Bibliothekarin schien sich nicht daran zu erinnern, und falls sie sich daran erinnerte, sagte sie ebenfalls nichts.

»Habt Ihr gefunden, wonach Ihr suchtet?«

In ihrer Frage schwang Neugierde mit, aber vor allem lag ihr daran zu erfahren, ob sie ihr von Nutzen hatte sein können.

»Ja, danke, Teresa«, antwortete die Äbtissin. »Wenn auch nicht so ganz. Sagt mir, wird in Kastilien eine weitere Sprache neben dem Kastilischen gesprochen?«

Die Bibliothekarin sah sie überrascht an.

»Die Sprache Kastiliens ist kastilisch, Doña María.«

»Ja, das ist mir wohl bekannt ... was ich wissen möchte ist, ob es noch eine weitere gibt, einen Dialekt«, erklärte sie sich, »irgendeine andere Sprache, die jemand, der nur Kastilisch spricht, nicht versteht.«

»Nun ...« – Teresa versuchte rasch zu überlegen – »... Latein.«

María lächelte. Die Antwort war nicht schlecht. Das Lateinische war nur den Geistlichen und Gelehrten zugänglich. Das gemeine Volk wusste nichts damit anzufangen, auch wenn in der Kirche auf Lateinisch gebetet und die Fürbitten für gewöhnlich in dieser Sprache erwidert wurden.

»Ich meine eine Sprache, die vom Volk gesprochen wird und die weder Kastilisch ist noch ... Latein.«

Die Bibliothekarin wusste nicht, was sie antworten sollte, und María sah, dass sie unzufrieden mit sich selbst war. Sie wandte sich an die übrigen Kopistinnen und stellte ihnen dieselbe Frage. Eine der Novizinnen erhob sich von ihrem Platz und trat näher. Es war ein junges, nicht sehr großes Mädchen. Ihre glänzenden Augen blickten die beiden Nonnen unbefangen an, doch ihre geröteten Wangen verrieten die Überwindung, die es sie kostete, vor ihren Mitschwestern das Wort an die Äbtissin zu richten. María war neugierig. Dieses junge Mädchen, Inés, war vor einigen Monaten ins Kloster gekommen, aber sie konnte sich nicht erinnern, woher sie stammte. Sie hatten lediglich bei ihrer Ankunft ein paar Sätze gewechselt, bevor sich die Novizenmeisterin ihrer angenommen hatte. In der Folge hatte sie sich unauffällig in die Klostergemeinschaft eingefügt. Sie sprach nicht viel, und da sie erklärte, lesen und schreiben zu können, hatte man ihr eine Aufgabe als Kopistin im Skriptorium zugewiesen. Das war alles, woran sich die Äbtissin im Augenblick erinnern konnte. Das junge Mädchen sah ihr direkt in die Augen, aber ihre Wangen hatten noch mehr Farbe angenommen.

»Euer Gnaden mögen mir meine Dreistigkeit verzeihen, aber vielleicht vermag ich Eure Frage zu beantworten«, sagte Inés leise.

Teresa wand sich unbehaglich. Die Novizinnen, die im Skriptorium arbeiteten, unterstanden ihrer Aufsicht, und sie fühlte sich für ihr Betragen verantwortlich. Was mochte die Äbtissin von einem jungen Ding halten, das sich herausnahm, eine Frage zu beantworten, auf die sie selbst keine Antwort wusste?

»Du weißt eine Antwort … Inés?«

Dass sich María an ihren Namen erinnerte, schien dem Mädchen Selbstvertrauen zu geben.

»Die kastilische Krone vereint viele Gegenden, in welchen andere Sprachen gesprochen werden: Galicisch, Katalanisch, Baskisch … die Araber in den eroberten Territorien halten ebenso an ihrer Sprache fest wie die Eingeborenen Westindiens.«

Der finstere Blick der Bibliothekarin ließ sie verstummen.

María lächelte offen. Natürlich, wie hatte sie nur die von Kastilien vereinnahmten Länder vergessen können? Das

Feld ihrer Nachforschungen würde größer sein als erwartet, aber immerhin!

»Woher weißt du diese Dinge?«, fragte sie die Novizin.

»Mein Vater war Händler. Er erzählte mir immer von den Ländern, die er bereiste.«

María warf Teresa einen Blick zu und sah an ihrem Gesichtsausdruck, dass die Unterhaltung zu lange dauerte. Sie traf einen Entschluss.

»Ich möchte Euch bitten, mir dieses junge Mädchen für eine Weile zu überlassen.« Es war eher ein Befehl als eine Bitte. »Ich glaube, sie könnte mir bei der Arbeit behilflich sein, mit der ich gerade befasst bin.«

Ohne ein weiteres Wort drehte sie sich um und bedeutete Inés, ihr zu folgen. Die Novizin machte eine entschuldigende Geste in Richtung der Bibliothekarin und eilte hinter der Äbtissin her.

Wortlos gingen sie den Flur entlang. María überlegte, wie sie die Sache anpacken sollte, ohne Verdacht zu erregen. Sie war sich sicher, dass das Mädchen verschwiegen sein würde. Dennoch durfte man die Möglichkeit nicht außer Acht lassen, dass jemand ihr Vorgehen falsch auslegte. Es wäre nicht das erste Mal gewesen, dass eine Äbtissin abgesetzt und zu niederen Tätigkeiten verdammt wurde, weil man ihr unterstellte, ihre Pflichten vernachlässigt und sich um persönliche Angelegenheiten gekümmert zu haben, die nicht der Gemeinschaft dienten. Viele Frauen waren nicht aus freien Stücken im Kloster und fühlten sich nicht verpflichtet, echte Frömmigkeit und Hingabe für den Orden zu empfinden. Da sie nie aus den Klöstern herauskamen, bestand ihr einziges Streben darin, innerhalb der Ordensgemeinschaft, der sie angehörten, zu höchsten Würden zu gelangen. Das war nicht Marías Ehrgeiz, aber sie wollte keine Fehler begehen, die das Ziel in Gefahr brachten, das sie sich gesteckt hatte. Als sie das Studierzimmer betraten, bedeutete sie Inés, die Tür zu schließen und auf der anderen Seite des Tisches Platz zu nehmen.

»Nun, Inés, ich glaube, du könntest mir bei einer Arbeit von Nutzen sein, die ich vor kurzem begonnen habe. Unsere ehrwürdige Mutter Doña Elvira, sie ruhe in Frieden – beide bekreuzigten sich – wollte ein Kompendium der Konvente und Klöster der Augustinerinnen in Kastilien und den diesem verbundenen Ländern erstellen; alle Informationen über sie zusammentragen, ihre Lage, Anzahl, Liegenschaften und Weiteres. Es ist eine Arbeit, die nie in Angriff genommen wurde. Ich bin überzeugt, dass unsere jetzige Mutter Oberin angenehm überrascht sein wird, wenn es uns gelingt, dieses Kompendium zu erstellen. Da wir zusammenarbeiten werden, würde ich gerne ein wenig mehr über dich erfahren als deinen Namen und dass du eine fleißige, des Lesens und Schreibens mächtige Person bist.«

Das Mädchen hatte schweigend zugehört und errötete nun, als es die letzten Worte hörte.

»Nun ja, Doña María, ich bin das einzige Kind meiner Eltern gewesen, die leider gestorben sind.« Ihre Augen wurden feucht, aber sie sprach weiter. »Folglich bin ich ihre Erbin, aber wie Ihr wohl wisst, muss ich unter der Vormundschaft eines Angehörigen stehen, bis ich die Gelübde ablege oder mich vermähle. Mein nächster Verwandter ist ein Onkel, für den ich nicht die geringste Zuneigung empfinde. Als meine Eltern starben, kümmerte er sich um die Geschäfte und entschied, dass es das Beste sei, mich mit seinem Sohn zu verheiraten, damit der Besitz in der Familie blieb, und teilte mir seinen Entschluss mit. Der bloße

Gedanke, die Frau meines Vetters zu werden, verursachte mir eine Gänsehaut und ich beschloss, mit der Hilfe eines Freundes meines Vaters, Don Álvaro Fernández, davonzulaufen und für eine Weile zu verschwinden.«

»Woher stammst du, Inés?«

»Aus der Stadt Bilbao, Señora, in der Grafschaft Biskaya.«

María konnte ihre Überraschung nicht verbergen. Die Grafschaft Biskaya war ein entlegener Ort für sie, von dem sie nur gelegentlich gehört hatte, und dies stets aus dem Munde von Soldaten, die um dieses Land gekämpft hatten. Die Biskayer standen im Ruf, ungebändigt und streitbar zu sein, immer im Krieg gegen Mauren und Christen und sogar untereinander. Ihre Frauen, so hieß es, seien stolz und herausfordernd; sie kleideten sich anders als die Kastilierinnen, pflegten laszive Gewohnheiten und seien ebenso wie ihre Männer heidnischen Riten und Gebräuchen zugetan. Und da saß ihr nun ein junges Mädchen von der Biskaya gegenüber, das so ganz anders war, wenngleich offenbar mit einem starken Willen gesegnet, denn lieber hatte sie ihr Zuhause und ihre Stadt verlassen, als jemanden zu heiraten, den sie verachtete.

»Aber warum Madrigal?«, wollte sie von ihr wissen. »Gibt es keine Klöster in Bilbao?«

»Doch, die gibt es, Señora, aber ich wollte so weit weg wie möglich, denn dort ist es ein Leichtes, jemanden ausfindig zu machen, der sich verbergen will. Mein Vetter, da bin ich mir sicher, wird in allen Klöstern nachgeforscht haben. Er ist sehr mächtig. Don Álvaro Fernández lebt in Medina del Campo, und mit ihm bin ich hierher gekommen.« Sie zögerte einen Augenblick, bevor sie weitersprach. »Ich muss Euch gestehen, dass es nicht in meiner Absicht liegt, den Schleier zu nehmen. Ich weiß nicht, wie es weitergehen soll, aber ich glaube nicht, dass ich zur Nonne berufen bin.«

Das Mädchen senkte den Blick. María war sehr begierig, mehr über Inés und ihre Heimat zu erfahren, aber dazu würde später noch Zeit sein.

»Nun, Inés«, sagte sie lächelnd, »wir werden uns später über deine Zukunft unterhalten. Jetzt möchte ich mit dir die Frage erörtern, die ich vorhin stellte. Spricht man in deiner Heimat kein Kastilisch?«

»Man hört es nur gelegentlich in der Stadt. Für gewöhnlich bedienen sich die Leute des Baskischen.«

»Ist das ein Dialekt oder dergleichen?«

»Nein, Doña María, denn in einem Dialekt gibt es viele Wörter, die man verstehen kann, das Baskische hingegen ist völlig unverständlich für jemanden, der es nicht kennt.«

Sie sprach mit großer Überzeugung, ihrer Worte gewiss. María war aufrichtig interessiert, Ungeduld begann sich in ihr zu regen. Sie spürte, dass etwas Wichtiges passieren würde und dass sie sich auf dem richtigen Weg befand.

»Bedeutet das, dass ich kein Wort verstehen werde, wenn du jetzt etwas in dieser Sprache zu mir sagst?«, wollte sie wissen.

Inés lachte ausgelassen, wie es ihrem Alter eigen war.

»Kein einziges Wort, ehrwürdige Mutter.«

María lachte ebenfalls. Neben Kastilisch sprach sie perfekt Latein, sie konnte Griechisch und beherrschte ein wenig Französisch. Eine Sprache von Bergbewohnern konnte sich nicht allzu sehr von ihnen unterscheiden.

»Du scheinst dir sehr sicher zu sein«, sagte sie. »Nun, lass uns eine Probe machen. Sag etwas in deiner Sprache, von der du behauptest, sie sei so eigentümlich.«

»Ich weiß nicht, was ich sagen soll …«, stotterte das Mädchen.

»Irgendetwas, einen Satz, einen Gruß, ein Gebet … irgendetwas.«

Inés dachte kurz nach. Dann lächelte sie, sah die Äbtissin an und stimmte ein Lied an:

Txoriak hegaz egiten du zuhaitzik zuhaitz.
Amatxuk deitzen du haurra lo egitera.

Die Nonne sah durch das Mädchen hindurch. Sie verstand kein einziges Wort, und doch rief dieses Lied eine vergessene Erinnerung in einem Winkel ihres Gedächtnisses wach. Inés hielt es für nötig, eine Erklärung zu geben.

»Es ist eine kleine Weise, die die Mütter ihren Kindern vorsingen, damit sie schlafen.«

Als sie keine Antwort erhielt, wiederholte sie das Verslein. Die letzten Töne schwangen noch in der Luft, als die Äbtissin reagierte, selbst überrascht von dem Zittern in ihrer Stimme.

»Was bedeutet es?«, fragte sie. »Ich meine, worum geht es in diesem Lied?«

»Nun, es heißt so in etwa ›der Vogel fliegt von Baum zu Baum und die Mutter singt, damit das Kindchen schläft‹. Meine Mutter hat es mir immer vorgesungen, als ich klein war, und sie hat es von meiner Großmutter gelernt. Ihr habt nichts verstanden, nicht wahr?«, fragte sie lachend. »Es heißt, das Baskische sei eine sehr alte Sprache, älter als Latein.«

María nahm das Tintenfass und die Feder, die auf dem Tisch standen, stellte sie vor das Mädchen und schob ihr ein Blatt Papier hin.

»Kannst du es aufschreiben?«, fragte sie. »Ich interessiere mich für alles, was neu für mich ist. Und du hattest völlig Recht, ich habe nichts verstanden.«

»Ja, ehrwürdige Mutter, das kann ich.« Inés lächelte freundlich. »Mein Vater wollte, dass ich sowohl in Kastilisch als auch in Baskisch lesen und schreiben lerne. Das ist nicht die Regel, denn unser Volk legt nicht viel Wert auf Bildung. Obwohl alle diese Sprache sprechen, können nur wenige sie lesen und schreiben, abgesehen von einigen Klerikern und Sekretären. Ich wurde von einem Bakkalaureus unterwiesen, der Unterricht erteilte, um sich seinen Lebensunterhalt zu verdienen.«

Sie nahm behutsam die Feder, tauchte sie in das Tintenfass, schlug die Feder vorsichtig gegen den Rand des Glases und begann mit sicherer Hand zu schreiben. María beobachtete, wie die rechte Hand des Mädchens die Wörter formte und folgte wie hypnotisiert der Bewegung der Feder. Etwas an dem Lied kam ihr vertraut vor. Sie hätte geschworen, dass sie es noch nie gehört hatte, und doch war es ihr nicht unbekannt. Vielleicht hatte sie irgendwo einmal die Melodie gehört. Sie war einfach und eingängig; der Aufbau war ziemlich geläufig, volkstümlich und ohne Schnörkel, fast wie eine der Fingerübungen, die sie selbst über Jahre gemacht hatte. Nein. Da war noch mehr …

»Fertig! Ich habe das Lied in Baskisch niedergeschrieben und eine ungefähre Übersetzung ins Kastilische beigefügt, damit Ihr verstehen könnt, was dort steht. Man liest genauso, wie man schreibt.«

Inés' klare Stimme riss sie aus ihren Gedanken. Sie sah das Mädchen an, das unbefangen lächelte, und lächelte zurück.

»Ich bin sicher, dass wir uns sehr gut verstehen werden«, sagte sie überzeugt. »Ich habe immer geglaubt, dass ich einen sechsten Sinn habe, der mich nicht trügt. Unsere Zusammenarbeit wird große Früchte tragen.«

Die Glocke rief zur Terz. Sie erhob sich von ihrem Stuhl und das Mädchen tat es ihr nach.

»Es ist Zeit, die Arbeit liegen zu lassen«, setzte sie hinzu, »und uns daran zu erinnern, dass der Herr uns in der Kapelle erwartet. Geh schon einmal vor, Tochter. Ich komme gleich nach.«

Inés machte einen kleinen Knicks und verließ die Studierstube. María nahm das Blatt und betrachtete die Schriftzüge:

Txoriak hegaz egiten du zuhaitzik zuhaitz.
Amatxuk …

Sie hielt inne, die Augen auf dieses Wort, *Amatxu*, geheftet, und sie spürte, wie es ihr heiß und kalt den Rücken hinunterlief. Sie suchte die Übersetzung in den Zeilen darunter, aber noch bevor sie sie gelesen hatte, wusste sie, was es hieß:

Der Vogel fliegt von Baum zu Baum.
Die Mutter …

Die Mutter … Ihr wurde schwindlig und sie musste sich auf den Tisch stützen. Es war der Name der Frau, die sie in ihren Träumen sah. Der Mann hatte sie gepackt, und sie schrie: *Amatxu! Amatxu!* Langsam legte sie das Blatt auf den Tisch und ging zur Tür. Das Mittagslicht flutete durch das offene Fenster und das Zimmer schien von einem Strahl der Hoffnung erhellt zu werden, der direkt in ihr Herz drang und es mit Freude erfüllte.

Wochenlang trugen sie eifrig alles zusammen, was in den Klosterarchiven über die Niederlassungen von Augustinerinnen in Kastilien zu finden war. Sie fertigten eine Landkarte an und verzeichneten darin die Lage der einzelnen Konvente und Klöster. Da das Material, über das sie in Madrigal verfügten, nicht sehr umfangreich war, schrieben sie nach Toledo mit der Bitte, ihnen Dokumente zu senden, die mit den Klostergründungen in Kastilien und den übrigen Kronländern zu tun hatten. Des Weiteren erbaten sie unmittelbar von den Äbtissinnen Auskunft über ihre Häuser.

María und Inés verbrachten viele Stunden miteinander. Um keinen Argwohn zu erregen, erledigten sie einen Großteil der Arbeit in der Bibliothek, unterstützt von Teresa und den übrigen Schwestern, die sich von ihrem Enthusiasmus anstecken ließen. Anfang Dezember – es herrschte eine außergewöhnliche Kälte – war das Schriftstück fertig gestellt. Es war ein erschöpfendes Kompendium der Konvente, Enklaven, Ländereien, der Anzahl der jeweiligen Ordensschwestern und des Einflussbereiches. Sie hatten jedem Abschnitt eine ausführliche Aufstellung der Einrichtungen beigefügt und in einigen Fällen eine veranschaulichende Modellzeichnung. Alle, die daran mitgewirkt hatten, waren sich einig, dass das Werk eines königlichen Sekretariats würdig war, wenngleich keine von ihnen je Gelegenheit gehabt hatte, ein Schriftstück des Hofes in Händen zu halten.

»Wann werdet Ihr es nach Toledo schicken, Doña María?«, fragte Teresa.

»Ich übergebe es Euch zu treuen Händen«, lautete Marías Antwort. »Es gibt niemanden hier, der mir größere Gewissheit geben könnte, dass das Dokument seinen Bestimmungsort erreicht.«

Das Gesicht der Bibliothekarin strahlte vor Zufriedenheit und María lächelte vergnügt. Es war so einfach, die Menschen glücklich zu machen! Jeder hatte einen schwachen Punkt, aber bei manchen trat er deutlicher zutage als bei anderen. Der ihre, ihre Vergangenheit, war gut verborgen, und sie würde nicht zulassen, dass jemand erfuhr, wie sehr sie diese Frage beschäftigte.

In jenen Wochen führte sie lange Gespräche mit Inés. Inés war eine aufrichtige Seele, die nichts verbarg, und es war ein Leichtes, ihr die gewünschten Auskünfte über ihren Geburtsort zu entlocken, der auch ihr eigener sein konnte.

So erfuhr María, dass Bilbao aufgrund des Hafens, der das kastilische Binnenland und die umliegenden Regionen mit Ländern wie Frankreich, England, Flandern und Portugal verband, eine wohlhabende, geschäftige Stadt war. Haupteinnahmequelle waren die Eisenminen, die Schmieden und der Handel. In einer Zeit, in der Seeschlachten einen Krieg entscheiden konnten, war neben dem Seehandel und der Fischerei auch der Schiffsbau zu nennen.

Inés' Vater, Martín de Múgica, war ein angesehener Reeder und Händler gewesen, der ein großes Vermögen angehäuft hatte. Bei seinem Tod ging die Verfügungsgewalt über dieses auf seinen Schwager über, einen gewissen Tristán de Leguizamón, der mit Martíns Schwester Luisa verheiratet war. Dieser Leguizamón übertrug die Verwaltung des Erbes an seinen Sohn, gleichfalls Tristán mit Namen, der nach den Worten der jungen Novizin ein hartherziger, egoistischer und machtgieriger Mann war. Er ruhte nicht eher, bis er seine Ziele erreicht hatte, und arbeitete darauf hin, das Oberhaupt einer der einflussreichsten Familien der Biskaya zu werden und außerdem Anführer der Oñacinos.

Die in den beiden Parteien der Oñacinos und der Gamboinos organisierten Familien hassten sich auf den Tod. Die Ursprünge des Konflikts verloren sich in der Vergangenheit, und niemand vermochte mit Gewissheit den wahren Grund zu benennen, warum die Auseinandersetzung trotz der großen Verluste an Menschenleben und Eigentum fortdauerte.

»Die Angelegenheit ist ziemlich kompliziert«, versuchte das Mädchen zu erklären. »Die Hauschefs oder *Andikis*, wie wir sie nennen, erben die Ländereien in direkter Linie, sind jedoch verpflichtet, sich um ihre Geschwister, Vettern und die übrigen Familienmitglieder zu kümmern, die für sie arbeiten. Einige von diesen haben Majoratsgüter gegründet und sich losgesagt; das sind die so genannten Nebenlinien. Wenn ein *Andiki* mit einem anderen in Streit gerät, ruft er zu den Waffen und alle Familienzweige müssen ihm Beistand leisten. Deshalb gehört in Bilbao nahezu die Hälfte der Bevölkerung den Gamboinos an und die andere den Oñacinos. Beide Parteien haben feste Einflussbereiche und es ist besser, nicht das Territorium der anderen zu betreten.«

Die Äbtissin konnte ein Lächeln nicht verbergen. Inés' Schilderungen klangen nach einer Rittergeschichte, die sich der phantasievolle, glühende Geist eines romantischen jungen Mädchens erdacht hatte. Inés errötete. Dass jemand ihre Worte in Zweifel ziehen könnte, brachte sie aus der Fassung.

»Ehrwürdige Mutter, ich versichere Euch, dass es stimmt«, beteuerte sie. »So wahr ich hier vor Euch stehe.«

»Und du, zu welcher Partei gehörst du?«, fragte María nicht ohne Boshaftigkeit.

»Eine Schwester meines Vaters ist mit Tristán de Leguizamón verheiratet. Er ist der Anführer der Oñacinos. Mein Großvater, Gonzalo Gómez de Butrón, war ebenfalls eine bedeutende Persönlichkeit bei den Oñacinos.«

»Dann bist du also eine Oñacina.«

»Das könnte man so sagen.« Sie schien nicht sehr überzeugt von ihren eigenen Worten zu sein. »Aber ich empfinde nichts Besonderes für die Gamboinos, keinen Hass. Es ist die Gewohnheit. Wir Frauen haben nichts zu sagen und können keine Entscheidungen treffen. Man gehört zu der Familie, in die man hineingeboren wurde.«

Sie schwiegen. María wusste um die Wahrheit dieser Worte. Und sie? Welcher Familie gehörte sie an? Im Prinzip der königlichen Familie von Aragón, denn Don Ferdinand war ihr Vater, auch wenn nur wenige darum wussten. Wie bitter war diese Situation! Früher hatte sie einen Namen vermisst, doch nun, da sie ihn hatte, verspürte sie nicht das geringste Verlangen, ihn zu benutzen. Sie war Mutter María Esperanza, Äbtissin des Klosters von Madrigal. Niemand würde sie fragen, welcher Linie sie angehörte.

Nach Beendigung der Arbeit kehrte Inés ohne große Lust an ihren Platz in der Bibliothek zurück, und María genoss erneut eine Zeit der Stille. Es war bitterkalt. Der Winter war in jenem Jahr besonders streng. Sie begann früh mit der Erledigung ihrer Aufgaben, und wenn die Dunkelheit jede andere Beschäftigung nahezu unmöglich machte, zog sie sich in ihr Studierzimmer zurück. Sie schob den Tisch an den Kamin, in dem das brennende Holz knisterte, um weiter schreiben zu können. Ihre Finger waren klamm und sie sehnte sich nach den sonnigen

Tagen des Sommers, auch wenn sie dann, zugegeben, unter der Hitze litt.

Sie war nicht sehr weit vorangekommen mit ihren Nachforschungen. In den letzten Wochen war sie sehr beschäftigt gewesen und die Arbeit hatte sie abgelenkt. Sie wollte sich nicht in etwas verrennen, aber ihr war auch nicht klar, welche Schritte sie fernerhin unternehmen sollte. Sie beneidete Inés um ihre Jugend, darum, dass die Novizin vielleicht niemals Nonne werden würde, vor allem aber um ihre Familie. Wenn sie wollte, konnte sie zu ihr zurückkehren. In Marías Fall lag die Sache anders. Eine Nonne, die die ewigen Gelübde abgelegt hatte, konnte Madrigal nur dann verlassen, wenn sie in ein anderes Kloster geschickt wurde. Sie kannte niemanden außer den Dorfbewohnern, zu denen sie einen gewissen Kontakt pflegte, insbesondere zu den Bauern, die Ländereien vom Kloster gepachtet hatten und jeden Monat kamen, um Rechenschaft abzulegen und die Pacht zu bezahlen. Sie kannte auch die Ratsmitglieder. Es war immer etwas in Bezug auf die Ländereien zu regeln, und als Äbtissin von Nuestra Señora de Gracia trat sie bei diesen Gelegenheiten als Grundherrin auf. Anders als früher war auch schon lange keine Dame vom Hof mehr im Kloster zu Gast gewesen. Allerdings waren die Beziehungen zu diesen Damen nie sehr eng gewesen. Sie hatten sich von der Klostergemeinschaft fern gehalten und eigene Dienerinnen gehabt, die ihnen aufwarteten.

Ihre Gedanken schweiften ab nach Santa Clara. Im vergangenen Jahr war der Klosterpalast von Tordesillas, nur wenige Meilen von Madrigal entfernt, zum bevorzugten Pilgerort des Adels geworden. Dort war Doña Johanna, die Erste ihres Namens und Königin von Kastilien, eingekerkert – auch wenn viele lieber sagten, sie sei aus Gnade den

Augen der Öffentlichkeit entzogen worden. Es war allgemein bekannt, dass die Tochter von Doña Isabella und Don Ferdinand – ihre Halbschwester also – schon immer eine zerbrechliche, in sich gekehrte Frau gewesen war. Bereits zu Lebzeiten ihrer Mutter waren Anzeichen ihrer Krankheit zutage getreten, welche der Königin Anlass zu größter Sorge gegeben hatten. Als Johannas Mann Philipp nach seiner und Johannas Ernennung zu Prinzen von Asturien und Erben des kastilischen Thrones nach Flandern zurückkehrte, hatte Doña Isabella darauf bestanden, dass ihre Tochter wegen des Winters und ihrer erneuten Schwangerschaft in Medina del Campo blieb. Es war kein Geheimnis, dass es damals, einige Jahre vor Doña Isabellas Tod, eine furchtbare Auseinandersetzung zwischen den beiden Frauen gegeben hatte; sämtliche Bedienstete des Schlosses La Mota wussten davon und folglich das ganze Land. Die Infantin hatte die ganze Nacht barfuß und im Hemd am Burgtor zugebracht und wollte nicht eher weichen, bis man ihr erlaubte, ihrem Mann zu folgen. Die Königin, die damals bereits krank war, hatte schließlich nachgegeben, und an diesem Tag war sie noch ein wenig mehr gestorben. Die Herrschaft über ihr geliebtes Kastilien würde an die arme Johanna und ihren ehrgeizigen Mann Erzherzog Philipp, genannt *der Schöne*, fallen.

Weshalb wurde er so genannt? War er wirklich schön gewesen?

María hatte nie ein Bildnis des Prinzen gesehen und hatte keine Vorstellung von ihm. Sie kannte ein Porträt Königin Johannas aus der Zeit, als diese noch Infantin gewesen war. Es hatte ihr als Vorlage für die Illustration des Stundenbuches gedient, von der Doña Isabella so angetan gewesen war … bis sie erfuhr, dass die uneheliche Tochter ihres Mannes es angefertigt hatte.

Als Kind war die Gefangene von Tordesillas von hübschem Gesicht und anmutiger Gestalt gewesen. Nichts hatte darauf hingedeutet, dass sie die Geisteskrankheit ihrer Großmutter mütterlicherseits geerbt hatte, die durch die Flure und Säle des Palastes geirrt war, dessen Dächer María von ihrer Zelle aus auf der anderen Seite der Mauer sehen konnte. Selbst in ein abgelegenes Kloster drangen gelegentlich Gerüchte, Nachrichten und Klatsch vom Hofe. Es gab immer einen Bauern, der mehr wusste, oder einen Honigverkäufer, der in der Gegend herumkam, oder einen Ordensbruder, der im Kloster übernachtete und die neuesten Nachrichten aus der Welt dort draußen mitbrachte. Jeder wusste, dass Doña Johanna nach dem Tod ihres Mannes vor gut vier Jahren völlig den Verstand verloren hatte.

Es hieß, der Tod Philipps sei durch ein Fieber verursacht worden, ausgelöst durch einen Krug eiskalten Wassers, welchen er nach einem Ballspiel an einem heißen Tag getrunken habe. Andere mutmaßten, sein plötzliches Ableben sei Kardinal Cisneros, der grauen Eminenz des Reiches, und folglich auch Don Ferdinand sehr gelegen gekommen. Die Königin hatte Philipp nämlich für den Fall, dass ihre Tochter nicht willens oder in der Lage sein sollte, die Regierungsgeschäfte selbst auszuüben, zum Thronfolger Kastiliens bestimmt.

María dachte an ihren Vater, der sich als alter Mann am Ende seines Lebens seiner beiden Töchter erinnert hatte. Wenn er, wie man sich erzählte, in der Lage gewesen war, eine päpstliche Bulle zu fälschen, um sich mit der Königin vermählen zu können; wenn er fähig war, Verrat zu üben und seine Versprechen zu brechen; wenn er Tausende Untertanen von ihrem Grund und Boden und aus ihren Häusern vertrieb und sie des Landes verwies, in dem sie geboren waren, wenn er mit ihrer Mutter geschlafen und zugelassen hatte, dass man sie selbst lebenslang einschloss, ohne sie auch nur zu kennen, wieso sollte er sich dann nicht auch eines unbequemen, ehrgeizigen Schwiegersohnes entledigen?

María erschrak selbst über ihre Gedanken. Es mochte sein, wie es wollte: Sie war Nonne, dazu erzogen, ihre Nächsten zu lieben und ihnen zu vergeben. Sie wollte keinen Hass empfinden, erst recht nicht, wenn dieser Hass ihr die Vision nahm, die sie brauchte, um weiterzuleben. Sie liebte ihren Vater nicht und achtete ihn nicht als Tochter, aber sie konnte es sich nicht erlauben, ihn zu hassen oder sich als Opfer seiner Ausschweifungen zu fühlen.

Das Jahr neigte sich dem Ende zu und seit Tagen herrschte im Kloster rege Betriebsamkeit, um die Feiern anlässlich der Geburt des Herrn vorzubereiten. Fußböden, Fenster, Mobiliar und Statuen wollten auf Hochglanz gebracht werden. Auch in der Küche war einiges los. Die Köchin und ihre Gehilfinnen stellten unaufhörlich Marzipan und Mandeltörtchen her, die bei den Leuten im Umland sehr beliebt waren, die große Mengen für die Festtage kauften und gutes Geld ins Kloster brachten. Aber man entlohnte sie nicht nur mit Geld. So mancher tauschte das Naschwerk gegen Hühner, Gemüse oder Mehlsäcke ein, die das Kloster dringend benötigte. Der Klostergarten gab nicht viel her.

Eines Abends betrachtete María den herrlichen Sonnenuntergang über den kastilischen Feldern, als sie auf der Straße aus Medina del Campo einen Reiter herannahen sah. Am Anfang war er nur ein kleiner Punkt in der Ferne, der sich allmählich der Mauer näherte. Sie hatte das Gefühl, dass er zum Kloster wollte, auch wenn sie nicht wusste, weshalb. Sie erwartete niemanden. Dennoch konnte sie den Blick nicht von der Staubwolke abwenden, die das Pferd aufwirbelte, während der Reiter durch die Puerta de Medina trabte. Für einen kurzen Moment verlor sie ihn aus den Augen, aber sie wusste, dass er im Schatten der Mauer auf der Straße in Richtung Ronda ritt. Kurz darauf erschien er wieder an der Puerta de Peñaranda und bog auf den Weg ein, der direkt nach Nuestra Señora de Gracia führte. Während sie sich fragte, wer der geheimnisvolle Reiter sein mochte und was ihn hierher führte, verließ sie den Turm und stieg die enge Treppe hinunter, von einer Aufregung gepackt, für die sie keine Erklärung hatte. Vielleicht handelte es sich um den Verwandten einer Schwester, der eine Botschaft von ihrer Familie brachte.

Hoffentlich sind es keine schlechten Nachrichten, sagte sie sich und beschleunigte ihre Schritte.

Sollte es sich um schlechte Neuigkeiten für eine der Schwestern handeln, so würde dies Anlass zu Sorgen und Problemen geben. Nur ein Dispens aus Toledo erlaubte es einer Ordensschwester, das Kloster zu verlassen, und für diese Strecke brauchte man mehrere Tage oder sogar Wochen, gerade im Winter. In den meisten Fällen kam der Dispens zu spät, natürlich zur Verzweiflung der Betroffenen, vor allem, wenn es sich um eine jüngere Mitschwester handelte. Sie erreichte den Eingang just in dem Augenblick, als Joaquina die Pforte hinter dem Besucher schloss, und sie war sehr erleichtert, als sie den Boten erkannte, der ihnen die Briefe aus Toledo zu bringen pflegte.

»Seid willkommen, Meister Hernando«, begrüßte sie ihn mit einem Lächeln. »Wie schön, Euch wieder bei uns zu sehen. Welche Neuigkeiten bringt Ihr diesmal?«

Der Bote machte eine kleine Verbeugung. Er kam gerne nach Madrigal. Die guten Nonnen ließen ihn niemals von dannen ziehen, bevor er nicht gegessen und sich ausgeruht hatte. Sie plauderten mit ihm und stellten ihm Fragen über Toledo, die Schwestern und seine Familie, der sie stets einen Korb voller Naschwerk schicken ließen.

»Es ist mir eine Freude, nach Nuestra Señora de Gracia zu kommen, Doña María. Ich bringe Euch einen Brief der Mutter Oberin. Sie hat mir aufgetragen, Euch zu sagen, dass sie Eure Antwort erwartet.«

Mit diesen Worten überreichte der Mann ihr einen großen versiegelten Umschlag, der mehrere Dokumente zu enthalten schien.

»Wenn das so ist, bitte ich Euch, der Schwester Pförtnerin zu folgen«, sagte sie ihrerseits. »Es ist bereits zu spät, um an eine Rückkehr nach Toledo zu denken, und ich muss das Schreiben, das Ihr mir gebracht habt, lesen und beantworten. Das Beste wird sein, wenn Ihr die Nacht hier verbringt, Kräfte sammelt und Euch morgen auf den Rückweg macht.«

Meister Hernando verbeugte sich erneut und folgte Joaquina, die ihm den Weg wies. Er war in der Tat sehr erschöpft, und das Alter begann sich bemerkbar zu machen. Wie fern waren die Tage, als er von Toledo nach Burgos reiten und noch am selben Tag zurückkehren konnte, frisch wie ein soeben geschnittener Salat!

Die Sonne war untergegangen, und am Horizont zeichnete sich eine feuerrote Linie ab, die mit dem Blau des Himmels kontrastierte, das zum Kloster hin immer dunkler wurde. María ging in ihr Studierzimmer, entzündete die Kerze und setzte sich; sie nahm den Umschlag und erbrach vorsichtig das Siegel. Sie hatte das Siegelwachs immer gemocht und erbrach es nur ungern, so als verschwände damit das Geheimnis, das sich in der Botschaft verbarg. In dem Umschlag befanden sich mehrere Schriftstücke, die sie auf den Tisch legte. Sie nahm einen mit eleganter, sicherer Hand geschriebenen Brief und begann zu lesen. Die neue Mutter Oberin lobte die sorgfältig ausgeführte Arbeit, sie sei eine kostbare Informationsquelle für den Orden, und ernannte María zur Generalinspektorin der Konvente und Klöster der Augustinerinnen in Kastilien. Sie las den letzten Absatz noch einmal und hätte beinahe einen Freudenschrei ausgestoßen. Die Ernennung – so hieß es in dem Brief weiter – berühre nicht ihre Rechte und Privilegien als Äbtissin des Klosters von Madrigal, ein Amt, das sie weiterhin ausüben solle, wenngleich es während ihrer Abwesenheit einer anderen Schwester übertragen werden müsse.

Es folgten einige Anweisungen, in denen die Oberin sie ermunterte, die Reise so bald wie möglich anzutreten, da das Amt seit mehr als fünf Jahren vakant sei. Die Nachrichten aus den Frauenklöstern des Augustinerordens in Kastilien beschränkten sich auf die Korrespondenz, die man mit den Äbtissinnen der einzelnen Niederlassungen unterhalte. Die Oberin wünschte einen Bericht aus erster Hand zu erhalten. Sie schickte ihr Empfehlungsschreiben sowie die Vollmacht, in ihrem Namen zu handeln, falls eine wichtige Entscheidung zu treffen sei, und ermunterte sie, diese zu fällen, falls sie es für notwendig erachten sollte. Außerdem übersandte sie ihr einen Brief an den Kondestabel von Kastilien, Don Bernardino Fernández de Velasco, und einen weiteren an den obersten Richter des Landes, beides persönliche Freunde ihrer Familie. Diese würden das Nötige veranlassen, um zum guten Gelingen der Reise beizutragen. Des Weiteren empfahl sie ihr, sich von ein oder zwei Mitschwestern begleiten zu lassen, da es weder schicklich noch sicher sei, alleine zu reisen.

María überflog die übrigen Schriftstücke und lehnte sich im Lehnstuhl zurück. Den Blick auf die Flammen im Kamin gerichtet, ließ sie ihre Gedanken schweifen. Zum ersten Mal seit fünfundzwanzig Jahren würde sie das Kloster verlassen, in dem sie aufgewachsen war, den einzigen Ort, den sie kannte. Sie würde nicht nur eine neue Welt sehen und andere Menschen kennen lernen, ihr neues Amt würde sie bis nach Bilbao führen, wo es eine Niederlassung gab, und sie konnte weitere Nachforschungen über ihre Vergangenheit anstellen, falls diese dort zu suchen war. Plötzlich hatte sie das fieberhafte Bedürfnis, mit den Reisevorbereitungen zu beginnen.

Sie verbrachte einen Teil der Nacht damit, ihre Antwort zu Papier zu bringen und alles aufzuschreiben, was von Interesse für die Verwaltung des Klosters sein konnte, sowie noch zu erledigende Dinge und Hinweise, die ihrer Schwester von Nutzen sein mochten. Sie hatte nicht lange überlegen müssen: María *die Jüngere* war am besten geeignet, sie zu vertreten. Sie besaß alle Eigenschaften, die sie zur perfekten Anwärterin für das Amt machten. *Im Grunde*, dachte sie, *wäre sie eine viel bessere Äbtissin als ich.*

Sie räumte ihren Tisch auf, wobei sie alles bis aufs Kleinste überprüfte, und steckte die Schriftstücke, die sie benötigen würde, in eine Mappe aus Wildleder: die Empfehlungsschreiben, das Kompendium der Klöster und die Notizen über das Wenige, was sie über ihre Vergangenheit herausgefunden hatte, sowie das, was ihr Inés über die Biskaya und deren Menschen erzählt hatte. Sie hatte sich alles notiert, ohne etwas auszulassen. Sogar das Wiegenlied packte sie ein, das sie auswendig gelernt hatte. Oder hatte sie sich nur daran erinnert? Sie wollte keinen Hinweis zurücklassen, der Anlass zu der Vermutung geben konnte, dass ihre Reise einem anderen Zweck diente als dem eiligen Auftrag, den sie erhalten hatte.

Als es zur Frühmette läutete, war sie fertig. Sie sah sich ein letztes Mal um, lächelte zufrieden und ging frohen Herzens und hellwach zur Kapelle. Sie hatte die ganze Nacht nicht geschlafen, aber sie hatte auch kein Bedürfnis danach. Zum ersten Mal seit langer Zeit betete sie mit Inbrunst, dankbar für die zweite Chance, die ihr das Leben bot. Die erste war ihre Geburt gewesen.

Bevor sie beim Essen den Segen erteilte, nutzte sie die Gelegenheit, um die Neuigkeit mitzuteilen.

»Schwestern«, begann sie, »ich habe Euch etwas sehr Wichtiges mitzuteilen. Wie Ihr wisst, traf gestern der Bote aus Toledo ein. Erlaubt mir, dass ich Euch den Brief unserer Mutter Oberin vorlese, Gott möge ihr noch viele Jahre schenken.«

Die Nonnen sahen sich überrascht an. Es war nicht üblich, dass man ihnen die Briefe aus Toledo oder woher auch immer vorlas. Allenfalls wurden sie über deren Inhalt in Kenntnis gesetzt. Die Überraschung wich der Neugier, je länger María las. Alle mit Ausnahme der Ältesten oder Kranken hofften sehnsüchtig auf eine Gelegenheit, das Kloster zu verlassen, die dreien von ihnen gegeben wurde, und sei es nur für kurze Zeit. Sie konnten es nicht erwarten, den Namen der Mitschwester zu erfahren, der die Äbtissin ihr Amt übertragen würde, und vor allem, wer die Glücklichen sein würden, die sie auf der Reise begleiten sollten.

»Ich habe die ganze Nacht über diese Angelegenheit nachgedacht, die einige Veränderungen in unsere Gemeinschaft und eine kleine Aufregung in unser Leben bringen wird.« María ließ ihren Blick langsam über die Tische schweifen. »Meine Entscheidung lautet, dass die Schwester Hauswirtschafterin während meiner Abwesenheit meinen Platz einnehmen wird.«

Sie blickte María *die Jüngere* an, die zu ihrer Rechten saß und derart errötete, dass die Äbtissin sich beherrschen musste, um nicht zu lächeln.

»Ich bin überzeugt«, fuhr sie fort, »dass sie eine würdige Stellvertreterin sein wird. Ihr habt gehört, dass unsere gute Mutter Oberin mir empfiehlt, die Reise in Begleitung von einer oder zweien aus euren Reihen zu unternehmen. Meine Wahl ist auf Joaquina und Inés gefallen.«

Verblüffung zeichnete sich auf allen Gesichtern ab. María wusste, was sie dachten. Joaquina war eine untergeordnete Nonne ohne besondere Stärken, die sich nie durch übermäßige Intelligenz hervorgetan hatte.

Und Inés … schließlich war sie nur eine Novizin. Jede Einzelne von ihnen hatte mehr Rechte, eine bessere Familie, größere Kenntnisse, mehr Lebenserfahrung. Warum diese beiden und keine andere? María wusste genau, warum sie so entschieden hatte. Sie war sich der Loyalität der einen gewiss, und die andere würde ihr in den nördlichen Regionen sehr nützlich sein. So hielt sie sich nicht damit auf, weitere Erklärungen abzugeben, nach denen zu verlangen im Übrigen keine der Schwestern gewagt hätte.

In den darauf folgenden Tagen herrschte rege Geschäftigkeit im Kloster. Neben den Chorproben für die Weihnachtsmesse und der Vorbereitung der Armenspeisung war die Reise zu organisieren und die Route festzulegen, Proviant für den Weg zu beschaffen und, was das Wichtigste war, ein sicheres und bequemes Transportmittel ausfindig zu machen.

María entschied sich für einen kleinen, mit einer neuen Plane bedeckten Karren, der von einem jungen, kräftigen Ackergaul gezogen wurde. Er gehörte ihrem nächsten Nachbarn, Meister Antón Gómez de Villar, Besitzer der umliegenden Felder, mit dem sie stets gute Beziehungen unterhalten hatte. Meister Antón, ein gottesfürchtiger Mann, war María zu großem Dank verpflichtet, weil sie seiner Frau bei der Geburt der beiden jüngsten Kinder, Zwillingen, beigestanden hatte. Es hatte stark geschneit an diesem Tag im letzten Winter, unmöglich, die Hebamme zu holen, und so war er zum Kloster gekommen, um Hilfe zu holen. Begleitet von Petra, die sich mit Arzneien und Salben auskannte, sowie von Joaquina, die sich angeboten hatte, weil sie ähnliche Erfahrungen aus ihrem Elternhaus hatte, war sie zum Gut des Nachbarn geeilt. Es war ein Erlebnis gewesen, das sie niemals vergessen würde. Weder sie noch Petra kannten sich mit Geburten aus und so überließen sie alles Joaquina, die genau zu wissen schien, was in einem solchen Fall zu tun war.

»Los, Frau!«, ermunterte diese die Gebärende. »So schlimm ist es nicht! Du warst schon öfter in dieser Lage.«

»Ja, Schwester«, erwiderte die Frau stöhnend, »aber es war noch nie so schwer wie dieses Mal. Ich habe das Gefühl, als würde es mich zerreißen.«

»Blödsinn! Es ist wie immer. Die Frauen haben die Schmerzen schnell vergessen, wenn sie ihr Kind in den Armen halten.«

Die Bäuerin lächelte ihr zu, während sich ihr Körper unter einer weiteren Wehe krümmte.

»Woher wollt Ihr das wissen?«, fragte sie keuchend. »Seid Ihr schon einmal Mutter geworden?«

»Nein.« Joaquina lächelte ebenfalls. »Unser Herr hat

mich vorher erwählt, aber meine Mutter hat nach mir noch sechs Kinder bekommen, und den letzten dreien habe ich mit auf die Welt geholfen. Ich weiß, dass du alle Schmerzen vergessen hast, sobald das Kleine geboren ist. Du musst stärker pressen!«

María war entsetzt über die Art und Weise, wie Joaquina die Frau behandelte, doch sie musste erkennen, dass diese keinesfalls beleidigt war. Vielmehr schien sie erleichtert zu sein, Joaquina in ihrer Nähe zu haben. Ein Schrei riss sie aus ihren Gedanken, und Petra zuckte neben ihr zusammen. Sie hörten Joaquinas Stimme, die, zwischen den Beinen der Bäuerin kniend und die Ärmel des Habits hochgekrempelt, das Kind mit den Händen zu packen versuchte.

»Ich hab's, Gott sei gelobt und gepriesen! Da ist es! Streng dich an, Frau! Oder willst du das Kind drinnen lassen?«

Die anfängliche Angst wich einer tiefen Freude, als der Kopf des Kindes sichtbar wurde. Die Nonne umfasste ihn beherzt, aber vorsichtig, um die Fontanelle nicht zu schädigen, dann zog sie an den Schultern, und das Kleine rutschte hässlich und verschrumpelt nach draußen, ganz mit Blut und Schleim bedeckt. María beobachtete gebannt Joaquinas Handgriffe; diese hob das Kind an den Füßen hoch und gab ihm einen Klaps, damit es atmete. Dann legte sie es auf die Laken und trennte geübt die Nabelschnur durch, die es noch mit seiner Mutter verband.

»Es ist ein Junge! Hässlicher als der leibhaftige Teufel!« Sie lachte vergnügt. »Aber er ist gesund und es fehlt ihm nichts.«

Sie nahm das Kind, wickelte es in ein Tuch und übergab es ihrer Superiorin.

»Wenn Euer Gnaden die Güte hätten, das arme Engelchen ein wenig zu waschen … Ich muss noch die Plazenta herausdrücken, die sich noch im Leib der Mutter befindet und Infektionen und Fieber verursachen kann.«

Sie ließ María mit dem kostbaren Bündel stehen, kehrte zum Bett zurück und drückte mit ihren dicken Händen kräftig auf den Leib der Frau, damit sich die Plazenta löste.

Die Äbtissin betrachtete sprachlos den weinenden Knaben in ihren Armen. Er war rot vor Anstrengung und am ganzen Körper mit Blut verschmiert. Er presste fest seine Fäustchen zusammen und schrie aus Leibeskräften, wobei er sein zahnloses Mündchen aufriss wie ein alter Mann. Welch ein sonderbares, wundervolles Gefühl war es, dieses neue, zerbrechliche und gleichzeitig zähe Leben an ihrer Brust zu spüren! Sie würde niemals Mutter werden können. Man hatte ihr auch die größte und vielleicht einzige Freude verwehrt, die eine Frau im Leben haben konnte. Ein weiterer Schrei ließ sie zusammenfahren.

»Was ist los, Joaquina?«, fragte sie beunruhigt. »Läuft etwas schief?«

Die Nonne kniete erneut zwischen den Beinen der Gebärenden.

»Diese Frau bekommt noch ein Kind!«

»Heilige Muttergottes!«, rief die Bäuerin verschreckt aus. »Was wird bloß mein Mann sagen?«

»Was soll er schon sagen!«, entgegnete Joaquina. »Der Herrgott segnet Euch mit zwei Kindern statt mit einem und dein Mann ist auch daran beteiligt. Jungfrau und Mutter zugleich ist nur eine gewesen! Nur Mut! Pressen! Dieses ist kleiner, es wird also nicht so schlimm werden.«

Petra hatte María das erste Kind aus den Armen genommen und rieb es mit einem sauberen Tuch ab, das sie in

Rosmarinöl tauchte. Gleichzeitig bekreuzigte sie seinen ganzen Körper mit dem Daumen, um die bösen Geister zu vertreiben, die sich der Neugeborenen bemächtigten, wenn sie noch nicht getauft waren. Ehe sie sich's versah, hielt María das zweite Kind, ein Mädchen, in den Armen. Sie konnte die Tränen der Rührung nicht zurückhalten.

Seit damals war kein Monat vergangen, ohne dass einer aus der Familie mit einem Korb Äpfel oder ein paar frischen, mit Milch gebackenen Maiskuchen zum Kloster kam.

Meister Antón wollte nichts von einer Bezahlung für den Karren und das Pferd wissen.

»Was Ihr für meine Frau und meine Kinder getan habt«, sagte er, »wird Euch Gott im Himmel vergelten, aber ich möchte es Euch hier auf Erden vergelten. Ich will nichts mehr von Geld hören, Doña María. Außerdem wird Euch mein zweiter Sohn Antoñino auf der Reise begleiten. Nicht, dass Ihr Probleme mit dem Wagen oder dem Pferd bekommt. Außerdem sollten drei Frauen nicht alleine auf diesen Wegen voller Diebe und üblem Gesindel unterwegs sein. Der Junge ist stark und groß für sein Alter. Die Reise wird ihm gut tun, und ich bin überzeugt, dass er Dinge lernen wird, die uns später allen zugute kommen.«

Einige Tage später machten sich María und ihre Begleiter auf den Weg. Sie winkte lebhaft zum Abschied, dann richtete sich ihr Blick hoffnungsvoll auf den Weg, der vor ihr lag.

Das Rumpeln des Wagens und die aufgeregten Gespräche ihrer Reisegefährten hielten María nicht davon ab, ihren Gedanken nachzuhängen. In den Mantel gehüllt, um sich vor der morgendlichen Kälte zu schützen, sah sie die von den ersten Sonnenstrahlen in ein goldenes Licht getauchten kastilischen Felder vorüberziehen. Um diese Jahreszeit standen sie noch ohne das Korn da, das sie den größten Teil des Jahres schmückte.

»Seht! Seht nur, Doña María!«

Joaquina deutete auf einen Hügel, auf dem sich majestätisch eine Festung erhob.

»Sind wir schon in Medina?«, fragte sie ungeduldig.

»Nein, Schwester. Bis dorthin sind es noch viele Meilen. Ihr werdet es rechtzeitig merken, denn Medina ist eine richtige Festungsstadt und ihre Türme sind weithin zu sehen.«

María lächelte, als sie hörte, wie Inés Joaquina in belehrendem Ton den Unterschied zwischen einem Wehrturm und einer befestigten Stadt wie Medina del Campo, dem Zentrum des kastilischen Hofes, zu erklären versuchte.

Während der Reise war die Klausur ebenso aufgehoben wie das Schweigegebot, das außerhalb des Klosters aufrecht zu erhalten sie zudem weder für sich noch für ihre Begleiterinnen die Absicht hatte. Zum ersten Mal war sie frei von Regeln und Einschränkungen und sie gedachte, diese wohlverdiente Freiheit zu genießen.

Nachdem sie kurz angehalten hatten, um in Gesellschaft einiger Bauern das Angelus zu beten und mit ihnen etwas Brot und Käse zu teilen, den sie dabeihatten, setzten sie ihre Reise fort und sahen bald die Türme von Medina vor sich. Hoch oben auf dem Mauerturm der Burg, die den Hügel überragte, wehte das Banner von Kastilien und daneben dasjenige König Ferdinands, wie ihnen Antoñino erklärte. Der Junge wusste es genau, weil er schon öfter in der Stadt gewesen war, um mit seinem Vater auf dem jährlichen

Markt der Mesta, dem größten des Landes, Vieh zu verkaufen. Das königliche Banner bedeutete, dass der König zur Zeit in Medina weilte.

Obwohl María sich geschworen hatte, niemals etwas für diesen Ehebrecher zu empfinden, der es nicht wert war, Vater genannt zu werden, konnte sie nicht verhindern, dass ihr Herz einen Satz machte und schneller schlug.

Wenn der König in Medina weilt … vielleicht …, dachte sie.

Sie wusste nicht, ob sie ihn sehen wollte oder nicht. Einerseits war ihre Neugierde groß, aber andererseits … Wie würde sie reagieren, wenn sie die Möglichkeit hätte, ihm nahe zu sein und das Wort an ihn zu richten? Würde sie ihm sagen, dass sie seine uneheliche Tochter war? Würde sie ihn nach ihrer Mutter fragen?

Sie versuchte, vorerst nicht darüber nachzudenken und wandte ihre Aufmerksamkeit den Bauern zu, an denen der Wagen vorbeifuhr. Ihre Gesichter waren gegerbt von der Sonne und der Arbeit, dem Pflügen, Säen, Ernten und Dreschen des Getreides, Haupteinkommensquelle der meisten. Sie arbeiteten hart, um ihre vielköpfigen Familien zu ernähren und in barer Münze oder in Naturalien die Pacht für das Land zu bezahlen.

»Ein wahrlich schweres Leben«, sagte sie laut.

»Habt Ihr etwas gesagt, Doña María?«

»Nein, Joaquina. Ich dachte gerade daran, wie schwer doch das Leben der Männer und Frauen auf dem Lande ist.«

Die dicke Ordensfrau schien sie nicht zu verstehen. María versuchte sich deutlicher auszudrücken.

»Ich dachte daran, wie hart die Arbeit des Bauern ist, der von Sonnenaufgang bis Sonnenuntergang schuftet, um seine Familie zu ernähren und mit dem Rest die Truhen seines Herrn zu füllen.«

»Welches Herrn?«

»Irgendeines Herrn, Joaquina, des Königs, des Herzogs, des Bischofs, des Abtes … Die Bauern bearbeiten das Land der Herren oder sie pachten es von ihnen und müssen dann dafür bezahlen. Sie müssen auch für das Holz zahlen, das sie in den Wäldern sammeln, und für die Weiden ihrer Tiere und das Benutzen der Mühle. Das weißt du besser als ich.«

»So ist es immer schon gewesen.«

Aus Joaquinas Gesicht sprach Unverständnis. Nicht, weil sie nicht begriffen hätte, was María sagte, sondern weil die Äbtissin sich darüber wunderte, dass es so war.

»Herr ist Herr und Untertan ist Untertan. So ist es immer schon gewesen …«, wiederholte sie in ihrer einfachen, schlichten Logik. »Das Haus meines Vaters und ebenso das Land gehörten Don Beltrán de la Cueva. Ein bedeutender Mann bei Hofe, sehr bedeutend.«

Bei den letzten Worten senkte sie die Stimme, so als fürchtete sie, jemand könne hören, wie sie den Namen Beltrán de la Cuevas erwähnte, Graf von Ledesma, Großmeister des Jakobsordens, Herzog von Albuquerque, ehemals allmächtiger Günstling König Heinrichs IV. und, wie man sich erzählte, Liebhaber seiner Gemahlin, der Königin.

María erinnerte sich daran, wie Doña Elvira während ihrer Geschichtslektionen von den großen Familien Kastiliens gesprochen und ihr erzählt hatte, was sich vor und nach dem Tod König Heinrichs, des Halbbruders Doña Isabellas, ereignet hatte. Doña Elvira hatte de la Cueva persönlich gekannt, als sie noch im Hause ihres Vaters lebte. Er war ein schöner Jüngling, der augenblicklich die Aufmerksamkeit des Königs auf sich gezogen hatte. Dieser hatte ihn zum königlichen Pagen und später zum Majordomus des Palastes ernannt, seiner rechten Hand.

Doña Elvira hätte es gerne vermieden, von diesen Ereignissen zu berichten, denn es stand einer Person des geistlichen Standes nicht zu, schlecht über andere zu sprechen, besonders wenn es sich um hoch gestellte Persönlichkeiten handelte. Die Erinnerung daran entlockte María ein Lächeln. Die arme Doña Elvira! Aber ihre Lehrerin musste die außerehelichen Liebschaften der Königin erwähnen, um zu erklären, weshalb sich Kastilien in zwei Parteien gespalten hatte: die Anhänger Prinzessin Johannas, der man den Beinamen *La Beltraneja* gegeben hatte, eine deutliche Anspielung auf ihre mutmaßliche Herkunft, und die Unterstützer Alfons' und später, nach dem Tod des Infanten, Doña Isabellas. Es gingen Gerüchte über die – um der Sache einen Namen zu geben – beschränkten Fähigkeiten des verstorbenen Königs Heinrich, seine Gemahlin Johanna von Portugal im Bett zufrieden zu stellen, eine Frau von außergewöhnlicher Schönheit, die keine Skrupel hatte, die Dienste des Günstlings und weiterer Herren in Anspruch zu nehmen, wo dies nur ihrem königlichen Gemahl zustand. Der König ernannte seine Halbschwester Isabella zur Thronerbin, erkannte indes auf dem Totenbett die *Beltraneja* als seine Tochter an. Der folgende Bürgerkrieg währte mehrere Jahre, und wie alle Kriege übersäte er die kastilischen Felder mit Toten, stürzte die Bewohner in den Ruin und verursachte endloses Leid. Don Beltrán de la Cueva stellte sich auf die Seite Doña Isabellas, wodurch er in gewisser Weise seine vermutete Vaterschaft bestritt und die Angelegenheit für beigelegt erklärte. Aber wenn nicht er der Vater der Prinzessin war, so konnte diese tatsächlich eine Tochter des Königs sein. Damit hatte sie Anspruch auf die Krone und konnte Doña Isabella in eine ungünstige Position bringen. Hätte ihre Seite gesiegt, wäre die Geschichte Kastiliens anders verlaufen, dachte María … und ihre eigene ebenfalls.

»Weshalb flüsterst du so leise, dass wir dich kaum verstehen können?«, wandte sie sich nun mit einem Hauch von Ironie an Joaquina.

Die Nonne blickte sich vorsichtig um, bevor sie antwortete.

»Es ist weder der Gesundheit des Körpers, noch der des Geistes zuträglich, laut zu sagen, was man im Stillen denkt.«

»Aber Ihr habt doch nichts gesagt!«, rief Inés und begann zu lachen.

Joaquina lief dunkelrot an. Wäre María nicht eingeschritten und zum Ausgangspunkt der Unterhaltung zurückgekehrt, hätte sie womöglich eine böse Antwort gegeben und einen Streit heraufbeschworen, der ohne Zweifel ihr bislang herzliches Einverständnis getrübt hätte.

»Du wirst jedenfalls nicht bestreiten können, dass das Leben der Bauern sehr hart ist …«

»Nicht härter als das eines Soldaten, der sein Haus verlassen und lange Jahre im Krieg gegen die Ungläubigen verbringen muss, Euer Gnaden.«

María war nach Lachen zumute, aber sie riss sich zusammen. Joaquina war eine einfache Seele, der es nie in den Sinn gekommen wäre, die Ordnung der Dinge infrage zu stellen, und im Grunde genommen hatte sie Recht. Man konnte nichts ändern, und niemand würde den Versuch unternehmen. Die Herren hatten das Glück gehabt, als Herren geboren zu werden, und die Untertanen begnügten sich mit einem Stück Brot und einem Dach über dem Kopf, das sie vor der Hitze des Sommers und der Kälte des Winters schützte.

Die Menschenkarawane, die mit ihnen auf der schmalen Landstraße unterwegs war, wurde immer größer, je näher sie der Stadtmauer kamen. Bauern zu Fuß und Herrschaften zu Pferde, alle strömten dem großen Tor in der Mauer zu. Dort kontrollierte eine Kompanie Soldaten die Ankömmlinge und durchsuchte willkürlich einige Karren und Waren. Als die Reihe an ihnen war, sah sie der, in dem sie den Anführer der Truppe vermuteten, ein wenig erstaunt an. María nahm an, dass es nicht eben alltäglich war, drei Nonnen zu sehen, die auf einem Karren reisten.

»Woher kommt Ihr?«, fragte der Soldat.

Sein Ton war respektvoll, wie es sich gehörte, wenn man sich an jene wandte, die ein Habit trugen. Er war ein großer, kräftiger junger Mann in ledernen Hosen und einem Ringpanzer, der seine massige Gestalt noch betonte. Er war barhäuptig und sein gelocktes, widerspenstiges Haar fiel ihm bis über die Schultern. Trotz seines wilden Äußeren zeugten sein freundlicher Blick und das Lächeln, das er ihnen schenkte, von einem liebenswürdigen, angenehmen Charakter.

»Wir kommen aus Madrigal, Soldat«, antwortete ihm María gleichfalls lächelnd.

»Werdet Ihr länger in Medina bleiben?«

»Nein. Wir wollen nur die Nacht hier verbringen. Morgen setzen wir unsere Reise nach Norden fort.«

»Habt Ihr eine Unterkunft für die Nacht?«, fragte der Mann ein wenig besorgt.

»Der Herr wird es richten, mein Sohn.«

Tatsächlich hatte sie noch nicht darüber nachgedacht.

Sie wusste, dass es mehrere Nonnenklöster in Medina gab, wenn auch keine Augustinerinnen, und in einem von ihnen würden sie Unterkunft finden. Sie erinnerte sich an die Briefe, die sie bei sich trug, und nutzte die Gelegenheit, um Auskünfte einzuholen.

»Wo können wir Don Bernardino Fernández de Velasco finden?«

Der Soldat war sichtlich erstaunt.

»Den Kondestabel von Kastilien?«, fragte er.

»Ja, ihn oder den obersten Richter. Wir haben Empfehlungsschreiben für beide Herren.«

Der Mann musterte sie aufmerksamer. In welcher Beziehung konnten drei Nonnen und ein junger Bursche zu diesen hohen Persönlichkeiten stehen? Das Staunen wich einem respektvollen Blick.

»Mit Eurer Erlaubnis werde ich Euch persönlich begleiten.« Er neigte sich zu einer tiefen Verbeugung. »Ihr seid fremd an diesem Ort und könntet Opfer eines Betrugs oder eines Raubes werden, denn hier gehen viele diesem Handwerk nach.«

»Nun denn« – María lächelte offen – »ich glaube nicht, dass irgendjemand drei arme Ordensfrauen ausrauben wird, die nichts auf dieser Welt besitzen, aber wir danken Euch herzlich für Euer Anerbieten und nehmen mit Freuden Eure Begleitung an, Señor …«

»Hauptmann Gonzalo Lope de Salazar, zu Euren Diensten.«

»Ich bin Doña María, Äbtissin des Klosters Nuestra Señora de Gracia in Madrigal«, stellte sie sich vor. »Dies sind meine Mitschwestern Joaquina und Inés. Der Knabe heißt Antoñino und begleitet uns auf unserer Reise.«

Der Hauptmann übergab einem Sergeanten das Kommando über die Kompanie, sprang mit einem Satz neben Antoñino auf den Kutschbock des Karrens und übernahm die Zügel des Pferdes. Mit der Geschicklichkeit des Ortskundigen brachte er sie durch enge Gässchen, Verkaufsstände, Schafherden und eine endlose Menschenmasse zum höher gelegenen Teil der Stadt, wo der Weg hinauf zum Schloss La Mota begann. María konnte die Augen nicht von dem königlichen Banner wenden, das stolz und herausfordernd hoch oben auf dem Turm flatterte.

»Seine Hoheit König Ferdinand hält sich im Schloss auf?«

Die Wörter kamen ihr über die Lippen, obwohl sie sich dagegen sträubte.

»So ist es«, antwortete der Soldat. »Don Ferdinand beehrt uns augenblicklich mit seiner Anwesenheit. Um die Wahrheit zu sagen, scheint er in letzter Zeit kein Verlangen zu haben, in seine Heimat Aragón zurückzukehren. Nach Doña Isabellas Tod kehrte er zunächst in sein Königreich zurück. Die Geschicke Kastiliens überließ er unserer Herrin Doña Johanna und ihrem Mann Don Philipp, doch der Tod des Prinzgemahls und ihr … nun ja, bedenklicher Zustand haben seine erneute Anwesenheit bei uns notwendig werden lassen. Gott und die allerheiligste Jungfrau mögen Königin Johanna und König Ferdinand beschützen!«

Seine letzten Worte waren nicht Ausdruck seiner königstreuen Haltung, sondern die Parole. Sie standen vor der Maueröffnung, wo eine große Anzahl Soldaten Wache hielt. Der Hauptmann sprang vom Wagen und wandte sich an den wachhabenden Soldaten, der nach einer respektvollen Verbeugung Befehl gab, sie passieren zu lassen. Don Gonzalo ergriff den Halfterstrick des Pferdes und führte es über die schmale Brücke, die den Graben überspannte, der die Einnahme des Schlosses im Falle eines Angriffs äußerst schwierig machen würde. Sie fuhren unter dem Fallgatter hindurch und gelangten in eine dunkle Ecke des Hofraums, wo er das Tier an der Tränke festband, an der bereits weitere Pferde ihren Durst stillten. Dann bedeutete er den drei Frauen, ihm zu folgen, während Antoñino beim Wagen zurückblieb. Durch eine Seitentür betraten sie einen großen Saal, in dem zahlreiche Personen aller Stände, Edelleute, vornehme Damen, Händler und Bauern, in Grüppchen beieinander standen und sich angeregt unterhielten.

»Wartet hier auf mich. Ich werde sehen, ob ich den Sekretär des Kondestabels antreffe. Wollt Ihr mir die Briefe aushändigen, die Ihr bei Euch tragt?«, bat er, an María gewandt. »Ich muss sie vorweisen, wenn Ihr empfangen werden wollt.«

María nahm die Schreiben aus dem großen Umschlag, den sie unter dem Mantel trug, und überreichte sie ihm. Sie sah Salazar in der Menschenmenge verschwinden und beobachtete geistesabwesend das Kommen und Gehen all dieser Leute.

Der Saal war nur spärlich ausgeschmückt, kaum etwas wies darauf hin, dass sie sich in einem königlichen Schloss befanden. Lange Bänke entlang der kahlen Wände dienten als Sitzgelegenheiten. In der großen, schwarzen Öffnung des Kamins brannten ein paar gewaltige Holzscheite. Sie traten näher an das Feuer heran und rieben sich die Hände, um sie aufzuwärmen. An einer der Wände stand ein Waschtisch mit einer Schüssel sowie einem Tuch und einer Bürste. Sie nutzten die Gelegenheit, um sich Gesicht und Hände zu waschen und ihre Kleider auszubürsten, die durch den Staub auf den Wegen eher grau als schwarz waren. Dann warteten sie.

Es dauerte nicht lange, bis sie Don Gonzalo wieder auf sich zukommen sahen.

»Ich bedaure, Euch mitteilen zu müssen«, sagte er, als er bei ihnen angelangt war, »dass sich der Kondestabel zur Zeit nicht in Medina befindet. Wie mir sein Sekretär mitteilte, ist er am heutigen Morgen nach Burgos aufgebrochen und wird nicht vor nächsten Monat zurückkehren. Aber der oberste Richter wird Euch in Kürze empfangen.«

»Hauptmann, ich entschuldige mich für die Unannehmlichkeit, die wir Euch verursacht haben.«

»Es war keine Unannehmlichkeit, werte Dame. Es war vielmehr sehr angenehm, Euch hierher zu begleiten« – er zwinkerte verschwörerisch – »und für eine Weile der eintönigen Torwache zu entkommen. Ich verlasse Euch nun, aber falls Ihr Hilfe benötigt, zögert nicht, mich zu rufen.«

»Eine Sache noch, Hauptmann.«

»Sprecht ...«

»Weshalb sind diese vielen Menschen hier?«, fragte María neugierig. »Gibt es einen besonderen Grund dafür oder warten sie wie wir darauf, von dem obersten Richter oder einem anderen bedeutenden Mann empfangen zu werden?«

»So ist es, Doña María. Einige warten auf eine Audienz beim obersten Richter; andere warten darauf, vom Kardinal empfangen zu werden, dem Herzog von Alba oder einem anderen der hohen Herren, die sich am Hofe aufhalten.«

»Und der König«, fragte sie zögernd, »empfängt er auch?«

Sie hatte das Gefühl, dass aller Augen im Saal sich auf sie richteten, alle Finger auf sie wiesen und alle Münder flüsterten: *Das ist María Esperanza, eine uneheliche Tochter des Königs*. Aber es war nur ihrer Einbildung entsprungen:

Niemand achtete auf die drei Nonnen in den staubigen Habiten.

»Oh, nein!«, rief Salazar. »Ihre Hoheit empfängt nicht. Wer ein Anliegen hat, muss dieses einem Boten vortragen, der es wiederum dem Schreiber eines der Sekretäre mitteilt. Dieser vermerkt das Anliegen in einem Buch, das er seinem Herrn vorlegt. Wenn der Bittsteller viel Glück hat, gibt es der Sekretär an den Kardinal oder einen anderen der königlichen Ratgeber weiter. Ist das Anliegen dringlich oder besonders bemerkenswert, wird sein Fall in einiger Zeit verhandelt, falls nicht, kann es Monate dauern, bis man von einem Sekretär empfangen wird.«

»Wir können nicht so lange warten!«, rief María beunruhigt aus. »Wir sollten uns besser nach einer Unterkunft umsehen, bevor die Nacht anbricht.«

Don Gonzalo lachte jovial.

»Seid unbesorgt, Frau Äbtissin. In Eurem Fall steht nichts zu befürchten«, beruhigte er sie. »Die Briefe, die Ihr mit Euch führt, scheinen sehr wichtig zu sein. Ich habe mit dem obersten Richter persönlich gesprochen. Er wird Euch vorlassen, sobald er die Angelegenheit erledigt hat, mit der er soeben befasst ist.«

Er hatte kaum zu Ende gesprochen, als die Stimme eines Pagen zu vernehmen war, der mit einer kleinen Schelle durch den Saal ging und ihren Namen ausrief.

»Doña María Esperanza vom Orden der Augustinerinnen!«

Für einen kurzen Moment verstummten alle, um aufmerksam dem Namen des Glücklichen zu lauschen, der eine Audienz erhielt. Als sie feststellten, dass der Aufruf keinem von ihnen galt, nahmen sie ihre Gespräche wieder auf, und María folgte dem Pagen durch eine der Türen des Saales.

Der Raum, in den sie geführt wurde, war klein, aber elegant und wohnlich. Durch ein Guckloch konnte man den Saal beobachten, den sie soeben verlassen hatte, ohne dabei gesehen zu werden. Der obere Bereich der Wände war vollständig mit einem geschnitzten, blau und golden bemalten Holzfries ausgeschmückt. Die beiden Fenster des Raumes waren aus Bleiglas und das Parkett glänzte spiegelblank. Es gab nicht viele Möbel, einen Schrank für Dokumente, eine Anrichte mit zwei Bronzeleuchtern, einen schweren Tisch voller Papiere und einige Stühle mit einer Rückenlehne aus Leder. Alles war erlesen gearbeitet und bewies den guten Geschmack des Besitzers. An einer der Wände hing ein Porträt Doña Isabellas und Don Ferdinands, daneben eines von Doña Johanna und ein kleineres des Kronprinzen Karl.

Ein Mann mit grauem Haar und grauem Bart erhob sich hinter dem Tisch, trat zu ihr und küsste ihre Hand.

»Seid willkommen, Doña María«, sagte er mit ausgesuchter Höflichkeit. »Ihr habt gut daran getan, zu mir zu kommen. Sonst wäre die Mutter Oberin ungehalten gewesen und hätte einen Brief an meine Frau geschrieben, ihre Nichte, um uns mangelnde Gastfreundschaft vorzuhalten.«

»Ich möchte keinen Anlass zu Verstimmungen im Schoße Eurer Familie geben«, erwiderte María mit einem Lächeln, »doch ebenso wenig möchte ich Unannehmlichkeiten und Störungen verursachen.«

Dieser Mann, Don Luis de Mendoza, gefiel ihr. Sein Ton war liebenswürdig, bar aller Zweideutigkeiten oder Überheblichkeit, wie man sie bei hoch gestellten Persönlichkeiten vermutete. Sie unterhielten sich eine Weile, und María sah sich gezwungen, die Gastfreundschaft anzunehmen, die er ihr und ihren Begleitern in seinem Hause anbot. Mendoza rief einen seiner Bediensteten, damit er ihnen den Weg weise, und verabschiedete sich ebenso liebenswürdig von ihr, wie er sie empfangen hatte.

Inés und Joaquina erwarteten sie am selben Ort, an dem sie sie zurückgelassen hatte.

»Wisst Ihr was, Doña María?« Inés' Augen strahlten. »Don Gonzalo ist auch von der Biskaya.«

»Na, das ist ja ein Zufall! … Und was macht ein Biskayer in diesen Gefilden?«

»Er möchte ein großer Soldat werden. Er ist ein nachgeborener Sohn aus einer Nebenlinie der mächtigen Familie Salazar. Unter diesen Voraussetzungen ist es schwierig, seinen Weg zu gehen – er konnte nur Soldat werden oder Priester.«

»Du hast viel über den Hauptmann erfahren in so kurzer Zeit.«

»Zu viel!«

Joaquina machte keinen Hehl aus ihrer Missbilligung. María lächelte und stellte sich vor, wie die gute Frau empört der Unterhaltung zwischen dem Soldaten und der jungen Novizin lauschte. Für sie lauerten die Versuchungen des Teufels hinter jeder Ecke, erst recht, wenn dieser die Gestalt eines gut aussehenden Jünglings wie Don Gonzalo annahm.

Als sie gerade gehen wollten, erfüllte ein lauter werdendes Raunen den Saal, gefolgt von ehrerbietigem Schweigen.

»Der König!«, hörten sie einen Mann sagen.

María erstarrte vor Schreck. Sie war unfähig, sich zu rühren. Ihr Blick war auf die Menschenmenge gerichtet, die sich vor ihr teilte wie das Rote Meer vor Moses, und dann sah sie ihn. Zwischen seinen Höflingen schreitend, grüßte er nach rechts und links. Es war nicht der stolze, hochmütige König, der von dem Bildnis herabsah, das im Refektorium des Klosters hing. Der Mann, der da unmittelbar auf sie zukam, war ein Greis mit unsicherem Gang. Sein spärliches Haar war ergraut und seine altersschwachen Augen nahmen kaum die Menschen wahr, die sich verbeugten, während er vorüberging. Einzig die Leibwache, die ihm einen Weg bahnte, und die reich verzierten Hosen, der weite Umhang, der ihm bis auf die Oberschenkel reichte, sein mit Perlen besetzter Kopfputz sowie die Unterwürfigkeit seiner Begleiter machten aus ihm den König, den alle sehen oder gar berühren wollten.

Als er auf Marías Höhe angelangt war, trafen sich ihre Blicke. Alles um sie herum verschwand. In dem riesigen Saal waren nur noch sie beide. Sie wollte ihn Vater nennen, diese schrecklichen Jahre vergessen, verzeihen. Für einen kurzen Augenblick, der ihr wie eine Ewigkeit vorkam, flackerte ein Leuchten in den schläfrigen Augen des Königs auf. Hatte er jemanden in ihr wieder erkannt? Ihre Mutter vielleicht? Sich selbst? Oder war es nur die Härte seines Blicks, die er in ihren Augen gespiegelt sah, die ihn überraschte? Sie würde es nie erfahren. Das Gefolge setzte seinen Weg fort, und dies würde das erste und vielleicht einzige Mal sein, dass sie dem Mann nahe war, der dem Sendbrief des Papstes zufolge ihr Vater war.

Aus der geplanten Übernachtung wurde dank Don Luis de Mendoza und seiner Gemahlin Leonor ein mehrtägiger Aufenthalt. Die beiden drangen jeden Tag darauf, die Gäste möchten doch noch einen Tag länger bleiben, und dies mit solchem Eifer und solcher Herzlichkeit, dass es María nicht schwer fiel, ihrer Bitte nachzukommen. María war immer wieder erstaunt über ihre Fürsorge für Menschen, die ihnen im Grunde völlig fremd waren. Ihre Gastfreundschaft kannte keine Grenzen und sowohl sie selbst als auch ihre Begleiter, Antoñino inbegriffen, waren überwältigt von so viel Liebenswürdigkeit. Die Äbtissin nahm die Einladung an, machte sich indes so ihre Gedanken darüber, dass sie als Ordensfrauen, die für gewöhnlich in Klausur lebten, sich nun an das weltliche Getriebe gewöhnen mussten, in dem sie sich für eine gewisse Zeit bewegen würden. Allerdings musste sie zugeben, dass sie Gefallen daran fand, von einer Gesellschaft anerkannt und umworben zu werden, die ihr bislang unbekannt gewesen war. Es war ein Vergnügen, sich mit kultivierten Menschen wie ihren Gastgebern zu unterhalten. Von ihnen erfuhr sie, dass Don Ferdinand mehrmals in der Grafschaft Biskaya geweilt hatte. Ihre Erwartungen stiegen, obgleich der König zugegebenermaßen auch andere Regionen im Norden besucht hatte. Auch in Begleitung von Antoñino durch die Straßen von Medina zu streifen, bereitete ihr Freude.

Sie genossen das rege Treiben in den Straßen, in denen die Händler ihre Waren feilboten: Stoffe, Spezereien, Schmuck, Krüge, Kupferkessel, Stricke, Schuhe, Leder und vieles mehr. Sie hörten die Rufe der Scherenschleifer, die von Haus zu Haus zogen, und das fröhliche Lachen der Frauen, die am öffentlichen Brunnen miteinander schwatzten, während sie warteten, bis die Reihe an ihnen war, das Wasser in große Krüge zu schöpfen. María beobachtete die ausgelassenen Kinder und sah Antoñinos Begeisterung, der nicht von der Stelle zu bewegen war, als sie an einer Straßenecke auf ein Marionettentheater stießen. Der Knabe konnte sich nicht sattsehen an der Geschichte von der schönen Gräfin, die sich aus Liebe als Mann verkleidete und ihren Geliebten rettete; oder die von Beatriz, der Tochter Don Nuños, die von einem Sarazenen geraubt wurde und wundersamerweise von Tauben in der Luft gehalten wurde, als dieser sie, da er verfolgt wurde, einen Abgrund hinunterstürzte.

María sog den Geruch jedes Viertels in sich ein, sie durchwanderte das Viertel der Schmiede, der Seiler, der Weber und das Judenviertel, das sein jüdisches Gepräge bewahrt hatte, obwohl aus der Synagoge die Kirche Santo Espírito geworden war. Es war eine Welt voller Leben, die sie unwiderstehlich anzog und für eine Weile vergessen ließ, dass sie eine Nonne war, die früher oder später in die Stille des Klosters zurückkehren würde.

Durch die Vermittlung Hauptmann Salazars konnte Inés Kontakt zu dem Freund ihres Vaters aufnehmen, Don Álvaro Fernández, der sich so freute, sie zu sehen, als handelte es sich um seine eigene Tochter. Er kam sie jeden Tag besuchen, und aus seinen Erzählungen erfuhr María Genaueres über die Flucht des Mädchens und die Macht der Leguizamóns.

»Tristán de Leguizamón«, erklärte er ihr eines Tages, »der einst den Beinamen *der Junge* trug und nun *der Alte* gerufen wird, um ihn von seinem Sohn zu unterscheiden, ist ein ehrgeiziger Mann, der nicht zögern würde, seine eigene Mutter zu verkaufen, wenn er dadurch seine Ziele erreichte.«

»So furchtbar ist er?« María vermochte sich nicht vorzustellen, dass jemand seine Mutter verkaufen könnte, um sich einen Vorteil zu verschaffen.

»Beim Kreuze Christi, das ist er!«, antwortete der Mann und stampfte mit dem Fuß auf, um seinen Worten Nachdruck zu verleihen. »Vor vielen Jahren verwies ihn der Rat von Bilbao wegen seiner zahllosen Schandtaten und Morde der Stadt.«

»Und wo lebt er jetzt?«

»In Bilbao.«

»Aber sagtet Ihr nicht gerade, dass er verbannt wurde?«

»Ja, doch er kehrte zurück. Vor nunmehr über zwanzig Jahren erhielt besagter Tristán, der ein Page Don Ferdinands war, einen königlichen Freibrief, der ihm die Rückkehr ermöglichte. Seit damals«, fuhr Don Álvaro fort, »ist sein Einfluss noch gewachsen und er ist einer der mächtigsten Männer. Er besitzt mehrere Wohntürme und Häuser in der Stadt und im Umland, eine Schiffsflotte, die Handel mit England und Flandern betreibt, des Weiteren eine Vielzahl von Schmieden, Feldern, Apfelpflanzungen und Viehherden. Außerdem haben er und seine Gefolgsleute die öffentlichen Ämter an sich gerissen.«

»Aber wenn er so viel besitzt, weshalb dringt er dann auf eine Heirat seines Sohnes mit Inés?« María war neugierig und gleichzeitig fasziniert von dieser Persönlichkeit.

»Weil das Mädchen ebenfalls Eigentum besitzt, welches es von seinem Vater erbte«, erklärte ihr Don Álvaro. »Ihr werdet mir Recht geben: Je größer der Reichtum, desto größer der Einfluss.«

»Lässt sich nicht irgendwie erreichen, dass der junge Leguizamón seinen Anspruch auf Inés aufgibt?«

Don Álvaro lachte, als wäre diese Frage eher einem kleinen Kinde als einer gestandenen Äbtissin angemessen.

»Man merkt, dass Ihr lange Jahre fernab der Welt verbracht habt …«

»Ihr wisst nicht, wie viele!«, seufzte María.

»In der Grafschaft Biskaya«, fuhr der Mann fort, »wie auch hier in Kastilien untersteht eine Waise der Vormundschaft ihres nächsten männlichen Verwandten, insbesondere dann, wenn Vermögen vorhanden ist. Er entscheidet über ihr Leben und auch über ihren Tod. Nur zu gerne hätte ich Inés an Kindes statt angenommen. Ich kenne und liebe sie seit ihrer Geburt, denn sie war die Tochter meines guten Freundes Martín de Múgica, doch kein Gesetz würde dem stattgeben, solange es noch lebende männliche Verwandte gibt.«

Aus ihren Unterhaltungen mit Don Álvaro erfuhr María noch einiges mehr über die junge Novizin und deren Heimat. Nach und nach erhielt sie Einblick in das Geflecht der biskayischen Gesellschaft, die der kastilischen so ähnlich war und sich doch so sehr von dieser unterschied.

Schließlich war der Tag der Abreise gekommen, den sie immer wieder hinausgeschoben hatte, vielleicht in der Hoffnung, dass sich ihr eine weitere Gelegenheit bieten könne, den König zu sehen. Eines Tages stellte sie fest, dass die Fahne Aragóns nicht mehr auf der Burg wehte, und da wusste sie, dass ihr Vater Medina verlassen hatte. Nun gab es keine Ausrede mehr, und sie beschloss, die Reise am nächsten Morgen fortzusetzen.

Don Luis de Mendoza bestand darauf, dass Gonzalo Lope de Salazar ihnen Geleitschutz gewähren solle, worüber sie alle sehr erfreut waren. Es war nicht zu übersehen, dass Inés seine Gesellschaft genoss; Antoñino wiederum gefiel die Vorstellung, mit einem Hauptmann unterwegs zu sein, und zudem hoffte er, dass dieser ihn im Gebrauch des Schwertes unterweisen würde; und auch María hatte Gefallen an Don Gonzalo gefunden. Falls sie von Wegelagerern überfallen werden sollten, von denen so viel die Rede war, würde er sie verteidigen können. Joaquina war die Einzige, die sich zurückhaltend zeigte. Ihr war die Beziehung ein

Dorn im Auge, die zwischen dem Soldaten und der jungen Inés entstanden war, doch sie musste sich dem Willen der Übrigen beugen, insbesondere jenem ihrer Äbtissin.

Sie benötigten einige Stunden für die sechzig Meilen bis Tordesillas, das sie ohne Zwischenfälle erreichten. Dort begaben sie sich direkt zu dem dort ansässigen Konvent der Augustinerinnen. Es war ein kleines, bescheidenes, aber einladendes Kloster, und ihre Ankunft verursachte einigen Aufruhr unter den Ordensfrauen, die nicht daran gewöhnt waren, so hohen Besuch zu empfangen. Der Hauptmann und Antoñino nahmen Quartier in der Herberge am Marktplatz, und die drei Frauen mussten sich wieder ins klösterliche Leben einfügen.

In diesem Kloster brauchte María nicht viel zu inspizieren, obwohl die Äbtissin darauf bestand, sie in jeden Winkel der Anlage zu führen, damit sie sich überzeugen konnte, dass alles in bester Ordnung war. Sie forderte María mehrmals auf, die Rechnungsbücher durchzusehen und zeigte ihr stolz den Garten, der die Schwestern mit Gemüse versorgte, die Kuh, die ihnen Milch gab, und die Hühner, die im Hof pickten. Sie zeigte ihr auch die Werkstatt, in der die Nonnen Tischdecken, Vorhänge und Messgewänder webten und bestickten. Mit dieser Arbeit erwarben sie sich ein paar Maravedís, um Stoffe, Garn und Dinge des täglichen Bedarfs zu erwerben. María schrieb ihren Bericht und legte einen Brief bei, in dem sie den Grund für ihren langen Aufenthalt in Medina erklärte, und übergab beides der Äbtissin, damit diese es bei nächster Gelegenheit nach Toledo schickte.

Einige Tage nach ihrer Ankunft besuchte María das Kloster Santa Clara, das sich am Ende der Straße befand. Es war ein ungewöhnlich schöner Ort, von dessen Garten aus man die herrliche, vom Duero gebadete Landschaft überblicken konnte. Sie hatte vor, ihrer Halbschwester Königin Johanna einen Besuch abzustatten, aber als Vorwand gab sie an, die guten Beziehungen zwischen Augustinerinnen und Klarissen pflegen zu wollen. Während die Äbtissin ihr die Anlage zeigte, wurde ihr Staunen immer größer. Niemals hätte sie sich träumen lassen, dass ein Kloster so schön sein könne. Später begriff sie den Grund für so viel erlesene Pracht.

Trotz einiger Veränderungen war das Gebäude in seinem Kern maurisch. Die Fassade, die Bögen, die Fensterstürze und der Patio waren mit filigranen Stuckarbeiten im arabischen Stil geschmückt, die vielfach noch die ursprüngliche Farbgebung bewahrt hatten. Es war sonderbar, an einem Ort der Sammlung diese goldene, rote, blaue und grüne Farbenpracht zu sehen, wie María sie bei der Illustrierung des Kodexes für die Königin verwendet hatte. Beim Anblick der gewaltigen, in Gold und Rot gehaltenen, mit Feigenblättern und Ranken verzierten Kuppel der Kapelle, die den Altar und das wenige Mobiliar ganz klein wirken ließ, konnte sie einen Ausruf des Staunens nicht unterdrücken.

»Zur Zeit König Alfons' XI.«, erklärte ihr die Äbtissin, »war dieser Raum als der Goldene Saal bekannt. Hier fanden Versammlungen und Audienzen statt.«

Die Nonne war daran gewöhnt, dass die Kuppel die Neugier der Besucher weckte, und María nutzte die Gelegenheit, um die Äbtissin über die Ursprünge des Klosters zu befragen. Diese war erfreut, ihr Wissen unter Beweis stellen zu können, und berichtete ihr ausführlich von den Ereignissen, die vor zweihundert Jahren an diesem Ort stattgefunden hatten, der nun eine Stätte des Gebets war.

Der kastilische König Alfons XI. hatte sich aus politischen Gründen, wie dies üblich war, mit María von Portugal vermählt, die junge Gattin jedoch schon bald verlassen, um in den Krieg gegen die Mauren zu ziehen. In Sevilla machte der König die Bekanntschaft Doña Leonors de Guzmán, einer Witwe aus dem niederen Adel von großer innerer und äußerer Schönheit. Der König verliebte sich unsterblich in sie und machte sie zu der Seinen. Damit begann eine Beziehung, die zwanzig Jahre währte und aus der elf Kinder hervorgingen, von denen sieben die Pubertät erreichten. Der König ließ für seine Geliebte und deren Kinder den Palast von Tordesillas erbauen, im arabischen Stil, den die Dame liebte, und hielt dort Hof, bis er in Andalusien an der schwarzen Pest starb. Doña Leonor wurde auf Befehl der Königinwitwe und ihres Sohnes Pedro *des Grausamen* eingekerkert und getötet. Der neue König Pedro liebte ebenfalls eine Frau, Doña María de Padilla, die er sehr jung kennen gelernt hatte und bald nach Tordesillas brachte. Diese Liebe hinderte ihn jedoch keineswegs daran, Blanca de Bourbon zu ehelichen, die er nach drei Tagen des Zusammenlebens verließ und nie wieder sah. Acht Jahre nach der Hochzeit ließ Don Pedro seine Gemahlin erschlagen.

»Das ist keine sehr erbauliche Geschichte«, bemerkte María ein wenig ironisch.

»Nach dem Tod María de Padillas«, fuhr die Äbtissin ungerührt fort, »machte der König den Palast Doña Beatriz zum Geschenk, der Ältesten der vier Kinder, die er mit jener Dame gehabt hatte, und trug ihr auf, ein Klarissenkloster zu gründen, dessen erste Äbtissin sie war. Und da sind wir bis heute«, sagte sie lächelnd.

María erschauderte. Seit damals hatte sich viel verändert. Sie kam nicht umhin, diese Frauen, die von zwei Königen geliebt und reich beschenkt worden waren, mit ihrer Mutter zu vergleichen, die ebenfalls das Bett eines Königs geteilt hatte. Ihr Schicksal indes war ein ganz anderes gewesen.

»Diese Mauern haben Außergewöhnliches gesehen«, fuhr die Äbtissin fort, ohne zu ahnen, welche Gedanken ihrer Besucherin durch den Kopf gingen. »Vor sechzehn Jahren erst wurde hier der so genannte Vertrag von Tordesillas unterzeichnet. Ihre Hoheiten Doña Isabella und Don Ferdinand sowie der König von Portugal weilten mehrere Tage im Palast.«

María erinnerte sich an das Ereignis, weil damals viel die Rede davon gewesen war. Es hatte große Feierlichkeiten gegeben anlässlich dieses Übereinkommens, in dem Kastilien und Portugal die jenseits des Meeres entdeckten Länder unter sich aufteilten und die Trennungslinie anerkannten, die Papst Adrian VI. in einer Bulle festgelegt hatte. Es war ihr schon immer zumindest merkwürdig erschienen, dass die Könige Tausende Meilen von West-Indien entfernt zusammenkamen, um darüber zu entscheiden, was jedem der beiden Länder gehören sollte. Ihres Wissens war keiner von ihnen jemals in der Neuen Welt gewesen, die sie so leichthin unter sich aufteilten.

Als sie sich in der Kapelle umsah, blieb ihr Blick an einem Katafalk hängen, der vor einem der Fenster stand. Er war mit einem schwarzen Tuch bedeckt, das mit dem goldenen Wappen Kastiliens bestickt war. Ringsum standen vier große, schwere Goldleuchter mit brennenden Kerzen.

»Dies sind die sterblichen Überreste Don Philipps, des Gemahls unserer Königin Johanna«, sagte die Äbtissin, bevor María fragen konnte. »Wir haben den Katafalk dort aufgestellt, damit Ihre Hoheit ihn vom Fenster ihrer Gemächer aus sehen kann.«

Von Neugier getrieben, machte María Anstalten, sich dem Sarg zu nähern, doch die Äbtissin hielt sie am Ärmel zurück.

»Tretet nicht näher, Euer Gnaden. Die Königin könnte es sehen und außer sich geraten. Sie erträgt es nicht, dass sich eine Frau, und sei es eine Nonne, dem Sarg nähert.«

»Weshalb?«

»Die Ärmste leidet an einer furchtbaren Krankheit, welche nicht zuletzt durch die rasende Eifersucht verursacht wurde, unter der sie zu Lebzeiten ihres Mannes litt. Seit dem Tod des Prinzen vor vier Jahren wacht sie über seine sterblichen Überreste. Monatelang zog sie ziellos mit dem Leichnam über die Straßen Kastiliens und ließ nicht zu, dass sich eine Frau dem Sarg näherte, mochte sie jung sein oder alt, schön oder hässlich. Vor zwei Jahren konnte ihr Vater Don Ferdinand sie davon überzeugen, bei uns zu bleiben. Obwohl sie ihre Gemächer nie verlässt, bewacht sie ihren Gatten vom Fenster ihres Zimmers aus.«

»Was für eine furchtbare Geschichte! Und … kann man Ihrer Hoheit einen Besuch abstatten?«, fragte María erwartungsvoll.

»Man kann, mit der Erlaubnis Luis Ferrers, der um ihr Wohl bekümmert ist, doch ich rate Euer Gnaden davon ab. Die Herrin ist in einem wahrlich traurigen Zustand, wenn man es so nennen will, und kein angenehmer Anblick.«

»Ich habe ihre Mutter Doña Isabella gekannt – Gott möge sie in sein Reich aufnehmen – und möchte Doña Johanna nur einen Augenblick sehen, im Gedenken an die große Königin, die ich so sehr schätzte.«

María log, ohne den geringsten Skrupel zu empfinden. Weshalb sollte sie? Johanna war ein Mitglied ihrer Familie wie María *die Jüngere*, sie hatte die Gelegenheit, sie kennen zu lernen, und wollte sie nutzen. Sie musste einige Zeit warten, bis die Nonne mit der Erlaubnis zurückkehrte.

»Eigentlich darf niemand außer der Familie und der königlichen Ratgeber Ihre Hoheit besuchen«, teilte sie ihr mit, »doch Don Luis schätzt mich sehr und gestattet, dass Ihr für einen kurzen Moment zu ihr dürft.«

Die Äbtissin führte sie zu dem angrenzenden Palast; das Kloster war vormals ein Teil der beiden Paläste gewesen, die man als Doppelanlage errichtet hatte. Sie gingen mehrere Korridore entlang und dann eine Treppe hinauf. Auf jedem Treppenabsatz hielten zwei Soldaten Wache. An der letzten Tür klopfte die Äbtissin dreimal, und hinter dem Guckloch erschien das Gesicht einer Dienerin, die ihnen öffnete, als sie die Äbtissin erkannte. Sie kamen durch einige Säle, die der hohen Persönlichkeit, die sie beherbergten, würdig waren: erlesene Möbel, geschnitzte Truhen, lederne Sessel, Gemälde, blumengeschmückte Vasen, silberne Leuchter und dicke Teppiche, die das Geräusch der Schritte schluckten. Erneut stand María staunend vor so viel Luxus und Schönheit. So etwas sah sie zum ersten Mal in ihrem Leben, und tief in ihrem Inneren regte sich ein wenig Groll.

In den Zimmerfluchten saßen Frauen, teils betagt, teils wenig anmutig, aber allesamt recht kräftig gebaut. Sie waren mit Sticken und Lesen beschäftigt und hoben neugierig die Köpfe, als sie die beiden Nonnen eintreten sahen. Dann wandten sie sich wieder ihren Arbeiten zu. Die Äbtissin ging zu dem letzten Raum und trat zur Seite. María blieb auf der Türschwelle stehen und betrachtete das arme Wesen, das dort auf dem Boden kauerte, den Daumen im Mund, den Blick ins Leere gerichtet. Johanna trug eine Tunika aus grünem Atlas, die früher einmal ein prächtiges Gewand gewesen sein musste. Nun war sie schmutzig und zerlumpt, große Fetzen hingen zerschlissen herunter, und von der Bordüre, die einmal Hals und Ärmel geschmückt hatte, waren nur noch Reste übrig. Das lange, wundervolle, kastanienbraune Haar, das sie in dem Stundenbuch kopiert und gemalt hatte, wirkte stumpf und zerzaust, von der Farbe schmutzigen Strohs. Es fiel bis auf den Boden und bedeckte das halbe Gesicht. Unter der Tunika lugten die nackten Füße hervor, die vor Dreck starrten. Ein Bettler hätte sauberere Füße gehabt.

Die arme Unglückliche! Eine arme Königin, Gefangene ihrer selbst! Arme Schwester, mit der sie nie würde sprechen können! María hatte das unbändige Verlangen, sie zu umarmen und ihr Unglück zu beweinen, aber stattdessen wandte sie sich um und ging hinaus.

»Diese Erscheinung ist einer Königin nicht würdig«, warf sie der Äbtissin vor, als sie den Turm verließen. »Kann man ihr keine angemessenere Kleidung geben? Können ihre Dienerinnen sie nicht baden und ihr das Haar richten?«

Die Äbtissin seufzte.

»Zu Beginn ihres Aufenthaltes bei uns nahm sie jeden Monat ein Bad, wechselte die Kleidung und verbrachte Stunden damit, ihr Haar zu kämmen. Nach und nach verschlechterte sich ihr Zustand, und mittlerweile ist es unmöglich, sich ihr zu nähern. Sie lässt sich von niemandem anfassen, erst recht nicht, wenn man versucht, sie umzuziehen und ihre Kleider zu wechseln. Sie schreit wie eine Besessene, flucht und sagt furchtbare Dinge. Wäre sie nicht in einem solch bedauernswerten Zustand, wäre sie unweigerlich zum ewigen Höllenfeuer verdammt. Gott unser Herr wird ihren Zustand am Tag des Jüngsten Gerichts in sein Urteil einbeziehen.«

»Ist sie immer so?«, wollte María wissen.

»O nein! Manchmal kommt sie wieder zur Vernunft und ist so liebenswürdig, wie es eine Dame nur sein kann. Dann versuchen ihre Zofen sie herzurichten, doch leider werden diese lichten Momente immer seltener.«

Sie gingen schweigend weiter. Es war merkwürdig, dachte María. Sie, die uneheliche Tochter des Königs, die ihrem Heim und den Armen ihrer Mutter entrissen wurde, hatte bei den Nonnen, die sie umsorgt und behütet hatten, eine angenehme Zuflucht gefunden. Die Thronfolgerin desselben Königs hatte aus politischen Gründen gleichfalls ihr Zuhause verlassen müssen, um mit sechzehn Jahren einen eitlen Gecken zu heiraten, der herausgeputzt und parfümiert umherstolzierte und sich schamlos seiner Liebschaften rühmte, obwohl er seinem Vater, Kaiser Maximilian von Österreich, auf den Thron folgen sollte. Und nun reiste sie selbst frei durch Kastilien, während die um zwei Jahre jüngere Johanna als Gefangene in einem Turm vegetierte.

»Kommt Seine Hoheit der König seine Tochter besuchen?«, fragte sie scheinbar unbeteiligt.

»Nicht sehr häufig, fürchte ich. Seine Pflichten halten ihn sehr beschäftigt. Ihr müsst bedenken, dass er Kastilien regiert, solange sich seine Tochter in diesem Zustand befindet, und darüber Sorge tragen muss, dass sein Enkel Karl die Krone übernimmt, wenn es an der Zeit ist. Aber er ist zweimal hier gewesen«, fügte die Nonne hinzu, »und er leidet sehr, wenn er seine Tochter in diesem bejammernswerten Zustand sieht.«

María sagte nichts. Sie glaubte nicht, dass der König beim Anblick seiner verrückt gewordenen Tochter allzu sehr litt. Er litt vielmehr, weil sich seine Ambitionen, seine Pläne, die er ein Leben lang minutiös vorherbedacht hatte, die Einsetzung seiner Kinder zu politischen Zwecken und viele andere Vorhaben eines nach dem anderen zerschlagen hatten. In diesen Momenten, in denen das Alter und vielleicht der Tod an seine Tür klopften, sah der Mann, der einmal der mächtigste Herrscher der Christenheit gewesen war und davon geträumt hatte, nicht nur über Kastilien und Aragón zu herrschen, sondern auch über die übrigen Länder Spaniens, über Portugal, Neapel, Sizilien und die neu entdeckten Länder, wie alles, wofür er gekämpft und auch Verrat geübt hatte, in den Händen einer Geisteskranken und eines Enkels zurückblieb, den er nicht einmal kannte. Nein, der König litt um seiner selbst willen, da war sie sich sicher.

Nachdem María der Äbtissin der Augustinerinnen unzählige Male versichert hatte, welch eine Freude ihr der Besuch gewesen sei, verließ sie Tordesillas und machte sich mit ihren Begleitern über den Königsweg entlang des Duero auf den Weg nach Valladolid.

Vor ihnen erstreckten sich die Felder, gesprenkelt mit kleinen Dörfchen, deren Bewohner bei der Landarbeit waren. Zuweilen wurden sie von riesigen Schafherden aufgehalten, die Inés und Joaquina zu Gelächter und Scherzen hinrissen. Wie auch María hatten sie noch nie so viele Schafe auf einmal gesehen. Don Gonzalo ritt voraus, und manchmal nahm er Antoñino auf die Kruppe seines Pferdes. Sie sahen sie davongaloppieren und hörten ihr Lachen. Der Junge genoss diese Ausritte, die ihn von großen Heldentaten und wundersamen Abenteuern träumen ließen. Unterdessen versuchte María den Karren zu lenken und den zahllosen Schlaglöchern auszuweichen, die den Weg pflasterten.

Sie erreichten Valladolid nach einer einzigen Rast in Simancas, dem römischen Septimanca. Valladolid war eine wunderbare Stadt mit herrschaftlichen Häusern und Palästen sowie zahlreichen Kirchen und Klöstern. Es war nicht schwer herauszufinden, wo sich das Konvent der Augustinerinnen befand, und dorthin wandten sie sich, indes der Hauptmann und Antoñino wie schon in Tordesillas Unterkunft in einer Herberge suchten.

María musste sich eingestehen, dass sie ihre heimliche Freude an der Überraschung, Bestürzung und Angst hatte, die ihre Ankunft bei den Nonnen des Ordens auslöste. Durch die überstürzte Abreise aus Madrigal hatte sie keine Zeit gehabt, die Klöster von ihrem Kommen zu benachrichtigen. Andererseits war es ihr lieber so, denn eine Inspektion, die vorher angekündigt wurde, war keine Inspektion. In Valladolid fiel der Empfang nicht so herzlich aus wie in dem Kloster in Tordesillas. Dieses Kloster war viel besser ausgestattet, doch dafür, dass es eine Stätte des Gebets sein sollte, gab es zu viele Freiheiten. Die Nonnen gingen nach Belieben ein und aus und empfingen Besuche aller Art, sogar solche von jungen Männern, die nicht zur Familie gehörten. Einmal zählte sie bis zu zwanzig Besucher, die sich im Besuchsraum vergnügten, einen kleinen Imbiss zu sich nahmen und den Nonnen, denen ihr Besuch galt, den neuesten Klatsch aus der Stadt erzählten. Obwohl die Stunden des gemeinsamen Gebets streng festgelegt waren, fehlten viele Schwestern in der Kapelle und entschuldigen sich mit fadenscheinigen Ausflüchten wie Kopfschmerzen oder dass sie die Glocke nicht gehört hätten.

Sie rief die Äbtissin zu sich und machte Gebrauch von der Vollmacht, die man ihr erteilt hatte. Die Äbtissin war eine junge Frau, eine uneheliche Tochter des Grafen von Benavente, einer der einflussreichsten Persönlichkeiten in der Stadt und bei Hofe. Ihre Ernennung zur Äbtissin verdankte sie den umfangreichen Gefälligkeiten und dem nicht minder großen Vermögen, das ihr Vater zur Unterhaltung des Klosters gestiftet hatte.

»Nun, Schwester«, begann sie, »Ihr werdet gewiss festgestellt haben, dass es hier nicht so weitergehen kann.«

Die Äbtissin wirkte überrascht, sehr überrascht. Sie öffnete den Mund, um etwas zu sagen, und schloss ihn wortlos wieder.

»Wir sind kein Orden für verwöhnte Hofdämchen«, fuhr María unbeirrt fort, »sondern Klosterfrauen, die sich dem Gebet und der Sammlung widmen sollten. Ich habe Vollmacht, in Fällen wie diesem Maßnahmen zu ergreifen, die ich für angemessen erachte, und genau dies werde ich tun. Von nun an wird es keinen Ausgang mehr geben und auch keine Besuche, es sei denn von Familienangehörigen und nach vorheriger Erlaubnis. Die Gebetszeiten sind einzuhalten, und ich möchte alle Schwestern in der Kapelle sehen, es sei denn, eine von ihnen läge im Sterben. Habt Ihr mich verstanden?«

Das Gesicht der jungen Äbtissin hatte von scharlachrot zu fahlstem Weiß gewechselt und in ihren Augen funkelte ein zurückgehaltener Zorn.

»Mir scheint«, erwiderte sie, jedes Wort betonend, »Euer Gnaden wissen nicht, wen Ihr vor Euch habt …«

»O doch, natürlich weiß ich, wen ich vor mir habe!«, entgegnete María. »Die Äbtissin eines Augustinerinnenkonvents, die aus diesem Ort eine Residenz für müßig gehende Damen gemacht hat, die ihre Stunden mit Nichtstun und Klatsch verbringen, statt sie der Arbeit und dem Gebet zu widmen. Noch heute werde ich einen Bericht nach Toledo entsenden, und dort wird man die geeigneten Maßnahmen treffen. In der Zwischenzeit wird getan, was ich sage, andernfalls werdet Ihr das Kloster verlassen müssen.«

»Aber mein Vater ist der Graf von Benavente!«, brach es aus der jungen Frau heraus.

»Keine von uns hat Vater oder Mutter. Wir sind nur den heiligen Regeln unseres Ordens verpflichtet«, antwortete María kühl. »Das ist alles, was ich zu sagen habe.«

Es war eine angespannte, heftige Unterhaltung gewesen, und bald wusste María, welche Konsequenzen sie haben würde. Wenige Stunden später wurde der Graf höchstpersönlich im Kloster vorstellig und verlangte sie zu sprechen.

»Diese Nonne meine ich, die sich Inspektorin nennt«, setzte er verächtlich hinzu.

Der Graf ließ sie nicht zu Wort kommen. Er zählte die Begünstigungen und Zuwendungen auf, die aus diesem Kloster einen Ort gemacht hatten, zu dem die besten Familien ihre Töchter brachten. Er drohte damit, den Fall dem Bischof vorzutragen, der zudem mit ihm verwandt sei, und brachte sogar den Kardinal und den König ins Spiel. María hörte unbewegt zu, und als der Mann nichts weiter hinzuzufügen hatte, rief sie Joaquina und bat sie, ihm den Ausgang zu zeigen.

Der Aufruhr war enorm, doch weder der Bischof noch der Kardinal und natürlich auch nicht der König unternahmen etwas in der Angelegenheit. Zwei Tage später verließ die Äbtissin in Begleitung einiger weniger Mitschwestern das Konvent. Später wurde bekannt, dass der Graf ihnen einen seiner Paläste zur Gründung eines neuen Ordens zur Verfügung gestellt hatte, aber die Sache verlief im Sande und man hörte nie wieder davon.

Während sie auf Nachrichten aus Toledo wartete, befasste sich María mit der Organisation des Klosters gemäß den Ordensregeln. Da sie nicht mehr auf die finanzielle Unterstützung des Grafen und anderer begüterter Familien zählen konnten, würden sich die Ordensfrauen etwas dazuverdienen müssen. Als sich herausstellte, dass einige von ihnen großes Geschick in der Herstellung von Naschwerk besaßen, hatten sie binnen weniger Tage einen Handel für Schmalzgebackenes und Törtchen aufgebaut, der Früchte zu tragen begann.

In der Zeit, die María nicht mit der neuen Aufgabe befasst war, vertiefte sie sich in die Lektüre ihres Gebetbuches oder führte lange Gespräche mit dem Beichtvater und Kaplan des Klosters, Pater Adriano. Von ihm erfuhr sie viel über die Geschichte Valladolids, denn er liebte seine Stadt und ließ keinen Tag verstreichen, ohne María aufzusuchen. Zu seiner großen Freude fand er in ihr eine aufmerksame und dankbare Zuhörerin.

»In dieser Stadt haben bedeutende Ereignisse der kastilischen Geschichte stattgefunden«, sagte er eines Tages zu ihr. »König Ferdinand III. wurde hier zum König ernannt, und Ihre Hoheiten Doña Isabella und Don Ferdinand gaben sich im Palacio de Vivero das Jawort.«

María war ganz Ohr. Diese beiden Namen würden sie bis zu ihrem Tod begleiten, und sie war begierig darauf, alles über sie zu erfahren.

»Wie das?«, fragte sie und versuchte ihre Neugier zu verbergen. »Ich wusste gar nicht, dass die Hochzeit Ihrer Hoheiten in Valladolid stattfand.«

»Nun, so ist es gewesen« – der Priester lächelte verschmitzt –, »und ich habe sie getraut.«

Mit dieser Äußerung hatte María nicht gerechnet. Vor ihr stand ein Augenzeuge der Verbindung, die so viel Anlass zu Gerede gegeben hatte.

»Die Prinzessin – denn damals war Isabella noch nicht Königin – traf sich hier mit ihrem Verlobten, dem Kronprinzen von Aragón«, erklärte er. »Dieser kam verkleidet, damit die Spitzel König Heinrichs IV., der gegen die Verbindung war, ihn nicht entdeckten. Es war wirklich eine sehr romantische Geschichte.«

»Der König wollte nicht, dass seine Schwester den Infanten von Aragón ehelichte?«

»Natürlich nicht! Er hatte andere Pläne mit ihr und nahm ihr das Versprechen ab, niemals ohne seine Einwilligung zu heiraten.«

»Doña Isabella hat versprochen, nicht ohne die Einwilligung ihres Bruders zu heiraten? Also hat sie ihr Versprechen gebrochen?«

Der alte Kaplan schien seine Antwort für einen kurzen Moment zu bedenken.

»Nun ... so war es, aber die Liebe ist eine Himmelsmacht, und Doña Isabella vereinte sich gegen den Willen des Königs mit dem Mann, den sie liebte.«

Angesichts der bukolischen Leichtgläubigkeit des guten Priesters konnte María ein Lächeln nicht verhehlen.

»Kannten die beiden sich denn?«, fragte sie nicht ohne Ironie.

»Nein ... sie kannten sich nicht ...« Der Mann zögerte, als er bemerkte, dass er diesen Umstand nie zuvor bedacht hatte. »Doch sie hatten viel voneinander gehört, und das genügte«, setzte er hinzu, zufrieden mit seiner eigenen Erklärung. »Erzbischof Carrillo, der Ratgeber der hohen Dame, ließ mich rufen, um die beiden im heiligen Bund der Ehe zu vereinen. Ich war damals ein bescheidener Pfarrer an der Kirche San Benito und fühlte mich sehr geehrt.«

»Und was ist Wahres an der viel erzählten Geschichte

von der Fälschung einer päpstlichen Bulle, damit die beiden trotz ihres Verwandtschaftsgrades heiraten konnten?«

»Gerede!«, fuhr der alte Priester plötzlich auf. »Die Bulle traf rechtzeitig ein. Ohne die Erlaubnis aus Rom hätte die erlauchte Prinzessin niemals in eine Heirat mit ihrem Vetter eingewilligt.«

»Stimmt es denn nicht, dass Papst Paul II. nicht bereit war, die Bulle auszustellen, und die beiden zwei Jahre warten mussten, um das Einverständnis von Papst Sixtus zu erhalten?«

Pater Adriano sah sie durchdringend an und zog missbilligend eine Augenbraue hoch.

»Ihr wisst viel über unsere Königin – Gott möge sie in die Heerschar der Heiligen aufgenommen haben – und ihren Gemahl …«

»Nicht viel«, entgegnete María. »Nur das, was man sich erzählte, und auch davon erfuhr ich erst Jahre später.«

»Nichts als haltlose Lügen, erfunden von den Widersachern Ihrer Majestäten, denselben, die diese Bastardin gegen die rechtmäßige Herrscherin unterstützten.«

Es schmerzte María, den Priester so abfällig über Prinzessin Johanna *la Beltraneja* sprechen zu hören. Johannas Mutter hatte stets bestritten, dass ihr Kind keine Tochter des Königs sei, und dieser hatte sie als Thronfolgerin anerkannt. Da sie selbst eine Bastardin war, empfand sie eine natürliche Sympathie für die unglückliche Frau, die schließlich im Klarissenkloster im portugiesischen Coimbra den Schleier genommen hatte.

Offensichtlich, dachte María, *ist das Kloster das Schicksal der illegitimen Töchter.*

Sie wusste, dass dies nicht ganz der Wahrheit entsprach. Johanna von Aragón – noch eine Johanna! –, die zwei oder drei Jahre vor ihr während einer Katalonienreise aus einer Liebschaft Don Ferdinands mit Joana Nicolau hervorgegangen war, war bei ihrer Geburt anerkannt, bei Hofe erzogen und mit eben jenem Kondestabel Fernández de Velasco vermählt worden, für den sie ein Empfehlungsschreiben bei sich hatte. Wieder einmal fragte sie sich, warum der König zwei seiner unehelichen Kinder, Alfons und Johanna, anerkannt hatte, die beiden Marías aus Madrigal hingegen nicht. Hatte er die Mütter der anderen beiden mehr geliebt? Sie würde es nie erfahren.

Nach zwei Wochen trafen drei Ordensschwestern aus Toledo ein. Sie würden sich von nun an um die Belange des Klosters kümmern, und es gab keinen Grund mehr für die Reisenden, länger in Valladolid zu verweilen.

Als sich María von Pater Adriano verabschiedete, glaubte sie in seiner Miene aufrichtiges Bedauern über ihre Abreise zu erkennen. Nun würde er keine Zuhörerin mehr haben, die bereitwillig und interessiert seinen Erinnerungen lauschte. Sie war versucht, ihm zu sagen, wer ihr Vater war. Nur zu gerne hätte sie seine Überraschung gesehen, doch dann sagte sie sich, dass der Priester ein alter Mann war und es nicht barmherzig gewesen wäre, das idealisierte Bild zu zerstören, das er sich von dem Königspaar gemacht hatte. Zudem hätte der gute Mann gewiss Gründe gefunden, um Don Ferdinand zu entschuldigen: seine weithin bekannte Mannhaftigkeit, die langen Phasen der Abwesenheit, die ihn zur Enthaltsamkeit zwangen, sein wohlgestaltes Äußeres, die Wollust, die in jeder Frau schlummerte ... Die unehelichen Kinder eines Mannes waren der Beweis seiner Männlichkeit, bei einer Frau hingegen zeugten sie von der Schwäche des Fleisches und waren eine Todsünde, die nur durch Reue und Buße zu tilgen war.

Da zwischen ihren bisherigen Zielen nur wenige Meilen gelegen hatten, waren die ersten drei Etappen ihrer Reise recht kurz gewesen. Die Strecke zwischen Valladolid und Burgos hingegen war um vieles länger. Sie benötigten mehrere Tage, um die Stadt zu erreichen, eine der ältesten im Königreich Kastilien. Ihre Geschichte war reich an außergewöhnlichen Ereignissen und Persönlichkeiten, und die Einwohner von Burgos hatten sie mit einem Glorienschein versehen, der sie schließlich in eine Legende verwandelte.

In der ersten Nacht rasteten sie in Dueñas, einem hübschen Bauerndörfchen am Ufer des Pisuerga, das sie an einem sonnigen Nachmittag empfing. Sie begaben sich zum Gebet in die Kirche Santa María, in der König Ferdinand nur ein Jahr nach Doña Isabellas Tod seine zweite Ehefrau Germaine de Foix geheiratet hatte. Die Allianz zwischen Kastilien und Frankreich gefährdete die Unabhängigkeit Aragóns, und so hatte der schlaue König sogleich einen Plan geschmiedet, um eine Auseinandersetzung zu vermeiden, aus der er zwangsläufig als Verlierer hervorgehen musste, und hatte sich mit der Lieblingsnichte des französischen Königs vermählt, von der ihn die Kleinigkeit von sechsunddreißig Jahren Altersunterschied trennte.

María lächelte traurig. In Dueñas waren sich ihr Vater und Isabella zum ersten Mal begegnet. Dort hatten sie ihren kleinen Hofstaat unterhalten, als sie noch ein Thronfolgerpaar mit ungewisser Zukunft waren. Doch die romantische ewige Liebe des Königs zu seiner Gemahlin, von der Pater Adriano geschwärmt hatte, war angesichts einer neuen jungen Ehefrau, von der sich Ferdinand einen Thronerben für sein Land erhoffte, bald vergessen gewesen. Nach einem Jahr hatte Germaine einen Infanten geboren, der jedoch nur wenige Stunden gelebt hatte. Vier Jahre waren nun seit der Hochzeit vergangen, und wie zu hören war, bestand keine große Hoffnung, dass Königin Germaine ein weiteres Mal niederkam, obgleich sie alles tat, was in ihrer Macht stand. Sie trank große Mengen frisch gemolkener, noch lauwarmer Milch, nahm Sitzbäder in einem Aufguss aus Salbei und Bilsenkraut und wallfahrte sogar zu den Heiligen, die eine Schwangerschaft begünstigten. Dem Vernehmen nach verabreichte sie dem König zudem allerlei aphrodisiakische Getränke, insbesondere Gamander, das so genannte Amberkraut, das sie eigens von den Balearen herbeischaffen ließ. Es sollte ihm die notwendige Kraft verleihen, einen weiteren Sohn zu zeugen.

Es war eine Ironie des Schicksals, dachte María*, dass es dem König trotz seiner vielen legitimen und illegitimen Kinder nicht gelang, einen Thronerben für sein Land zu zeugen, das somit seiner wahnsinnigen Tochter zufallen würde.*

Torquemada, Vega-Alegre und Buniel waren die nächsten Etappen der Reise. Am Morgen des fünften Tages stellten sie fest, dass der Weg breiter wurde und der steinige Untergrund einem von Ulmen und Linden beschatteten Pflaster wich. Die Weiler am Wegesrand wurden immer zahlreicher, je näher sie Burgos kamen. Eine Meile vor der Stadt, als sich bereits die Türme der Stadtmauer und der Kathedrale vor dem Himmel abzeichneten, kam ihnen eine Gruppe von Männern und Frauen entgegen. Sie gingen gemessenen Schrittes, während sie etwas rezitierten, das wie eine Litanei klang. Sie trugen Umhänge in verschiedenen Längen sowie breitkrempige Hüte, die einen Teil ihrer Gesichter bedeckten. Sie stützten sich auf Stöcke, an denen Kalebassen für das Wasser hingen.

»Das sind Pilger auf dem Weg nach Santiago de Compostela«, erklärte der Hauptmann.

»Woher wisst Ihr das?«, fragte Joaquina.

»Weil ich diese Strecke oft zurückgelegt habe und ihnen jedes Mal begegnet bin. Sie kommen aus allen Teilen Europas: Frankreich, England, Italien, Flandern … Zumeist sind sie zu Fuß unterwegs und legen Tausende von Meilen zurück, um sich dem heiligen Jakobus zu Füßen zu werfen. Andere reisen zu Pferde oder gar mit dem Wagen. Wie man sich erzählt, war ihre Zahl in früheren Jahrhunderten um ein Vielfaches größer, doch offenbar hat die Frömmigkeit in jüngster Zeit ein wenig nachgelassen.«

»Ich habe auch welche in Bilbao gesehen«, ließ sich Inés vernehmen, »aber niemals so viele auf einmal.«

»Der Weg durch unsere Berge ist gefährlich«, erklärte Don Gonzalo.

»Aber …« Joaquina konnte ihren Blick nicht von der Menschenschlange wenden. »Ich verstehe nicht, warum sie hier entlangziehen. Wenn sie diesem Weg weiter folgen, gelangen sie nach Valladolid. Müssten sie nicht in die entgegengesetzte Richtung gehen?«

»Sie wollen zum Königlichen Hospital, das Ihr zu Eurer Rechten sehen könnt. Dort ruhen sie sich aus, bevor sie ihre Wanderung fortsetzen.«

Tatsächlich waren die Pilger nach rechts abgebogen und hielten auf ein großes, gleichfalls von Bäumen umstandenes Gebäude zu, vor dem eine große Menschenmenge zu erkennen war.

»Das Königliche Hospital wurde ebenso wie das Kloster Las Huelgas Reales, das Ihr ein wenig weiter dort drüben sehen könnt, vor über dreihundert Jahren von König Alfons, dem Achten seines Namens, und dessen Gemahlin

Leonore von England gegründet«, erklärte der Hauptmann weiter. »Das Hospital ist Eigentum des Klosters.«

Sie schauten in die Richtung, in die er wies. Von einer hohen Mauer umgeben, erhob sich das beeindruckende Kloster wie eine Festung in den Himmel.

»Das soll ein Kloster sein?«, fragte Joaquina, verblüfft über seine Größe. »Es wirkt eher wie eine Kathedrale, würde ich meinen. Und welche Mönche leben dort?«

»Keine Mönche, Joaquina«, sagte María. »Es sind Zisterzienserinnen.«

Sie wusste es ganz genau. In den Jahren ihres Studiums hatte sie alles über die bedeutendsten Orden Kastiliens gelernt. Das Kloster war seit je von Zisterzienserinnen bewohnt, die für das Seelenheil der zahlreichen Könige beteten, die dort begraben lagen. Wie der Hauptmann richtig gesagt hatte, war es von jenem Herrscherpaar an einem Ort gegründet worden, der den Namen Las Huelgas trug, weil die Bauern nach getaner Arbeit ihre Tiere dort ausruhen ließen. Dort hatte man ein kleines Jagd- und Lustschloss für die königliche Familie errichtet. Angeblich war jener Pedro *der Grausame* dort geboren, der seiner unehelichen Tochter Tordesillas zum Geschenk gemacht hatte. Es ging das Gerücht, dass seine Mutter, die unbedingt einen Thronfolger gebären wollte, eine Tochter tot zur Welt gebracht und diese mithilfe einer jüdischen Dienerin sogleich gegen einen Knaben ausgetauscht habe, welcher im Hause des ebenfalls jüdischen Pero Gil das Licht der Welt erblickt hatte. Aus diesem Grunde wurden die Anhänger Don Pedros auch *Perogilados* genannt. Es kam nie heraus, ob diese Geschichte der Wahrheit entsprach oder nicht. Doch der Umstand, dass Don Pedro durch die Hand seines Halbbruders Heinrich von Trastámara starb – dem Sohn der ermordeten Geliebten Leonor de Guzmán und König Alfons' XI., von dem sowohl Doña Isabella als auch Don Ferdinand abstammten – warf einiges Licht auf die Sache.

»Die Äbtissin dieses Klosters hat großen Einfluss«, erklärte sie ihren Begleiterinnen weiter. »Nicht weniger als einundfünfzig Städte und Ortschaften unterstehen ihrer Herrschaft, des Weiteren sind ihr dreizehn Klöster lehenspflichtig, und sie erhält den Zehnten und Pachtzinsen von all ihren Besitzungen.«

»So viel nennt nicht einmal ein Herzog sein Eigen!«

Joaquinas Ausruf gab den Reisenden Anlass zur Erheiterung.

»Und das ist noch nicht alles. Sie besitzt auch das Recht, Pfarrer zu ernennen, Heiratserlaubnisse auszustellen, zu richten und die Missetäter ins Gefängnis zu bringen. Sie verfügt über eigene Büttel und einen eigenen Kerker.«

»Das ist zu viel Macht für eine Frau!«, protestierte Joaquina erneut.

»Die Königin ist eine Frau, und ihre Mutter war ebenfalls Königin«, wandte María lächelnd ein. »Die Äbtissin von Las Huelgas ist stets ein Mitglied der königlichen Familie gewesen.«

»Werden wir das Kloster besuchen?«

Inés war neugierig und wollte herausfinden, ob alles, was sie soeben gehört hatte, der Wahrheit entsprach.

»Das heben wir uns für die Rückreise auf«, teilte María ihr mit. »Wir müssen auf demselben Weg zurückkehren.«

Auf ihrem weiteren Weg begegneten sie noch mehr Pilgern, die zum Königlichen Hospital unterwegs waren, bis sie schließlich kurz vor Mittag die Stadtmauer von Burgos erreichten. Es war eine beeindruckende Mauer, die keinen Anfang und kein Ende zu haben schien. Eine uneinnehmbare Festung in Zeiten des Krieges. In der Mitte der aus glatten, ebenmäßigen Quadern errichteten Mauer befand sich eines der acht Stadttore, das von einer großen Anzahl bewaffneter Männer bewacht wurde. Um es zu erreichen, musste man eine steinerne Brücke überqueren, die Puente de Santa María, die den Fluss Arlanzón überspannte. Das Tor war mit kleinen Türmchen, Zinnen und Säulen geschmückt, in Nischen standen Figuren von Königen und Heiligen, und durch einen enormen Rundbogen strömten unablässig Dutzende von Menschen. Das Tor, das ebenfalls den Namen Santa María trug, schien nicht in eine Stadt zu führen, sondern zu einer jener Festungen wie Akkra, Damaskus, Konstantinopel – Namen, bei denen man an unvorstellbare Wunderwerke dachte, wie sie in den Kreuzfahrergeschichten geschildert wurden, die zu lesen María Gelegenheit gehabt hatte.

»Dieses Tor«, erklärte ihnen Hauptmann Salazar, »ist das einzige Relikt der früheren Festung. Es ist so schön, dass man beschloss, es zu bewahren.«

Sie mussten lange warten, bis sie nach Burgos hineinkonnten. Vor ihnen drängte sich eine große Anzahl von Männern, Frauen und Kindern mit der gleichen Absicht. Viele von ihnen waren Pilger, aber auch Bauern, Händler und Ritter befanden sich darunter. Es gab sogar einige elegant herausgeputzte Kutschen, in denen die Adligen reisten.

Noch nie zuvor war María so beeindruckt gewesen wie beim Anblick der herrlichen Kathedrale. Niemals hätte sie sich träumen lassen, dass es ein derart prachtvolles, vollkommenes Bauwerk geben könnte. Nachdem sie sich von ihrem Staunen erholt hatte, dachte sie, dass die Bauleute, die ein solches Meisterwerk errichtet hatten, in unmittelbarem Kontakt zu Gott gestanden haben mussten. Nicht einmal die Kathedrale in Paris, von der sie so viel gehört hatte, konnte so schön sein. Der glatte, mit Tausenden von Bögen verzierte Stein, die Türme, die Strebepfeiler, die noch im Bau befindlichen Turmhelme, die in den blauen Himmel zu wachsen schienen, die Fenster, die die Sonnenstrahlen zurückwarfen, und die steinernen Statuen, die reglos dem Lauf der Jahrhunderte zusahen, ließen sie mit offenem Mund dastehen.

Joaquina begann zu klagen, dass ihr die Knochen weh täten von den vielen Stunden auf dem Karren, und drängte darauf, sich unverzüglich auf die Suche nach dem Kloster der Augustinerinnen zu machen. María achtete nicht auf ihr Gejammer und ging ins Innere der Kirche, gefolgt von allen außer Antoñino, der sich nach einer Tränke für das Pferd umsah.

Der Innenraum der Kirche war noch beeindruckender. Düster. Gewaltig. Es roch nach Weihrauch und dem Wachs Hunderter von Kerzen, die vor den Altären flackerten. María fühlte sich wie ein Grashalm inmitten eines Weizenfeldes. Ihre Augen vermochten all diese Herrlichkeit nicht zu fassen und sie wandelte umher, ohne entscheiden zu können, was sie am meisten in Staunen versetzte: die Kapellen, die Altarbilder, die Fenster, die Gemälde, die Reliefmedaillons, die wundervolle goldene Treppe, ein Werk des Künstlers Diego de Siloé ... Schließlich kniete sie vor dem wundertätigen Christus nieder, gemeinsam mit vielen anderen, die in stillem Gebet oder mit lauter Stimme die göttliche Barmherzigkeit erflehten. Sie wusste nicht, wie lange sie in dieser Haltung verharrte. Sie betete nicht. In ihrem Geist herrschte eine friedvolle Leere. Die Ereignisse der vergangenen Monate, die ihre Seele zuweilen mit Angst, zuweilen mit Unruhe erfüllt hatten, lösten sich auf wie Salz in Wasser.

Als sie die Kathedrale verließen, wartete Antoñino am Fuß der Freitreppe. Er hatte bereits in Erfahrung gebracht, dass sich das Kloster der Augustinerinnen am anderen Ende der Stadt befand. Er und Joaquina fuhren mit dem Karren voraus, während María, Inés und der Hauptmann die Gelegenheit nutzten, um einen Spaziergang zu machen und sich die Stadt anzuschauen.

Burgos war größer als Medina und Valladolid. Die Stadt hatte mehr Einwohner und die Häuser waren hoch und solide, viele davon aus Stein und Ziegel erbaut. Dadurch waren sie gefeiter gegen Angriffe und Feuersbrünste, die häufig ganze Dörfer, deren Gebäude für gewöhnlich aus Holz waren, in Schutt und Asche legten. Es gab auch Paläste mit großen Adelswappen an den Fassaden. Doch am meisten stachen María die vielen Bäume und Gärten ins Auge, die man überall sah. Das Blau des Himmels, das Grün der Pflanzen und der gleichförmig dahinfließende Arlanzón machten die von Mauern umgebene Festung vergessen, die Zeuge so vieler grausamer Schlachten gewesen war. Es war ein friedvoller Ort, und seine Bewohner waren liebenswürdig und zuvorkommend zu den Fremden, die ihn besuchten.

Ein Blinder, der an einem Brunnen saß, deklamierte Verse und begleitete seinen Vortrag mit Klängen, die er einem kleinen alten Psalter entlockte. Sie blieben stehen, um ihm zu lauschen.

Aus des Helden Augen tropften traurig Tränen,
Und noch einmal
Drehte er den Kopf. Noch einmal
Schaut zurück der Cid zum Abschied.

Sieht die Türen leer und offen,
Sieht die Klinken ohne Schlösser,
Sieht die leeren Falkenständer
Ohne Mäntel, ohne Hauben,
Ohne Falken, die die Federn
Sonst dort spreizten in der Sonne.
Cid Rodrigo seufzt, und Kummer
Würgt ihm tief in seiner Kehle.
Langsam fängt er an zu reden,
Ruhig und gerecht wie immer:
Dank sei dir, mein Herr und Vater,
Der du bist im Himmel droben!
Böse Feinde, mir zum Unheil,
Haben diesen Trug geflochten.

»Was rezitiert der alte Mann da?«, fragte Inés den Hauptmann.

»*El Cantar del mío Cid*, meine liebe Inés«, antwortete dieser. »Die Einwohner von Burgos halten die Erinnerung an den für seine Heldentaten berühmten Ritter so lebendig, als handelte es sich um einen Schutzheiligen. Eigentlich heißt er Rodrigo Díaz de Vivar, der Name ›El Cid‹ stammt von den Mauren.«

María bemerkte die Röte, die Inés bei der Anrede *meine liebe Inés* zu Gesicht stieg, doch das Mädchen tat unbeeindruckt und fragte weiter.

»Und wann hat dieser Ritter gelebt?«

»Vor etwa vierhundert Jahren …«

»Und seitdem rezitieren die Leute in der Stadt dieses Gedicht?«

Der Hauptmann lächelte. Es machte ihm Freude, sein Wissen unter Beweis stellen zu können. Er war nicht studiert, konnte kaum lesen und lediglich seinen Namen schreiben, aber er begeisterte sich für die Geschichte, vor allem, wenn sie von Heldengestalten handelte.

»Nicht ganz«, antwortete er. »Allem Anschein nach wurde das Gedicht erst nach dem Tod des Helden verfasst. Aber viele in Burgos kennen es und lernen es bereits als Kinder.«

Er wühlte in seiner Tasche und zog eine kleine Silbermünze hervor, die er dem Blinden überreichte.

»Unser Herr Jesus Christus und seine heilige Mutter mögen Euch segnen!«, rief der Mann aus.

Sie gingen weiter. Keine zwei Schritte weiter drehte Inés sich um und sah, wie der Blinde in die Münze biss, um zu prüfen, ob sie wirklich aus Silber war.

»Und alle Heiligen im Himmel dazu!«, rief er.

Sie lachten, erheitert über die Erweiterung des Segens, nachdem er sich versichert hatte, dass die Münze auch echt war.

»Das wünsche ich auch dir, guter Mann!«, gab der Hauptmann zurück und fügte dann, an seine beiden Begleiterinnen gewandt, in scherzhaftem Ton hinzu: »Vielleicht ist er nicht einmal blind. Es gibt Spitzbuben, die sich nicht scheuen, den Eindruck zu erwecken, sie seien krank und hilflos, um zu ein paar Céntimos zu kommen.«

»Ich glaube nicht, dass jemand dies gerne tut«, sagte Inés. »Es ist sehr traurig, arm und blind zu sein.«

»Ihr habt Recht, Inés. Ihr seid gutherzig und mitleidig, doch hört auf meinen Rat. Was Eure Augen sehen, entspricht nicht immer der Realität. Als ich ungefähr in Antoñinos Alter war, hockte ich mich des Öfteren mit einem Freund an eine Straßenecke. Wir trugen zerlumpte, schmutzige Kleider, die wir unter dem Stroh in der Scheune versteckt hatten, und baten die Vorübergehenden um Geld.« Der Hauptmann lachte auf. »Wir wollten nur ein paar Münzen, um Wein oder Honigpasteten zu kaufen.«

»Ich kann nicht glauben, dass Ihr so etwas getan habt!« Inés war empört.

»Wir Ihr seht …«

»Und habt Ihr das oft getan?«

»Einige Male. Bis wir eines Tages einen Mann anbettelten, der sich dann als mein Vater entpuppte. Mir tun heute noch alle Knochen weh, wenn ich an die Prügel zurückdenke, die ich von ihm bezog. Danach tat ich es nie wieder.«

Während sie über das plauderten, was sie unterwegs sahen, vor Gebäuden stehen blieben, die ihre Aufmerksamkeit erregten, und das bunte Treiben in den Straßen genossen, erreichten sie schließlich das Kloster. Antoñino saß auf einem steinernen Trog vor der Pforte.

»Und der Wagen?«, fragte ihn María.

»Die Schwester hat ihn mit nach drinnen genommen«, antwortete er und war mit einem Satz bei dem Hauptmann.

Die Pforte des Klosters öffnete sich, bevor sie klopfen konnten, und Joaquinas lächelndes Gesicht kam zum Vorschein. Bevor der Hauptmann ging, um eine Herberge für sich und den Jungen zu suchen, bat er María um das Schreiben für den Kondestabel, das sie bei sich trug.

»Wollt Ihr den Kondestabel immer noch treffen, Doña María?«

»Nun, ich muss ihm den Brief überbringen. Vielleicht steht noch mehr darin als eine Empfehlung … ein Gruß oder eine Nachricht. Es wäre nicht gut, ihn nicht zu übergeben, wenn sich die Gelegenheit bietet.«

»Ihr braucht nicht mehr zu sagen! Ich werde den Kondestabel aufsuchen und ihm das Schreiben überreichen. Ich werde ihm mitteilen, wo Ihr Euch aufhaltet, falls er Euch seinerseits etwas mitzuteilen hat.«

María brauchte nicht lange, um festzustellen, dass die Zustände in diesem Kloster keinerlei Ähnlichkeit mit jenen in Valladolid aufwiesen. Das Leben der Nonnen glich sehr dem in Madrigal. Der Bericht für Toledo war in wenigen Tagen geschrieben. María brannte darauf, die Reise fortzusetzen. Die Biskaya kam immer näher und Marías Ungeduld wurde mit jedem Tag größer.

Am dritten Tag ihres Aufenthalts teilte man ihr am späten Vormittag mit, dass sie Besuch habe. Sie glaubte, es handele sich um Salazar, der sich nach dem bevorstehenden Aufbruch erkundigen wolle, und eilte in das Besucherzimmer. Als sie den Raum betrat, war sie überrascht, eine Dame dort anzutreffen, die ihrem Äußeren nach zu urteilen dem Adel angehörte. Die Unbekannte erhob sich von ihrem Stuhl und machte einen anmutigen Knicks, den María mit einem Kopfnicken erwiderte.

»Doña María?«, fragte die Dame. »Ich bin Johanna von Aragón, die Gattin des Kondestabels Don Bernardino Fernández de Velasco.«

María wusste nicht, was sie sagen sollte. Zutiefst bewegt sah sie die Frau an, die vor ihr stand, ihre Halbschwester väterlicherseits. Johanna war drei oder vier Jahre älter als sie, aber das Leben hatte es gut mit ihr gemeint und sie wirkte viel jünger. Sie trug ein wundervolles Kleid aus tiefblauem Samt, das ihre gleichfalls blauen Augen und ihre weiße Haut hervorhob. Ihr geflochtenes Haar wurde von einem zarten, mit Perlen besetzten goldenen Netz zusammengehalten. Darüber lag ein dünner Schleier, der ihr bis auf die Schultern fiel. Mit Ausnahme eines schweren Siegelrings am Zeigefinger trug sie keinen Schmuck. Ihr Auftreten war würdevoll und elegant, wie es sich für die Tochter der Maria Nicolau geziemte. Diese war die Tochter eines Soldaten König Ferdinands gewesen, die in Tarregas eine Affäre mit dem König gehabt hatte; ihre Tochter Johanna war am kastilischen Hof wie eine richtige Prinzessin erzogen worden.

»Mein Gemahl hätte mich gerne begleitet, aber seine Verpflichtungen halten ihn zurück«, entschuldigte sie sich. »In letzter Zeit sehe ich ihn seltener, als mir lieb ist.«

»Natürlich …«, sagte María, nur um etwas zu sagen. »Er hat ein wichtiges Amt inne, das große Verantwortung mit sich bringt.«

»Das ist wahr«, fuhr Johanna fort, und es klang, als spräche sie zu sich selbst, »aber ich würde mir wünschen, dass er mehr Zeit an meiner Seite verbrächte. Er ist nicht mehr jung, und ich fürchte um seine Gesundheit. Er hat mir aufgetragen, Euch dafür zu danken, dass Ihr Verbindung zu ihm aufgenommen habt, und schickt der Mutter Oberin seine besten Wünsche. Ich weiß nicht, ob Euch bekannt ist, dass ihr Vater der beste Freund meines Schwiegervaters war und ihm einmal das Leben gerettet hat.«

María hatte es nicht gewusst und es interessierte sie auch nicht. Das Einzige, was sie interessierte, war, mit Johanna zu sprechen, etwas über ihr Leben und ihre Kindheit zu erfahren. Sie musste Einblick in die Erlebnisse und Erinnerungen erhalten, die auch die ihren hätten sein können.

»Er trägt mir auf, Euch zu sagen, dass Ihr nicht zögern sollt, ihn um alles zu bitten, was Ihr benötigen mögt. Es wird ihm eine Freude sein, Euch zu helfen.«

»Richtet Eurem Gatten aus, Señora, dass ich ihm für sein Anerbieten danke, doch ich glaube nicht, dass wir ihn bemühen müssen. Die Reise ist bislang ohne Zwischenfälle verlaufen. Don Luis de Mendoza hat uns Hauptmann Lope de Salazar zu unserem Schutz mitgegeben, und wir brauchen nicht viel.«

Sie schwiegen. Es schien, als hätten sie sich nicht mehr viel zu sagen, doch Johanna zeigte keine Eile, sich zu verabschieden.

»Wie ist das Leben in einem Kloster?«

Die Frage überraschte María.

»Besser als das so vieler anderer in Gottes weiter Welt, nehme ich an«, war die einzige Antwort, die ihr einfiel.

»Wisst Ihr, es gab eine Zeit, in der ich den Schleier nehmen wollte.«

»Und weshalb habt Ihr es nicht getan?«

»Weil mein Vater anders entschieden hat.«

»Ihr seid eine Tochter Don Ferdinands von Aragón …«, flüsterte María, und ihre Stimme zitterte ein wenig.

»So ist es, eine Tochter des Königs.« In ihrem Ton schwang eine gewisse Traurigkeit mit. »Allerdings keine, die durch den Prachteingang kam, doch ich habe keinen Grund zur Klage. Der König hat vom Tag meiner Geburt an für mich gesorgt. Er erkannte mich an und ließ mich gemeinsam mit seinen legitimen Kindern, den Infanten, erziehen. Er verheiratete mich mit Don Bernardino, der mir stets mit Liebe und Achtung begegnete. Und dennoch …«

»Und dennoch?«

»Ihr habt keine Vorstellung, wie schwierig es war, bei Hofe aufzuwachsen.« Sie seufzte. »Mit den legitimen Kindern, der legitimen Gattin. Ich habe mich oft fremd gefühlt und mir gewünscht, die Tochter einfacher Bauern zu sein.«

»Hat die Königin Euch schlecht behandelt?«

»Nein, ganz im Gegenteil. Sie war stets gut zu mir und meinem vier Jahre älteren Halbbruder Alfons. Er ist ebenfalls ...« – Sie zögerte, das Wort auszusprechen – »... er ist ebenfalls ein Bastard des Königs. Sie hat nie ein Wort darüber verloren, noch hat sie uns durch Worte oder Taten beleidigt. Und doch ... oft bemerkte ich, wie sie uns mit einem Blick ansah ...«

»... so kalt wie Eiszapfen, die an kalten Wintertagen von den Dächern herabhängen«, sprach María. »Einem Blick ohne jede Wärme, leer und doch durchdringend.«

Johanna sah sie erstaunt an. »Woher wisst Ihr?«

»Ach, gebt nichts auf meine Worte«, sagte sie und versuchte, um eine Antwort herumzukommen. »Meine Lehrerinnen haben immer gesagt, dass ich viel Phantasie besitze. Es ist nicht schwer, sich eine Vorstellung von Eurer Situation bei Hofe zu machen.«

»Ihr seid Äbtissin eines Klosters ... Ich erinnere mich nicht an den Namen, aber ich weiß, dass die Oberin ihn in ihrem Brief erwähnte.«

»Nuestra Señora de Gracia in Madrigal.«

»In Madrigal befindet sich der ehemalige Palast«, erinnerte sich Johanna.

»So ist es. Der Palast König Johanns, in dem Doña Isabella geboren wurde, liegt nicht weit von unserem Kloster entfernt.«

Johanna schien ihren Erinnerungen nachzuhängen und sagte nichts. María respektierte ihr Schweigen und betrachtete sie mit wachsender Zärtlichkeit.

»Als ich etwa zwölf Jahre alt war«, sagte Johanna schließlich, »hörte ich in der Burg von Medina eine Unterhaltung zwischen dem Königspaar mit an. Sie sprachen laut und nicht sehr freundlich. Ich befand mich alleine im Spielzimmer der Infanten, und die Gemächer der Königin waren gleich nebenan. Zunächst schenkte ich dem Gespräch keine sonderliche Beachtung, doch dann …«

Sie hielt inne, erschreckt über diesen Moment der Vertraulichkeit gegenüber einer Person, die sie soeben erst kennen gelernt hatte. María wollte um nichts in der Welt, dass sie ihre Schilderung unterbrach und ermunterte sie, fortzufahren.

»Sprachen sie vielleicht über das Kloster? Ihre Hoheit die Königin pflegte uns zu besuchen, wenn sie sich einige Tage im Palast ihres Vaters aufhielt.«

»Ja … sie sprachen über das Kloster und sie wirkten aufgebracht, vor allem die Königin. Sie sprachen über …«

Sie stockte erneut. Es war offensichtlich, dass sie nicht mehr erzählen wollte. María wagte es, die Frage zu stellen, deren Antwort sie sich bereits denken konnte.

»… über die Töchter Don Ferdinands, die dort lebten?«

Johanna wechselte die Farbe.

»Woher wisst Ihr das? Am Hof war nie die Rede von diesen Töchtern. Niemand wusste von ihrer Existenz.«

»Ich weiß. Auch wir wussten nichts davon, bis uns vor einigen Monaten ein Sendschreiben Seiner Heiligkeit erreichte, in dem der Papst auf Ersuchen des Königs dessen beiden Töchter anerkannte. Ihr könnt Euch vorstellen, wie überrascht sie waren, von ihrer Herkunft zu erfahren und zu erkennen, dass sie Schwestern waren und so viele Jahre miteinander gelebt hatten, ohne um das Band zu wissen, das sie vereinte.«

»Dann … dann kennt Ihr sie. Wie alt sind sie? Wie sehen sie aus? Ähneln sie mir?«

María hielt es nicht länger aus.

»Seht selbst, Johanna.«

Die Prinzessin sah sie stumm an.

»Ihr seid ...«

»... María Esperanza de Aragón, Eure Halbschwester.«

Es war das erste Mal, dass sie ihren vollständigen Namen nannte, und ihre Stimme bebte vor Rührung.

Die beiden Frauen unterhielten sich stundenlang. Sie nahmen sich das Wort aus dem Mund, sie lachten und weinten und umarmten sich. Es war einer der glücklichsten Momente ihres Lebens.

Johanna kam sie nun jeden Tag besuchen. María bat sie, ihrem Mann nichts über ihre Identität zu sagen, da sie versprochen habe, das Geheimnis für sich zu behalten. Es war ein Versprechen, das sie bereits zu brechen begonnen hatte. Von Johanna erfuhr sie, dass die Beziehung zwischen Don Bernardino und Don Ferdinand nicht so herzlich war, wie sie unter Verwandten hätte sein sollen. Der kastilische Adlige sah es nicht gerne, dass sich der aragonesische König in die Angelegenheiten Kastiliens einmischte. Er hatte sogar Philipp den Schönen gegen den gemeinsamen Schwiegervater unterstützt und ihn und die unglückliche Doña Johanna bei ihrer Ankunft aus Flandern in seinem Haus aufgenommen – obwohl Philipp gefordert hatte, dass die Gattin des Kondestabels, die Halbschwester seiner eigenen Gemahlin, für die Dauer ihres Aufenthaltes ihr eigenes Haus verließ, weil er nicht wollte, dass die neue Königin von Kastilien Beziehungen zu ihren Verwandten unterhielt.

»Ich habe Johanna vor einigen Wochen gesehen«, teilte María ihr mit.

»Wie geht es ihr?«

»Schlecht.«

»Die arme Johanna … Bei Philipps Tod und während ihres Aufenthalts in Burgos bin ich bei ihr gewesen. Auch in Arcos, als unser Vater sie für einige Monate in der Obhut meines Mannes ließ, bevor er sie endgültig nach Tordesillas brachte. Das Volk beginnt sich zu erzählen, dass sie verrückt geworden sei. Ich hingegen glaube, dass sie eine unglückliche Frau ist, die nicht die Stärke ihrer Mutter besitzt und nur geliebt werden möchte.«

Vielleicht hat sie Recht, dachte María. *Vielleicht ist meine arme Schwester gar nicht so verrückt, wie alle glauben, und nicht Eifersucht oder die Leidenschaft zu ihrem ehrgeizigen Ehemann haben sie der Welt entfremdet, sondern mangelnde Liebe.*

Sie fühlte sich vom Glück begünstigt. Zwar hatte sie ihre Mutter verloren, doch dafür hatte sie ein Zuhause bei den Schwestern in ihrem geliebten Kloster in Madrigal gefunden. Ihre Augen wurden feucht bei dem Gedanken an all die verlassenen Menschen, mochten sie mächtig sein oder von einfacher Herkunft, die niemals das Glück gehabt hatten, geliebt zu werden.

»Johanna, ich lüge nicht, wenn ich dir sage, dass diese Tage sehr glücklich für mich gewesen sind«, beteuerte María eines Abends, als sie im Kreuzgang des Klosters wandelten, und drückte innig den Arm ihrer Schwester.

»Für mich auch, María Esperanza.«

»Aber etwas möchte ich noch wissen. An dem Tag, als wir uns kennen lernten, erwähntest du eine Auseinandersetzung zwischen dem König und der Königin, in der es um María *die Jüngere* und mich ging …«

»Ja. So erfuhr ich von eurer Existenz.«

»Und … worüber genau haben sie gestritten?«

Johanna blieb stehen und versuchte sich zu erinnern.

Während sie die unterschiedlich gearbeiteten Kapitelle der Säulen zu betrachten schien, die das Dach des Kreuzgangs trugen, begann sie zu erzählen.

Ihr Bruder Alfons und die Infanten hatten an jenem Tag einen Ausflug unternommen. Sie selbst hatte eine böse Erkältung gehabt und ihre Zofe hatte entschieden, dass sie nicht nach draußen dürfe. So war sie im Schloss geblieben und hatte sich über die Gelegenheit gefreut, nach Herzenslust mit den vielen schönen Spielsachen der Infantinnen spielen zu können, insbesondere mit einer Porzellanpuppe Prinzessin Johannas, die ihr das störrische Mädchen nie überließ. Während sie dort saß und immer wieder das lange, echte Haar der Puppe kämmte, hörte sie Stimmen aus den Gemächern der Königin, die neben dem Spielzimmer lagen. Aus Angst, alleine mit Doña Isabella zusammenzutreffen, ließ sie die Puppe fallen und versteckte sich hinter einem dicken Vorhang.

Die Königin warf ihrem Ehemann vor, er habe ihre Person herabgewürdigt und das Land mit Bastarden übersät.

»Ihr beweist nicht die königliche Würde, zu der Ihr verpflichtet seid«, sagte sie erzürnt. »Sogar hier, in meinem eigenen Haus, stellt Ihr meinen Hofdamen nach.«

»Weil sie mir die Lust verschaffen, die zu gewähren Ihr als Frau nicht in der Lage seid«, entgegnete er im gleichen Ton. »Ihr seid nicht fähig zu lieben, Ihr habt kein Verlangen in Eurem Körper.«

Die Königin unterdrückte ein Schluchzen.

»Was wollt Ihr noch von mir? Ich habe Euch fünf gesunde Kinder geschenkt. Ich bin Euch stets treu gewesen und habe zwei Eurer Bastarde aufgezogen, als wären sie mein eigen Fleisch und Blut. Was kann man mehr von einer Frau verlangen?«

»Ihr vergesst, dass ihr zwei unschuldige Mädchen in ein Kloster eingesperrt habt.«

»Erwartet Ihr vielleicht, dass ich den Hof mit Euren Bastarden bevölkere?« Die Stimme der Königin klang zornig und vorwurfsvoll. »Außerdem liegt das Kloster von Madrigal unweit des Palastes, in dem ich geboren wurde. Ich bin oft dort und beobachte ihre Fortschritte. Ich habe sie mit einer Mitgift ausgestattet, als ob sie Prinzessinnen reinen Geblüts wären. Viele Eltern schicken ihre rechtmäßigen Töchter dorthin, es ist keine Schande. Eine Tochter aus der ersten Ehe meines Vaters nahm ebenfalls dort den Schleier. Die guten Nonnen erziehen sie zur Gottesfurcht, und sie werden keinen Anlass haben, sich ihrer Herkunft zu schämen. Sie werden ein friedliches, zurückgezogenes Leben führen.«

»Die Eltern, die ihre Töchter dorthin bringen, tun dies im gegenseitigen Einvernehmen. Ich erinnere Euch daran, dass Ihr mich nicht um meine Meinung fragtet, als Ihr die Entscheidung getroffen habt, meine Töchter wegzusperren.«

»Ihr weiltet in Granada …«

»Und Ihr habt die Gelegenheit genutzt, um den Befehl zu geben und unter Beweis zu stellen, dass Ihr die mächtige Königin von Kastilien seid. Schließlich habe ich es mit Brief und Siegel, dass ich nur Euer Ehemann bin, weiter nichts.«

»Das ist nicht wahr, und Ihr wisst es genau!« Doña Isabella war wirklich wütend. »Im Vertrag von Segovia wurde festgehalten, dass wir uns die Herrschaft über Kastilien teilen, und so ist es gewesen und wird es auch weiterhin sein.«

»Bis Ihr beschließt, eigenmächtig zu handeln, und den

Vertrag von Segovia vergesst, der, ich erinnere Euch daran, mehr war als ein bloßes Abkommen, um einen unzufriedenen Ehemann zum Schweigen zu bringen. Als einziger männlicher Nachfahre unseres gemeinsamen Urgroßvaters Johanns I. von Kastilien hatte ich genauso viel Anrecht auf die kastilische Krone, wenn nicht sogar mehr.«

»Der König«, erzählte Johanna weiter, »verließ aufgebracht den Raum, die Königin blieb alleine zurück, und ich versuchte, das Spielzimmer zu verlassen, bevor sie hineinkam und mich dort antreffen mochte. So habe ich also erfahren, dass ich noch zwei Schwestern habe.«

Sie wandelten schweigend umher. María war ein wenig erleichtert, nachdem sie nun wusste, dass der König nicht an ihrer Entführung und der ihrer Schwester beteiligt gewesen war. Dennoch fragte sie sich, weshalb er sich nicht auf die Suche nach seinen beiden Töchtern gemacht hatte, wenn er derart mit der Entscheidung seiner Ehefrau haderte. Er hätte sie nach Aragón bringen und im Hause eines seiner Edelleute unterbringen können. Er hätte auch ins Kloster kommen können, um sie kennen zu lernen. Wohl hatte er sich nach dem Tod der Königin um ihre Legitimierung bemüht, doch auch dann hatte er nicht versucht, sie zu sehen. Sie kam zu dem Schluss, dass der Zorn des Königs nicht daher rührte, dass man seine Töchter den Nonnen übergeben hatte. Der wahre Grund für seine Empörung war gewesen, dass Doña Isabella eine Entscheidung getroffen hatte, ohne ihn um Rat zu fragen. In gewisser Weise war es der Beweis dafür, dass sie es war, die Kastilien regierte. Die beiden Marías waren lediglich eine kleine Episode in der Beziehung der beiden gewesen.

Der Tag ihrer Abreise nach Norden rückte näher. Es war ein ersehnter und gefürchteter Moment. Herbeigesehnt von Inés und Don Gonzalo, die in ihre Heimat zurückkehrten, und von María, die an der Biskaya die Spur ihrer Mutter zu finden hoffte. Gefürchtet von Joaquina, der Angst und Bange war nach allem, was sie über die furchtbaren Menschen gehört hatte, die in diesen Gefilden zu Hause waren. Antoñino hatte keine Meinung. Für ihn war jede Reise ein Abenteuer und er war bereit, überallhin zu gehen.

Marías Abschied von Johanna war traurig. Innerhalb weniger Tage waren aus zwei Unbekannten Schwestern geworden, die sich mochten und die Gesellschaft der jeweils anderen genossen. Vielleicht würden sie sich nie wieder sehen. Die Augenblicke der Vertrautheit, die sie geteilt hatten, erschienen ihnen zu kurz und ließen einen bitteren Nachgeschmack zurück, wie etwas, das noch nicht abgeschlossen war. Sie versprachen sich, einander regelmäßig zu schreiben, bis der Tod eine von ihnen zu sich nähme, und beide waren fest gewillt, dieses Versprechen zu halten.

Die Reisenden brachen auf und ließen zu ihrer Rechten die Kartause Nuestra Señora de Miraflores zurück, einen ehemaligen Palast, aus dem König Johann II. ein Kartäuserkloster gemacht hatte. Seine Tochter Doña Isabella hatte es zur königlichen Grablege machen wollen und zu diesem Zweck vergrößern und verschönern lassen. Dort ruhten die sterblichen Überreste ihrer Eltern und ihres Bruders Alfons, jenes armen Knaben, der von ehrgeizigen Adligen nach Belieben manipuliert worden war und der während des Bürgerkrieges starb. Ihre von Gil de Siloé aus Alabaster gehauenen Sarkophage waren nach Aussage derer, die sie gesehen hatten, die schönsten, die es je gegeben hatte.

Je weiter sie Burgos hinter sich ließen, desto mehr veränderte sich die Landschaft. María betrachtete voller Staunen dieses dichte, üppige Grün. Auf den Wiesen stand hoch das Gras und ein Wald folgte auf den anderen. An einigen Stellen war der Weg so schmal, dass sie vom Wagen steigen und zu Fuß gehen mussten, weil sie befürchteten, der Karren könne umstürzen. Dann wiederum mussten sie ihn schieben, um eine Furt zu durchqueren. Unbekannte Vögel flogen über ihre Köpfe hinweg, und einmal wurden sie um ein Haar von einer Bache angegriffen, die wahrscheinlich ihren Wurf verteidigte, wie ihnen der Hauptmann erklärte, der ein großer Liebhaber der Jagd war. Als das Tier merkte, dass sie nicht die Absicht hatten, es zu verfolgen, machte es kehrt und trollte sich wieder in den Wald. Trotz des einen oder anderen Schrecks stellte die Reise eine neue, lohnende Erfahrung dar.

Antoñino genoss die Fahrt am meisten. Er wurde nicht müde, nach den Namen der Bäume zu fragen, die er noch nie gesehen hatte, der Vögel, des Wildes, das ihren Weg kreuzte, der Blumen und sogar der Steine. Wie ein Fährtenleser, der den Weg erkundet, lief er dem Wagen voraus und kam dann wieder zurück, um zu verkünden, was sie ein Stück weiter erwartete. Der Junge war glücklich.

Die arme Joaquina hingegen litt unsäglich. Sie betete ihren Rosenkranz und flehte unablässig zu Gott, der Jungfrau und allen Heiligen, das Böse von ihnen fern zu halten, das in dieser Wildnis auf sie lauerte. Es war unmöglich, sie zu beruhigen.

»Man mag nicht glauben, Schwester, dass Ihr, die Ihr stets so beherzt und guter Dinge seid, nun zittert wie ein Lämmlein«, sagte María und konnte ein Lächeln nicht verhehlen.

»Ein Lämmlein, das die Lefzen des Wolfs ganz nahe spürt, Euer Gnaden.«

»Red keinen Unsinn, Joaquina. Hunderte von Menschen sind auf diesem Weg gereist. Ist es nicht so, Inés?«

»Ja, Doña María, und ich weiß nicht, was aus Schwester Joaquina werden soll, wenn wir erst die Berge erreichen, da sie schon jetzt so in Sorge ist.«

»Welche Berge? Wo sind Berge?«, fragte die Nonne und blickte sich entsetzt um.

»Ihr werdet sie bald sehen, sowie wir diesen Wald verlassen haben«, antwortete Inés mit einem boshaften Lächeln. »Es gibt keinen schöneren Anblick als die Berggipfel, die sich vor dem Himmel abzeichnen. Manchmal denke ich, dass man dort droben mit Gott sprechen kann.«

Joaquina vergaß ihre Ängste, und der Zorn entflammte ihr Gesicht.

»Blasphemie!«, rief sie. »Habt Ihr gehört, was diese Göre gesagt hat? Hält sie sich für die heilige Klara oder die heilige Rita, dass sie sich einbildet, Gott in seiner Gnade werde das Wort an sie richten?«

»Beruhige dich, Joaquina«, versuchte María die Gemüter zu besänftigen. »Das hat Inés nicht behauptet. Sie hat lediglich bemerkt, dass die Gipfel der Berge, die wir bald vor uns sehen werden, so hoch sind, dass man das Gefühl hat, sie berührten den Himmel. Ist es nicht so?«

»So ist es, Doña María.«

»Kein Berg kann so hoch sein, dass man bis zum Himmel kommt«, beharrte Joaquina störrisch. »Ich jedenfalls habe noch nie einen so hohen Berg gesehen!«

Der Hauptmann, der erheitert der Unterhaltung gelauscht hatte, schaltete sich ein.

»Ihr werdet bald Gelegenheit dazu haben. In Kürze werdet ihr die Berge der Biskaya am Horizont auftauchen sehen.«

Tatsächlich wirkte das Gebirge wie die Festung eines gewaltigen Riesen. Man hatte den Eindruck, als wäre die Welt dort zu Ende. Es schien unmöglich, dass Menschen diese Berge überquerten. Ihre Flanken waren in Nebelfetzen gehüllt, die vom Boden aufstiegen, und ihre Gipfel ragten in den Himmel, der dort nicht länger blau war, sondern von einem bedrohlichen Dunkelgrau.

»Heilige Muttergottes!«, rief Joaquina aus und bekreuzigte sich. »Was ist das?«

Don Gonzalo begann zu lachen.

»Das sind die Berge der Biskaya, Schwester. Ich sagte Euch doch, dass wir sie bald sehen werden. Ist es nicht ein wunderbarer Anblick?«

»Teufelswerk, das sind sie, und ich gedenke nicht, mich dort hineinzubegeben!«

»Dann werdet Ihr alleine nach Burgos zurückkehren müssen« – María versuchte ernst zu erscheinen – »oder Ihr müsst hier auf unsere Rückkehr warten.«

Joaquina verstummte.

»Noch nie in meinem Leben habe ich so etwas gesehen!«, rief Antoñino begeistert aus. »Zuhause werden sie mir nicht glauben, wenn ich erzähle, was ich gesehen habe! Gibt es Drachen in diesen Bergen, Don Gonzalo? Meine Mutter sagt, dass in den Bergen oben im Norden Drachen mit drei Köpfen leben, die fliegen können und aus ihren drei Mäulern Feuer speien und alles in Brand setzen.«

»Was redet der Junge da?«

Joaquinas Augen weiteten sich vor Schreck bei der Vorstellung, ihr Leben im Rachen eines dreiköpfigen Ungeheuers auszuhauchen.

»Es gibt keine Drachen hier, das kann ich Euch versichern«, versuchte der Hauptmann sie zu beruhigen. »Ich habe diese Strecke oft zurückgelegt und bin noch nie einem begegnet.«

»Schade!«, bedauerte Antoñino. »Ich hätte so gerne mit einem gekämpft und seine drei Köpfe nach Madrigal mitgenommen. Ich wäre ein Held gewesen! Den Jungen im Dorf hätte der Mund offen gestanden vor Neid ...«

Alle mit Ausnahme der dicken Ordensfrau lachten über den Einfall des Jungen.

Die Nacht verbrachten sie im Kloster von Espino. Die Mönche gewährten ihnen Obdach und teilten ihr karges Mahl mit ihnen. Es waren nicht mehr als ein Dutzend, die als Eremiten dort lebten. Die Gäste wechselten kaum ein Wort mit dem Prior. Die Mönche hielten sich streng an das Schweigegelübde, aber sie waren freundlich und überließen ihnen zwei Zellen, eine für die drei Frauen und eine weitere für den Hauptmann und Antoñino. María war erschöpft. Bevor sie einschlief, zogen die Gesichter all jener an ihr vorbei, die sie im Laufe der vergangenen Wochen kennen gelernt hatte, und sie hörte, wie sich Joaquina unruhig auf ihrem Lager hin und her wälzte, ohne Schlaf zu finden.

Sie denkt an die Drachen, dachte sie gutmütig amüsiert. Dann schlief sie ein.

Früh am nächsten Morgen brachen sie wieder auf. Der Weg wurde immer mühsamer und schwieriger, je näher sie dem Gebirge kamen. Aber die Schönheit ringsum, der Duft der Pflanzen und des taunassen Grases, die mächtigen Bäume zu beiden Seiten des Weges, deren Kronen sich über ihren Köpfen vereinten, entschädigten für die Mühe. Sie rumpelten gerade nach einem langen Anstieg eine sanfte Steigung hinunter und sahen, dass der nächste Aufstieg noch mühsamer sein würde, als Don Gonzalo sein Pferd anhielt.

»Fahrt schon einmal voran, ich bin gleich wieder bei Euch ...«

»Wohin wollt Ihr um Gottes willen?«, kreischte Joaquina.

»Es ist nur für einen Augenblick«, erwiderte der Hauptmann. »Der Körper hat Bedürfnisse, die nicht warten können.«

»Reißt Euch zusammen wie jedermann!«, zeterte Joaquina erneut.

»Das würde ich liebend gern«, antwortete der Hauptmann, während er auf die Büsche zuhielt, »doch ich fürchte, ich kann nicht. Fahrt nur weiter, ich bin gleich wieder bei Euch.«

»Und was ist, wenn wir von Räubern überfallen werden oder wenn ein Drache erscheint?«, fragte die Nonne ängstlich, während Don Gonzalo auf einem Pfad im Wald verschwand. »Dass noch nie einer gesehen wurde, heißt nicht, dass es sie nicht gibt ...«

»Aber Joaquina! Es steht nichts zu befürchten«, beruhigte María sie. »Alles ist friedlich in dieser schönen Gegend Gottes.«

Kaum hatte sie das gesagt, als drei Männer auf einem schmalen Steig auftauchten, der halb von Zweigen verborgen war. Mit ihren Umhängen und Hüten sahen sie aus wie die Pilger, die sie in Burgos gesehen hatten.

»Halt!«, schrie der Größte von ihnen. »Haltet das Pferd an und steigt vom Wagen!«

Die drei Frauen und der Knabe waren wie versteinert, während der Karren weiterrumpelte.

»Habt ihr nicht gehört?«, brüllte der Mann. »Ihr sollt

verdammt noch einmal den Wagen anhalten, habe ich gesagt!«

Sie taten wie geheißen, blieben jedoch reglos auf ihren Plätzen sitzen.

»Steigt ab oder ich schwöre, dass es Euch schlecht ergehen wird, wenn ich Gebrauch von diesem Geschenk mache, das ich einem Mauren abnahm!«, drohte der Mann.

Er zog einen Krummsäbel unter seinem Umhang hervor und schwenkte ihn vor ihren entsetzten Augen. Früher einmal musste es eine wundervolle Waffe gewesen sein, doch nun begann sie Rost anzusetzen, und von ihrem einstigen Glanz war nur die bedrohlich geschwungene Klinge übrig geblieben. Einen Augenblick später standen die vier auf dem Weg, während der Kerl unaufhörlich mit der Waffe umherfuchtelte.

»Seht nach, was sie dabei haben!«, rief er seinen Spießgesellen zu.

»Ihr werdet nichts Wertvolles finden«, sagte María. »Wir sind …«

Er ließ sie den Satz nicht zu Ende sprechen, sondern setzte ihr die Spitze des Krummsäbels auf die Brust.

»Wer hat dich gefragt? Du sprichst nur, wenn ich es dir sage, verstanden? Anderenfalls wirst du gleich ein hübsches Löchlein hier haben, du liederliches Weibsstück!«

Die anderen beiden Männer waren vollauf damit beschäftigt, ihre wenigen Habseligkeiten vom Wagen zu werfen.

»Hauptmann!«, rief einer von ihnen. »Da ist nichts! Nur ein paar Kleider, und die sind nicht einmal neu.«

»Kein Gold oder Silber?«, fragte der, den sie Hauptmann nannten.

»Nichts.«

Die beiden Kerle kamen zu ihrem Anführer getrottet.

In ihren Gesichtern stand die Enttäuschung über die entgangene Beute. Der Anführer zögerte, bevor er wieder den Mund aufmachte.

»Ihr habt also nichts Wertvolles dabei, ja?«, sagte er zu María gewandt.

»Hättet Ihr mich aussprechen lassen«, entgegnete diese so ruhig sie konnte, »hätte ich Euch gesagt, dass wir nichts Wertvolles besitzen. Wir sind nur drei Ordensfrauen und ein Knabe, die auf dem Weg nach Norden sind.«

Wo war Hauptmann Salazar? Warum kam er nicht endlich? Der Mann trat zu Inés und hob mit der Spitze des Krummsäbels ihren Habit an.

»So so, Nonnen. Ich traue den Nonnen nicht. Bestimmt habt ihr Gold und Münzen unter euren Gewändern versteckt. Ich denke, wir werden selbst suchen müssen. Ihr seid zu dritt und wir auch«, sagte er und deutete mit dem Kopf auf seine Gefährten. »Ihr versteht, Freunde?«

Die Räuber begannen zu lachen, und die Frauen blickten sich entsetzt an. Antoñino stürzte sich auf den Anführer, der überrascht taumelte und beinahe hingefallen wäre. Als er das Gleichgewicht wieder fand, packte er den Jungen mit einer Hand beim Hemd, schlug ihm mit der Faust mitten ins Gesicht und warf ihn zu Boden wie eine Stoffpuppe. Der Knabe blieb bewusstlos auf dem Weg liegen und ein feiner Faden Blutes begann aus seinem Mundwinkel zu rinnen. María wollte ihm zu Hilfe eilen, aber einer der Männer, sie wusste nicht, welcher, hielt sie gewaltsam fest. Der Anführer trat zu Antoñino, stieß ihn mit dem Fuß an und lachte laut auf, als er feststellte, dass dieser sich nicht rührte.

»So ergeht es denen, die sich als Helden aufspielen wollen!«, rief er. Dann musterte er die Frauen. »Und nun zu

Euch. Das Weib wurde zum Vergnügen der Männer geschaffen, nicht, um sich in einem Kloster einzuschließen.«

Er ging zu Inés, die wie erstarrt war vor Schreck, und packte sie grob am Arm, während sich die anderen beiden um María und Joaquina stritten, die nicht weniger verängstigt waren. Ein Schrei ließ sie innehalten.

»Lumpenpack! Halunken! Strolche! Schweinehunde!«

Lope de Salazar kam herangeprescht, das blanke Schwert in der Hand. Bevor die Männer reagieren konnten, schlug er einem von ihnen mit einem sicheren Hieb den Kopf ab und spießte den zweiten auf wie ein Rebhuhn auf den Bratspieß. Der Anführer stieß Inés zu Boden und machte sich bereit, dem Hauptmann zu begegnen, der ungestüm auf ihn losging. Der Wegelagerer bewies, dass er ein kampferprobter Haudegen war. Er sprang zur Seite, um dem Angriff auszuweichen, packte den Soldaten am Bein und zerrte ihn vom Pferd. Die beiden lieferten sich einen erbitterten Kampf.

María lief zu Antoñino und schleifte ihn mithilfe von Inés und Joaquina zum Wagen, ohne die beiden Männer aus den Augen zu lassen. Noch nie hatte sie bei einem Kampf zugesehen, und schon gar nicht bei einem auf Leben und Tod. Sie war entsetzt und zugleich fasziniert von der Brutalität, die sie an den Tag legten. Das Eisen schlug Funken, die Gesichter der Männer waren schweißüberströmt und ihre Augen blitzten wie die von wilden Tieren, die sich gegenseitig zu zerfleischen versuchten. Plötzlich bohrte der Hauptmann sein Schwert in den Leib seines Gegners, und der Kampf war zu Ende. Der Mann blieb reglos stehen und starrte auf die Wunde, aus der Unmengen von Blut hervorzuquellen begannen. Er schien keinen Schmerz zu empfinden und aus seinem Gesicht sprach Überraschung. Dann sackte er zusammen.

»Geht es Euch gut, Hauptmann?«

Inés stürzte verängstigt zu Salazar und betastete seine Brust und seine Arme, um sich zu vergewissern, dass er nicht verletzt war.

»Mir fehlt nichts, Inés. Beruhigt Euch«, antwortete er keuchend, während er versuchte, sich von der Anstrengung zu erholen.

María trat zu dem Mann, der am Boden lag. Er lebte noch, und sie presste instinktiv ihre Hand auf seine Wunde. An einem seiner Finger funkelte ein Ring mit dem Wappen Kastiliens.

»Lasst es sein, Doña María.« Don Gonzalo stand neben ihr. »Er hat nicht mehr lange zu leben und wird bald Rechenschaft für all seine Missetaten ablegen müssen.«

»Können wir nichts mehr für ihn tun?«

»Ich fürchte nein. Ich habe schon öfter solche Wunden gesehen, sie führen unweigerlich zum Tode.«

María konnte ihren Blick nicht von dem Gesicht des Verwundeten wenden. Er war alt, sein Haar und sein Bart waren nahezu weiß. Der Ringpanzer und die Hosen waren schmutzig und zerrissen, und der Blutfleck wurde allmählich größer.

»Doña María! Antoñino kommt wieder zu sich!«, rief Joaquina.

María eilte zu ihm. Der Junge hatte die Augen aufgeschlagen und sah sie an, als erwachte er soeben aus einem Traum. Sein Gesicht war geschwollen von dem Fausthieb, den er eingesteckt hatte, und es würde Tage dauern, bis er wieder normal aussah, doch darüber hinaus schien er unversehrt zu sein.

»Antoñino, mein Junge, wie fühlst du dich?«, erkundigte sich María.

»Mir brummt der Schädel. Was ist passiert?«

»Du warst ein Held«, sagte der Hauptmann, während er näher trat. »Dank dir sind Doña María und ihre Mitschwestern unversehrt geblieben.«

Der Knabe stützte sich auf die Ellenbogen.

»Ist das wahr?«

»Aber ja, Antoñino«, beteuerte Don Gonzalo. »Von nun an bist du ein Soldat, und ich ernenne dich zu meinem Pagen und Schildknappen.«

»Na, wenn sie das zu Hause erfahren! Mein älterer Bruder wird umkommen vor Neid!«, rief der Junge, und sein verschwollenes Gesicht strahlte vor Freude.

Alle lachten erleichtert auf und schickten sich an, die Reise fortzusetzen. Der Hauptmann ersparte es ihnen, sich um die Toten kümmern zu müssen, und schleifte sie eigenhändig in den Wald. Als er den Sterbenden bei den Füßen packen wollte, hielt María ihn zurück.

»Wollt Ihr ihn hier zurücklassen?«, fragte sie. »Er ist noch nicht tot.«

»Er wird es bald sein, und die Nacht steht bevor. Wir müssen weiter.«

»Trotzdem«, beharrte sie, »können wir ihn nicht alleine hier zurücklassen. Er ist ein Kind Gottes, so groß und so zahlreich seine Vergehen auch gewesen sein mögen, und die Barmherzigkeit gebietet uns, dass wir uns seiner annehmen.«

Sie sahen sich nach einem geschützten Ort um und fanden eine kleine Lichtung im Wald. Dorthin brachten sie den Wagen und den Verwundeten. Die Kälte begann ihnen in die Knochen zu kriechen und sie sammelten eifrig Holz, um ein Feuer zu machen. Es wurde eine sehr lange Nacht. Inés und Joaquina machten es sich im Wagen so bequem es möglich war, Don Gonzalo und Antoñino breiteten in der Nähe des Feuers ein paar Decken auf der Erde aus und rückten eng zusammen, um sich gegenseitig zu wärmen. María blieb bei dem Verwundeten sitzen, dessen Gesicht allmählich die fahle Blässe des Todes annahm. María hatte noch nie eine Nacht im Freien verbracht, und die nächtlichen Geräusche hätten sie in Angst und Schrecken versetzt, wäre sie nicht so damit beschäftigt gewesen, dem unbekannten Banditen zu helfen. Als es bereits zu dämmern begann und sie im Halbschlaf vor sich hin döste, beschlich sie ein eigentümliches Gefühl, und sie öffnete die Augen. Der Mann sah sie mit starrem Blick an. Sie glaubte, er sei tot, aber als sich seine Lippen bewegten und er ihr etwas zu sagen versuchte, merkte sie, dass noch Leben in ihm war.

»Möchtest du etwas?«, fragte sie und beugte sich zu ihm hinunter.

»Wer seid Ihr?«

»Eine Nonne vom Orden der Augustinerinnen.«

»Wer seid Ihr?«, fragte der Sterbende noch einmal.

»Wie ich dir bereits sagte, eine Nonne, die in Begleitung zweier weiterer Ordensfrauen, eines Soldaten und jenes Knaben unterwegs ist, den du gestern kaltblütig niedergeschlagen hast.«

»Ihr seid zurückgekommen, um Rache an mir zu nehmen.« Sein Blick spiegelte seine ganze Angst wider.

»Wir haben beschlossen, bei dir zu bleiben, um dich in deinen letzten Momenten zu begleiten und dir dabei zu helfen, deinen Frieden zu machen.«

Mit diesen Worten hielt ihm María das Kruzifix an die Lippen, doch der Mann wandte entsetzt den Kopf ab.

»Möchtest du Gott nicht um die Rettung deiner gequälten Seele bitten? Wie heißt du?«

Der Mann sah sie erneut an.

»Ich bin Pedro de Lara, Soldat der Königin. Für sie habe ich in all diesen Jahren mein Leben riskiert. Ich habe ihr treu gedient und jeden ihrer Befehle befolgt. Ach, Doña Isabella!« Seine Stimme wurde seltsam weich. »Ihr seid eine ebenso grausame wie schöne Frau, die mich alle Höllenqualen durchleiden ließ. Ich liebe Euch, wie Euch sonst niemand liebt, doch Ihr erinnert Euch meiner nur, um Dinge von mir zu verlangen, die kein anderer tun würde, ohne Fragen zu stellen ...«

Pedro de Lara sprach zu María, als ob sie die Königin wäre. Sein glasiger Blick wanderte zurück in die Vergangenheit.

»Für Euch hätte ich sogar den König ermordet. Ich hätte Euch von diesem Wüstling befreit, der so viel Leid über Euch gebracht hat, denn ich liebe Euch mehr als mein Leben. Und wie habt Ihr mir diese Liebe vergolten? Indem Ihr mich schmählich vergaßt. Ich musste mich auf den Straßen herumtreiben, um überleben zu können. Isabella ...«

»Die Königin ist vor fünf Jahren gestorben«, sagte María ungerührt. »Ich bin nur eine Nonne.«

Der Mann schloss die Augen und öffnete sie gleich darauf wieder.

»Wollt Ihr etwas für mich tun?«, fragte er mit schwacher Stimme.

»Wenn es in meiner Macht steht. Ich verspreche es dir.«

De Lara zog den Ring vom Finger und überreichte ihn ihr.

»Sucht Martín Núñez und übergebt ihm diesen Ring. Sagt ihm ...« – María musste sich hinabbeugen, um seine Worte verstehen zu können – »... sagt ihm, dass ich mein Wort gehalten habe. Ich habe nie etwas verraten ...«

María hatte Mitleid mit dem Sterbenden, der im Augenblick seines Todes von Visionen aus der Vergangenheit heimgesucht wurde. Sie versuchte ihn mit sanften Worten zu beruhigen, aber der Mann sah sie entsetzt an, als ob er von den Gespenstern seiner Vergangenheit umgeben sei.

»Martín Núñez«, wiederholte er. »Vergesst es nicht. Sagt ihm auch, dass ich in der Hölle auf ihn warte.«

Seine letzten Worte gingen in einem röchelnden Husten unter.

»Doña María …« Der Hauptmann stand neben ihr. »Ihr habt die ganze Nacht gewacht, und dieser Mann ist tot.«

Don Gonzalo und Antoñino bedeckten den Leichnam mit Reisig und Blättern, bevor sie ihren Weg fortsetzten. María sprach nicht viel und auch ihre Begleiter waren schweigsam. Sie standen noch unter dem Eindruck der Ereignisse des Vortages und der im Freien verbrachten Nacht. Die Ordensfrau dachte an de Laras sonderbaren Auftrag. Wahrscheinlich würde sie diesen Martín Núñez niemals finden. Sie betrachtete eine Weile den Ring, dann steckte sie ihn ganz unten in ihre Rocktasche und nahm sich fest vor, die traurige Angelegenheit zu vergessen.

Die Reisenden quälten sich einen steinigen, an vielen Stellen gefährlichen Pfad hinauf, der niemals zu enden schien. Endlich erreichten sie die Passhöhe und konnten unter sich die Stadt Orduña liegen sehen. Der ummauerte Ort lag inmitten eines weiten, von Bäumen und Feldern gesprenkelten Tals, das seinerseits von einer natürlichen Mauer aus Bergen umschlossen war, die in allen Grüntönen leuchteten. Das Tal wurde von einem Fluss durchzogen, den der

Hauptmann Nervión nannte; durch die Sonnenstrahlen, die sich im Wasser spiegelten, wirkte er wie flüssiges Gold. María fühlte sich an die Beschreibung des Paradiesgartens erinnert: *Es entspringt aber ein Strom in Eden, den Garten zu bewässern; von da aus teilt er sich in vier Arme: Der erste heißt Pison; das ist der, welcher das ganze Land Havila umfließt, wo das Gold ist. Und das Gold jenes Landes ist köstlich. Da findet man auch das Bedellionharz und den Edelstein Soham …* Es nahm nicht wunder, dass sich mehrere Orden in dieser Gegend angesiedelt hatten. Während Orduña näher kam, der einzige Ort in der ganzen Grafschaft Biskaya, der den Stadttitel trug, betrachtete María staunend das Grün der Felder und die darin verstreuten Einsiedeleien und Weiler. Es war ein Bild des Friedens.

»Macht Euch keine falsche Vorstellung, Doña María«, erklärte Don Gonzalo. »Es ist nicht so friedlich, wie es den Anschein hat. Eine Stadtmauer hat immer ihren Grund. In Orduña haben seit Menschengedenken ungezählte Kämpfe stattgefunden. Bedenkt, dass die Stadt zwischen Kastilien und der Grafschaft Biskaya liegt und beide sich ihren Besitz seit Jahrhunderten streitig machen.«

Es war schwer vorstellbar, dass an einem so herrlichen Ort einmal Kriegsgeschrei erklungen war, dass Blut die sorgsam bestellten Felder, die sie nun durchquerten, benetzt hatte und grausame Fehden eine so fruchtbare Erde mit Toten übersät hatten.

Bevor sie bei einem Amtsbüttel in schwarzen Hosen, schwarzem Wams und einem sonderbaren Hut mit aufgebogener, vorne spitz zulaufender Krempe den Wegezoll bezahlten, um in die Stadt zu gelangen, fragten sie nach einem Nonnenkloster. Letztendlich brauchten sie nicht zu bezahlen, denn ein Bauer zeigte ihnen den Weg außen an der Stadtmauer entlang, der bis vor die Pforte des Klarissenklosters führte, das unmittelbar neben der Kapelle Nuestra Señora de Orduña lag, *La Antigua* genannt. Die Klarissen verfügten über ein Gästehaus für Reisende, teilte ihnen der Mann mit, dort würden sie gut aufgenommen.

Als die Schwester, die mit dem Empfang der Gäste betraut war, die Ordensgewänder der drei Frauen sah, zeigte sie sich besonders bemüht und lud sie ein, die Nacht in der Klausur zu verbringen. Die Äbtissin, eine alte Frau mit freundlicher Stimme und offenem Lächeln, zeigte ihnen die Klosteranlage und die Kapelle, die in früheren Zeiten eine Eremitage zu Ehren der Jungfrau gewesen war. Damals hatten sich einige fromme Frauen, die den Ordensregeln der heiligen Klara folgten, um die Unterhaltung des Heiligtums gekümmert, und Papst Bonifaz, der Achte seines Namens, hatte ihnen die Erlaubnis zur Gründung eines Klarissenklosters gegeben. Es sei ein kontemplativer Orden, teilte die Äbtissin ihnen mit, dessen Schwestern von der Mildtätigkeit der Stadt und einiger Gönner lebten, sowie dem, was das Gästehaus einbrachte. Sie zeigte ihnen auch eine Waage, auf der die Nonnen die Neugeborenen wogen. Die Eltern gaben dem Kloster so viele Kilo Weizen, wie das Kind wog.

»Und hier werden jedes Jahr viele Kinder geboren«, erklärte ihnen die Äbtissin mit einem heiteren Lächeln.

Nach dem Abendessen, das aus heißem Brei, Brot und einem Glas Apfelwein bestand, einem Getränk, das María und Joaquina noch nie zuvor gekostet hatten, führte man sie in eine Zelle mit einem halben Dutzend Betten, von denen bereits drei für sie mit Leintüchern und Decken bezogen worden waren. Des Weiteren gab es in dem Raum ein Kruzifix, mehrere Betschemel sowie eine große Waschschüssel mit einem Krug Wasser. Die Gebete der drei Frauen fielen kurz aus. Nach der Nacht im Wald verlangten Körper und Geist nach Erholung, und die weißen Laken zogen sie an wie der Honig die Fliegen. Dennoch schlief María nur wenig. Sie konnte nicht aufhören, an all die Dinge zu denken, die sich seit ihrer Abreise aus Madrigal ereignet hatten.

Sie hatte ihren Vater gesehen und bei seinem Anblick beinahe den Groll vergessen, der in ihr geschwelt hatte, seit sie das Sendschreiben des Papstes erhielt. Nichts in der Welt würde ihr die Jahre ihrer Kindheit und Jugend zurückbringen, doch noch war Zeit, den Rest ihres Lebens zu genießen, wenn sie herausfinden könnte, was sie verloren oder vielleicht nie besessen hatte, und wäre es nur, um sich der Realität ihrer Existenz zu vergewissern. Und was sollte sie zu ihrem Besuch bei Johanna sagen, der bedauernswerten verrückten Königin? Als sie die Augen schloss, sah sie sie wieder mit irrem Blick auf der Erde kauern. Die erste Frau des Reiches war zugleich die hilfloseste von allen. Und der Besuch der anderen Johanna? Ihrer beider Schicksal hätte so ähnlich sein können und war doch so unterschiedlich. Sie würde die Erinnerung an die beiden für immer als Vision dessen im Herzen tragen, was ihre Familie hätte sein können.

Als der Schlaf sie schon fast übermannt hatte, erinnerte sie sich an die Worte des Banditen, bevor er starb. War es möglich, dass ein verderbter, niederträchtiger Kerl, der zu den schlimmsten Scheußlichkeiten imstande war, eine solche Liebe, eine solche Verehrung für eine Frau hegen konnte? Aus seinen bitteren Worten war unschwer herauszulesen, dass seine Liebe nicht in dem Maße erwidert worden war, wie sich dies ein Mann erhoffte. Jeder wusste um die Treue Königin Isabellas, die sich stets von ihren Kindern oder ihren Hofdamen begleiten ließ, wenn der König nicht bei ihr weilte, um keinen Zweifel an ihrer Tugend aufkommen zu lassen. Ihre Beichtväter hatten ihr mit schrecklichen Strafen gedroht, die Gott für jene bereithalte, die ihre Pflichten vernachlässigten.

Vernachlässigte sie die ihren? Schließlich hatte das Schicksal sie zur Äbtissin eines Klosters bestimmt, die sich nicht mit solchem Eifer der Erforschung einer Vergangenheit widmen sollte, die nichts zum göttlichen Werk beitrug.

Nun ja, aber es richtet auch keinen Schaden an, dachte sie, bevor sie in den Schlaf fiel.

Am nächsten Tag durchquerten sie Orduña, nachdem sie bei dem Torwächter den Wegezoll entrichtet hatten. Sie kamen durch die Calle Vieja und die engen, von zwei- oder dreistöckigen, meist steinernen Häusern gesäumten Gassen. An vielen Fassaden prangten große Wappen, die bewiesen, wie vornehm die alte Stadt war, auf die ihre Bewohner so stolz waren. Sie verließen die Stadt durch das Tor in Richtung Bilbao und durchquerten immer grünere Täler und Berge. Sie konnten beobachten, dass neben befestigten Ortschaften und zahlreichen Wehrhöfen auch einsame, weit verstreut liegende Gehöfte zu sehen waren. María wunderte sich, dass die Bauern in einer Gegend, wo es dem Anschein nach häufig zu Kämpfen und Überfällen kam, den Mut hatten, so für sich zu leben.

»Das ist unsere Art«, erklärte der Hauptmann auf ihre Frage hin. »Der Biskayer lebt gerne unabhängig und gemäß dem Sprichwort: *Miteinander, aber nicht durcheinander.* Einige dieser Dörfer, müsst Ihr außerdem wissen, gehören nicht zur Grafschaft Biskaya, obwohl sie auf deren Gebiet liegen. Sie sind Eigentum des Herrn von Aiala, dem ausgedehnte Güter in der Provinz Álava gehören, und wurden Kastilien einverleibt. Das Dorf Laudio zum Beispiel gehörte einmal zur Grafschaft Biskaya, doch dann erwarb es Doña Leonor de Guzmán von den Mendozas und verkaufte es später ihrerseits an die Aialas.«

Es war befremdend zu hören, dass man ganze Dörfer mitsamt ihrer Einwohner wie eine Ware kaufen und verkaufen konnte, obgleich sie wusste, dass dies ebenso in Kastilien und wahrscheinlich auch in Aragón geschah. Sie war auch über die farbenfrohe Kleidung der Menschen erstaunt, die sich sehr von jener in Kastilien unterschied, und über die eigentümliche Sprache, derer sie sich bedienten. Inés und Don Gonzalo waren in ihrem Element. Sie plauderten und scherzten mit den Bauern, derweil sie selbst, Joaquina und Antoñino kein einziges Wort verstanden. Auf den Wegen herrschte reges Leben, und immer wieder begegneten ihnen Truppen von bis an die Zähne bewaffneten Soldaten, die im gestreckten Galopp vorbeipreschten und die Reisenden in eine Staubwolke hüllten, die ihnen in die Augen drang und sie husten ließ.

»Aber wo wollen sie so eilig hin?« Joaquina war jedes Mal zu Tode erschrocken, wenn sie einer solchen Truppe begegneten. »Wir werden doch nicht mitten in eine Schlacht geraten?«

Salazar amüsierte sich über ihre Befürchtungen und ließ sich keine Gelegenheit entgehen, ihr einen Schrecken einzujagen.

»Das wäre nicht weiter erstaunlich, Joaquina. Ihr habt ja bereits gehört, wie unbeherrscht wir Biskayer sind. Ich kann Euch versichern, dass kein Tag vergeht, ohne dass es zu einem Gefecht mit Hunderten von Toten kommt.«

»Barmherzige Muttergottes!«, rief die arme Frau aus.

»Doña María, weshalb nur habt Ihr uns hierher gebracht? Vielleicht war es Gottes Wille, dass es mich in dieses Heidenland verschlägt und ich fern von meinem schönen Kastilien sterbe …«

»Merkst du denn nicht, dass Don Gonzalo scherzt?«, entgegnete die Äbtissin. »Und weshalb sagst du, dies sei ein Heidenland? Hast du nicht die vielen Kirchen und Einsiedeleien am Wegesrand bemerkt?«

»Kirchen und Einsiedeleien, die heilige Märtyrer als Bollwerk gegen das Böse und seine Anhänger errichtet haben«, beharrte Joaquina. »Und derer müssen viele sein, wenn sich die Frauen derart kleiden und etwas auf ihrem Kopf tragen, das aussieht wie Teufelshörner.«

María musste zugeben, dass Joaquina Recht hatte. Die Frauen, in den größeren Marktflecken mehr als auf dem Lande, trugen einen sonderbaren, auffälligen Kopfputz. Es war ein mit weißem Leinen umwickeltes, in Form eines Hornes oder gar zweier Hörner nach vorne oder gerade nach oben gebogenes Gestell, das hoch über ihre Köpfe ragte. Der Stoff umrahmte auch das Gesicht und ließ weder das Haar noch den Hals frei. Trotz dieser unbequemen Gestelle und hoher Holzschuhe, die nicht minder unbequem aussahen, bewegten sie sich mit großer Anmut.

»Es ist so Brauch bei uns«, erklärte Inés, »dass die verheirateten Frauen diesen Kopfputz tragen, wenn sie das Haus verlassen.«

»Weshalb diese sonderbaren Formen?«

»Diese entsprechen dem Familienstand. Ein Horn bedeutet einen Ehemann, zwei, dass die Frau zum zweiten Mal verheiratet ist. Witwen, die nicht wieder geheiratet haben, tragen eine flache Haube.«

»Und die unverheirateten Mädchen?«

»Sie gehen barhäuptig und tragen das Haar geschoren wie Ordensbrüder, jedoch vorne und an den Seiten länger, wie das Mädchen, das dort drüben geht.«

Ihnen kam ein junges Mädchen entgegen, das tatsächlich barhäuptig war und das Haar sehr kurz trug, mit einigen Locken über der Stirn und den Ohren, an denen große Silberohrringe baumelten.

»Und du, Inés? Hattest du auch das Haar geschoren?«, fragte María neugierig.

»Aber ja.« Inés lachte unsicher. »Seit ich den Schleier trage, ist es allerdings ziemlich gewachsen.«

»Und welche Farbe hat Euer Haar?«, schaltete sich der Hauptmann in die Unterhaltung ein.

»Es ist braun.«

María lächelte, als sie sah, dass die junge Klosterschülerin erneut errötete.

Zwei Monate und vierzehn Tage nach ihrer Abreise aus Madrigal erreichten sie die Anhöhe von Miraflores. Von dort hatten sie einen Blick über die Stadt Bilbao, und María wurde von Bewegung ergriffen. Es war noch ein gutes Stück bis zum Stadttor, und der Abstieg ging nur langsam vonstatten, weil die Straße stark befahren war, aber so blieb ihnen Zeit, die Aussicht zu genießen, die sich vor ihren Augen ausbreitete.

Die Stadt lag im dreifachen Schutz der Berge, einer hohen Mauer und des Flusses, der einen Bogen um nahezu die ganze Stadt beschrieb und dann dem Meer zu floss. Alle Häuser waren etwa gleich hoch, nur überragt von den Türmen der Paläste und den Wohnfestungen der gefürchteten großen Familien, von denen Inés und Don Álvaro Fernández so viel erzählt hatten, sowie den Glockentürmen der beiden Kirchen: San Antonio am einen und Santiago am anderen Ende der Stadt.

»Wird der heilige Jakobus hier so verehrt, dass man ihm die größte Kirche weiht?«, fragte María interessiert, als der Hauptmann davon sprach.

»Ja, Señora, sehr. Ihr müsst bedenken, dass auch hier ein Pilgerweg verläuft. Hunderte von Gläubigen aus Frankreich, England, Flandern und anderen Ländern kommen auf ihrer Pilgerschaft nach Santiago de Compostela hier entlang und verrichten ihre Gebete in unserer Hauptkirche.«

»Ich dachte, ihr Weg führe sie durch Navarra und Kastilien …«

»Zugegeben«, lachte Don Gonzalo, »die Mehrzahl zieht diese Route vor, weil sie weniger gefährlich ist. Wegelagerer und Menschen, die es nicht gerne sehen, wenn Fremde ihr Land durchqueren, die schroffen Berge und die felsige Küste machen den nördlichen Pilgerweg viel gefährlicher, aber er ist auch der kürzeste! Viele wählen diese Route, um nach Compostela zu gelangen.«

»Seht! Seht nur!«, rief Antoñino aufgeregt. »Schiffe! Segeln all diese Schiffe nach West-Indien?«

»Nicht alle.« Inés sog die Gerüche ein, die ihr so vertraut waren. »Nur einige. Andere segeln nach England oder Flandern. Sie haben Wolle und Eisen geladen und bringen andere Dinge mit zurück, an denen es uns hier mangelt, wie Salz, Stoffe, edle Hölzer, Glas …«

»Es sind auch viele Kriegs- und Transportschiffe darunter, die im Auftrag der Könige oder mächtiger Herren gebaut werden«, ergänzte Salazar. »Die Menschen dieser

Stadt sind berühmt für die Kunst des Schiffsbaus, und es kommen viele Aufträge aus fremden Ländern. Die biskayischen Zimmerleute, Kalfaterer, Kielschneider, Seiler, Gießer, Ankermacher, Schmiede und Segelmacher sind weithin bekannt.«

»Ich möchte so gerne Wache auf einem Schiff sein.« Antoñino sah sich bereits vom Ausguck des Hauptmastes aus neue Länder entdecken.

»Ich dachte, du wärst mein Schildknappe ...«

Auf dem Gesicht des Jungen zeichnete sich ein solches Dilemma ab, dass die Übrigen sich das Lachen nicht verkneifen konnten. Aber das Lachen hatte noch andere Gründe: Joaquina atmete beruhigt auf, weil sie endlich einen sicheren Hafen erreicht hatten – nie war dieser Ausdruck passender gewesen –, ohne unterwegs Drachen begegnet oder in einen Krieg geraten zu sein. Der unglückselige Zwischenfall mit Pedro de Lara und seinen Spießgesellen war bereits vergessen. Inés und Don Gonzalo waren glücklich, weil sie sich wieder in ihrer Heimat befanden, die sie in der Ferne so sehr vermisst hatten, und María hoffte, die ersehnten Antworten auf ihre Fragen zu finden. So zogen sie frohgemut durch die Puerta de Santa María, nachdem sie die fünfzig Maravedís Wegezoll entrichtet hatten, zehn für jeden von ihnen. Die Summe erschien ihnen sehr hoch, doch Salazar bestritt sie von dem Geld, das ihm der oberste Richter für die Reise ausgehändigt hatte, und sie fanden sich mitten auf der Ratsplatz wieder.

Unzählige Händler und Handwerker boten unter großen Marktzelten oder im Freien ihre Ware feil und feilschten mit den Käufern, die von Stand zu Stand schlenderten, um den besten Preis auszumachen. Sie konnten Bootsmänner beobachten, die Matrosen anwerben wollten und lauthals die Vorzüge, die Heuer und den Zielhafen ihrer jeweiligen Schiffe ausriefen, Steinmetze, Schuhmacher und Maurer, die ihre Dienste anpriesen, Geflügel-, Stoff-, Salz- und Gewürzhändler, Stände mit Fleisch und Fisch, Gemüseverkäufer, Kerzendreher, Honigverkäufer, Weinhändler und Handwerker aller Art.

Sie kamen nur mühsam mit dem Wagen durch die bunte Menge, aus der die hohen Kopfputze der Frauen und die ausladenden, spitz zulaufenden Hüte der Männer herausragten, wie auch der Torwächter in Orduña einen getragen hatte. Durch die roten und grünen Röcke, die silberbestickten Leibchen, die weißleinenen Hemden, die leuchtend bunten Halstücher, die Männer wie Frauen um die Schultern trugen, und das lebhafte Treiben, das allerorten zu vernehmen war, wirkten der Platz und die angrenzenden Straßen wie an einem Festtag.

»Wären die Leute nicht so wunderlich gekleidet und würden sie eine christliche Sprache sprechen, man könnte sich beim Fest des Schutzheiligen von Talavera wähnen.«

Zu ihrem großen Bedauern war Joaquina sehr angetan. Dieses Gewimmel erinnerte sie an ihre Jugend, als sie in Begleitung ihrer Eltern zu den Festen gegangen war.

»An Feiertagen geht es hier in Bilbao noch lebhafter zu«, erzählte ihr Inés. »Heute ist lediglich ein Markttag wie jeder andere, an dem die Bauern in die Stadt strömen, um ihre Waren zu verkaufen. Ihr werdet jeden Morgen ein solches Gedränge vorfinden, nachmittags jedoch könnt ihr in aller Ruhe durch die Straßen und Viertel spazieren.«

María sah sich aufmerksam um. Sie wollte sich nichts entgehen lassen, während sie sich laut schreiend einen Weg durch die Menge zu bahnen versuchten. Hauptmann Salazar verteilte sogar den einen oder anderen Rempler. Er hatte sein Pferd an den Karren gebunden und führte das Zugpferd an der Trense. Sie bogen in die Calle del Medio ein, auch *Artekale* genannt, eine gerade, gut gepflasterte Straße. Die Häuser waren drei oder gar vier Stockwerke hoch. Viele waren aus Holz, aber es gab auch solche aus Fachwerk oder Ziegel. María fielen zahlreiche steinerne Bauwerke auf, die eher an Türme oder Paläste gemahnten. An ihren Fassaden prangten große steinerne Wappen.

»Diese Häuser«, erläuterte Don Gonzalo und hob die Stimme, um sich Gehör zu verschaffen, »gehören meistenteils den einflussreichen Familien der Biskaya. In ihnen leben die Linienchefs mit ihren nächsten Verwandten. Es sind wahre Festungen, sehr zum Leidwesen der Stadtväter, denn es ist sehr schwierig hineinzukommen, wenn ihre Bewohner sich weigern, die Türen zu öffnen.«

»Was haben die Stadtväter denn dort verloren?«

»Manchmal kommt es zu Unruhen in den Straßen. Diese gehen fast immer von Mitgliedern zweier gegnerischer Familien aus, die in einen Streit verwickelt sind. Falls es Verwundete oder Tote gibt, müssen die Ratsherren und Gerichtsdiener die Verursacher festnehmen, eine nahezu unmögliche Aufgabe, wenn sich die Schuldigen in ihren Türmen oder in dem Haus eines Verwandten verbarrikadieren. Ursprünglich wurde die Stadtmauer erbaut, um die Stadt vor den Angriffen jener Herren zu schützen, die der Meinung waren, dass Bilbao zu viele Privilegien habe. Doch aufgrund der zahlreichen Belagerungen, Raubüberfälle und Unruhen gestattete man ihnen schließlich, eigene Wehrtürme innerhalb des Berings zu errichten. Um die Wahrheit zu sagen«, schloss der Hauptmann mehr zu sich selbst als an seine Gesprächspartnerin gewandt, »weiß ich nicht, was das größere Übel war, denn nachdem sie einmal in der Stadt waren, organisierten sie ihre Einflussbereiche und spalteten die Stadt in zwei Hälften.«

Wenn er über ein Thema sprechen konnte, bei dem er sich auskannte, war Salazar in seinem Element. Nicht umsonst war er ein Großneffe Lope Garcías de Salazar, jenes gelehrten Mannes, der das Schwert ebenso geschickt zu führen wusste wie die Feder und der zwei Werke hinterlassen hatte: eine Geschichte der Welt seit den Tagen der Schöpfung sowie eine Abhandlung der Adelsgeschlechter der Biskaya. Die Gründung der Stadt Bilbao reichte in das Jahr 1300 zurück. Wegen ihrer außergewöhnlichen Lage war sie den übrigen Städten bald überlegen. Der Handel, die Minen, der Fischfang, der Schiffsbau und das Kunsthandwerk machten aus ihr einen blühenden, wohlhabenden Ort, die Bevölkerung wuchs rasch, und schon bald hatte sie Bermeo überflügelt, das bislang die bedeutendste Stadt der Grafschaft gewesen war. Es dauerte nicht lange, bis die führenden Adelsgeschlechter, auch *Andikis* oder *Jauntxos* genannt, dem Land den Rücken kehrten und sich in den Städten niederließen, die sie so erbittert bekämpft hatten. Sie errichteten ihre Wohntürme, kamen zu Macht und Reichtum und besetzten die einflussreichsten Posten.

»Im Grunde hat sich nicht viel verändert. Die Landherren sind zu Stadtherren geworden«, schloss Don Gonzalo mit einer gewissen Ironie. María wusste nicht zu sagen, ob sich der Hauptmann über diesen Umstand freute oder ob er ihn bedauerte.

Plaudernd erreichten sie den Platz vor der Kirche Santiago. María gefiel das harmonische Zusammenspiel zwischen der Kirche und den mehrstöckigen Häusern mit den bemalten Fassaden, die den kleinen Platz umstanden. Rund um die Kirche sowie unter dem Portikus herrschte ein reges

Kommen und Gehen von Pilgern, die unschwer an ihren breitkrempigen Hüten, den Umhängen und den Pilgerstäben zu erkennen waren. Viele saßen zwischen den Bettlern und Zigeunern auf dem Boden, um zu schlafen oder ein Almosen zu erbitten.

Am anderen Ende des Platzes hingegen waren Grüppchen von offensichtlich wohlhabenden Männern zu sehen. Sie trugen kurze Umhänge in dunklen Farben und ebenfalls dunkle hohe Hüte statt der spitzen Kopfbedeckungen, die sonst üblich zu sein schienen.

»Wer sind diese Männer?«

»Händler und Reeder, Doña María«, antwortete Salazar. »Mit Ausnahme der Sonntage treffen sie sich jeden Tag auf diesem Platz. Sie reden übers Geschäft.«

»Es ist sonderbar, dass sie dies auf der Straße tun statt in ihren Häusern oder Kontoren.«

»Das tun sie auch, aber die meisten gehören einer Bruderschaft an und nutzen die Gelegenheit, um sich nach dem Angelus darüber auszutauschen, wie die Geschäfte laufen. Auf diesem Platz sind schon oft wichtige Geschäftsabschlüsse zustande gekommen. Vor Jahren ...«

Ein unterdrückter Schrei von Inés, die hinter María hervorlugte, unterbrach ihre Unterhaltung.

»Was hast du denn, Tochter?«, fragte María besorgt. »Man könnte meinen, du hättest ein Gespenst gesehen.«

»Kein Gespenst, aber ich habe meinen Vetter Tristán unter den Männern entdeckt, die dort an der Ecke miteinander sprechen«, sagte das Mädchen mit zitternder Stimme und verbarg sich rasch unter der Wagenplane.

»Welcher von ihnen ist es?«

»Der Größte, der mit dem roten Haar.«

María nahm den berüchtigten Vetter in Augenschein. Er

war sehr groß und überragte seine Begleiter um Haupteslänge. Sein rötliches Haar sah wirr unter dem Hut hervor. Er schien ein sehr selbstgewisser Mann zu sein, der mit seiner Stimme die übrigen übertönte. Er sprach Kastilisch mit einer starken biskayischen Färbung.

»Eure Ausflüchte interessieren mich nicht, Meister Ruiz«, sagte er zu einem anderen. »Die Zahlung der zwanzigtausend Maravedís muss binnen zweier Tage erfolgen. Andernfalls, das wisst Ihr genau, wird Euer Schiff in meinen Besitz übergehen.«

Aus seinem Ton sprach nicht das geringste Mitgefühl mit dem Mann, in dessen betrübtem Gesicht klar und deutlich die Verzweiflung geschrieben stand.

Als sie an ihm vorüberfuhren, begegneten sich ihre Blicke. Tristán de Leguizamón war ein gut aussehender Mann. Er hatte eine Adlernase, die jedoch nicht so groß war, dass sie sein Gesicht entstellt hätte, und honigfarbene Augen, aber seine Lippen waren schmal, wie aus Marmor gemeißelt.

»Ist er weg?«, hörte sie Inés fragen.

»Nein, er steht noch am selben Platz«, antwortete sie und setzte humorvoll hinzu: »Aber wir haben das Feld geräumt.«

Sie setzten ihren Weg fort, bis sie das andere Ende der Stadtmauer erreichten. Dort hielten sie vor den Toren des Klosters La Esperanza, dem Konvent der Augustinerinnen.

»Da wären wir, Doña María!«, rief Salazar und wies auf das Gebäude. »Gleich morgen schreibe ich an Don Luis de Mendoza, um ihm mitzuteilen, dass ich seinen Auftrag ausgeführt und Euch heil und unversehrt hierher gebracht habe.«

Er half ihr und danach Inés und Joaquina vom Wagen.

»Lieber Freund, ich weiß nicht, wie ich Euch für Eure Begleitung und Eure Hilfe während dieser Reise danken soll«, sagte María, während sie seine Hände ergriff. »Ich werde ihm gleichfalls schreiben, um ihm zu sagen, wie glücklich wir uns schätzen, unter Eurem Schutz gestanden zu haben.«

»Es war mir ein aufrichtiges Vergnügen, Señora.« Der Hauptmann verbeugte sich. »Und das meine ich von Herzen. Mit Eurer Erlaubnis werde ich Antoñino bei meiner Familie unterbringen. Mein kleiner Bruder ist in seinem Alter, und ich bin gewiss, dass sie schon bald gute Freunde sein werden. Was mich angeht, so werde ich in Kontakt zu Euch bleiben, und wenn ich Euch irgendwie behilflich sein kann, könnt Ihr einen Boten zum Turm der Salazars schicken. Man kann ihn von hier aus sehen.«

Bei diesen letzten Worten blickte er zu Inés, während er auf den Turm deutete.

Die Tage in Bilbao verliefen friedlich. María und ihre Gefährtinnen fügten sich wieder in das ruhige, ein wenig monotone Klosterleben ein, und ihre Reise begann ihnen wie ein weit zurückliegendes Abenteuer vorzukommen. Das Kloster La Esperanza lag vor den Toren der Stadt, neben einer früheren Einsiedelei zu Ehren des heiligen Nikolaus von Bari, in der sich nun eine Kirche befand. Dennoch konnte man nicht sagen, dass es sich abseits der Stadt befand. Das Kloster war entlang der Mauer errichtet worden, mit dem Fluss auf der einen und dem Gebirge auf der anderen Seite. Die Zellen, die nach vorne wiesen, gingen auf den Strand hinaus, und man konnte beobachten, wie große

Segelschiffe oder auch einfache Fischerboote aufs Meer hinaus fuhren. Die Landschaft war wunderbar, ebenso wie die Sonnenuntergänge, auch wenn es nur selten einen Tag gab, an dem der Himmel nicht von der grauen Farbe eines Eselsfells war.

In den Wochen nach ihrer Ankunft verließ María das Kloster nicht. Ihr Körper und auch ihr Geist brauchten Ruhe. Die Visitation des Ordenslebens, die Revision der Bücher und die Inspektion des Klosters nahmen viel Zeit in Anspruch, denn es handelte sich um eine recht große Gemeinschaft. Nach getanem Tagwerk zog sie sich in ihre Zelle zurück und betrachtete durch ein kleines Fensterchen die Landschaft. Es war ein friedlicher, stiller Ort, auch wenn zuweilen des Nachts Lärm und Aufruhr von der anderen Seite der Mauer zu vernehmen war, der von den Kämpfen zwischen den verfeindeten Parteien herrührte, von denen Hauptmann Salazar erzählt hatte, oder auch von einem Zechgelage, das von der ausschweifenden Lebensfreude in der Stadt kündete.

Joaquina war glücklich und fühlte sich geborgen hinter diesen Mauern. Aber María wusste, dass der Gedanke daran, dass sie irgendwann dieselbe Reise in umgekehrter Richtung würden unternehmen müssen, ihre gute Laune zuweilen verdüsterte. Bis es so weit war, genoss Joaquina die Gesellschaft der Ordensschwestern, die Sauberkeit und das gute Essen, doch sie vermisste das Kloster von Madrigal und das kastilische Klima.

»Hört es denn in dieser Stadt niemals auf zu regnen?«, fragte sie oft, unglücklich über die mangelnde Sonne.

»Wir haben Frühling«, antwortete Orosia, die Hauswirtschafterin. Sie trug den Namen einer baskischen Heiligen, die in Huesca den Märtyrertod erlitten hatte. »Seht Ihr nicht, wie grün unsere Felder und unsere Berge sind? Das kommt vom Regen.«

»Weniger Grün und mehr Sonne wäre besser«, beharrte Joaquina. »Man wird ja gar nicht mehr trocken!«

Das regnerische Klima machte empfänglich für Melancholie. Inés war traurig und nur schwer aufzuheitern. Stundenlang betrachtete sie das still dahinfließende Wasser in der Bucht von Nervión. Mehr als einmal hatte María sie dabei ertappt, wie sie zum Turm der Salazars hinüberschaute, dessen obere Stockwerke vom Kloster aus gut zu sehen waren. Sie war überzeugt, dass die Gedanken des jungen Mädchens bei dem Hauptmann weilten und dass sie schon zu ihm geeilt wäre, hätte sie nicht befürchtet, ihrem Vetter oder einem anderen ihrer Verwandten zu begegnen, die sie so sehr zu fürchten schien. María beschloss, mit ihr zu sprechen, denn die Zeit war gekommen, sich ans Werk zu machen, und sie würde sie bei ihren Nachforschungen brauchen. Eines Abends rief sie die Novizin nach der Vesper in ihre Zelle und bat sie, die Tür hinter sich zu schließen.

Sie erzählte ihr einen Teil ihrer Lebensgeschichte, oder vielmehr das, was sie darüber wusste. Sie eröffnete ihr sogar den Namen ihres Vaters, König Ferdinand. Die Augen des Mädchens wurden immer größer, aber es sagte nichts und hörte wortlos zu.

»Das ist unglaublich!«, rief sie schließlich, als María zu Ende erzählt hatte. »Es ist die unglaublichste Geschichte, die ich jemals gehört habe. Ihr, eine Prinzessin …«

»Nicht ganz, meine Liebe. Nicht ganz … Nur die Tochter eines Königs, der mich mehr als dreißig Jahre nach meiner Geburt anerkannt hat. Aber nun geht es mir vor allem darum, die Familie meiner Mutter ausfindig zu machen, und dabei benötige ich deine Hilfe.«

»Ich werde Euch helfen, so gut ich nur kann. Wo sollen wir beginnen? An wen sollen wir uns wenden? Glaubt Ihr, Eure Mutter stammte aus Bilbao?« Sie ließ María keine Zeit, ihre Fragen zu beantworten. »Zunächst einmal müssen wir jemanden befragen, der … ich weiß nicht … jemand muss uns doch Auskunft geben können!«

María lächelte. Die Aussicht auf das Abenteuer hatte wieder Farbe in das Gesicht des Mädchens gebracht. María hatte lange darüber nachgedacht, wie sie vorgehen sollten. Zunächst mussten sie durch Orosia, die stets zu einem Plausch aufgelegt war, in Erfahrung bringen, ob König Ferdinand tatsächlich einmal in Bilbao gewesen war, wie Don Álvaro Fernández ihr erzählt hatte. Die Hauswirtschafterin war schon lange den Jugendjahren entwachsen, hatte jedoch ein ausgezeichnetes Gedächtnis.

»Soweit ich mich erinnere«, sagte sie, »ist er einmal hier gewesen, als ich gerade den Schleier genommen hatte. Er kam, um im Namen der Königin auf die Fueros zu schwören, und es fanden große Festlichkeiten statt.«

»Wann ist das gewesen?«

»Lasst mich überlegen … ich bin mit zwanzig ins Kloster eingetreten, und nun bin ich achtundfünfzig. Es muss vor ungefähr fünfunddreißig Jahren gewesen sein«, folgerte sie zufrieden.

»Hielt er sich nur in der Stadt auf?«, fragte María, während ihre Aufregung wuchs.

»Er bereiste auch einen Teil der Grafschaft. Von Bilbao über Larrabetzu und Bermeo bis Gernika.«

Orosia begann ihr zu erklären, weshalb der Herr, in diesem Fall die Herrin der Biskaya – denn das war die Königin von Kastilien – auf die Fueros schwören musste, wollte sie von den Biskayern anerkannt werden, aber María hörte ihr nicht länger zu. Die Jahreszahlen stimmten überein, auch wenn María enttäuscht war, dass der Besuch des Königs sich nicht auf die Stadt Bilbao beschränkt hatte. Jedenfalls beschloss sie, am nächsten Tag mit ihren Nachforschungen zu beginnen.

»Und Joaquina?«, fragte Inés.

»Was ist mit ihr?«

»Sie wird wissen wollen, wohin wir gehen …«

»Wir werden ihr sagen, dass wir deine Verwandten besuchen.«

In den Augen des Mädchens blitzte Angst auf.

»Keine Sorge«, lachte María. »Wir werden sie nicht besuchen, fürs Erste … Außerdem liegt Joaquina nichts daran, das Kloster zu verlassen. Hier fühlt sie sich wohl.«

Am nächsten Morgen gingen die beiden Frauen zur Kirche Santiago. Der Pfarrer, ein freundlicher, hilfsbereiter junger Priester, versuchte ihnen so gut er konnte zu helfen, doch er war nicht alt genug, um sich an Ereignisse zu erinnern, die vor so vielen Jahren stattgefunden hatten. Erst vor kurzem hatte man begonnen, die Taufen in den Pfarrbüchern zu vermerken, und es gab kein anderes Dokument, das Auskunft darüber gab, ob vor über dreißig Jahren ein Mädchen namens María Esperanza dort getauft worden war. Zudem kannte er die Familien in Bilbao nicht gut genug, um ihnen Auskunft geben zu können.

»Vielleicht solltet Ihr Euch an den Pfarrer von San Antonio wenden«, riet er, als er ihre enttäuschten Gesichter sah. »Er ist ein alter Mann, der immer in der Stadt gewirkt hat, aber er besitzt noch ein gutes Gedächtnis.«

Sie dankten ihm für seine Hilfe und eilten zur Kirche San Antonio Abad, bei den Einwohnern Bilbaos besser bekannt als San Antón. Sie war an der Stelle errichtet worden, wo sich vor Jahrhunderten eine Festung erhoben hatte, und wirkte selbst wie eine Trutzburg, vielleicht, um im Verteidigungsfall erneut als Zuflucht zu dienen. Der Regen der Tage zuvor war einem sonnigen, hellen Tag gewichen, den die Verkäufer nutzten, um ihre Stände draußen auf der Straße aufzustellen und die Vorübergehenden zum Erwerb ihrer Waren zu ermuntern. Auch viele Handwerker boten ihre Dienste an: Silberschmiede, Rüstungsschmiede, Waffenschmiede, Laternenmacher, Töpfer, Bogenbauer und unzählige andere priesen lauthals die Güte ihrer Produkte an. Überall waren Leute und Menschengrüppchen, die sich teilten, um sie vorbeizulassen. Inés schaute nervös nach rechts und links. Sie hatte Angst, von einem Bekannten entdeckt zu werden oder hinter einer Ecke ihren Vetter auftauchen zu sehen.

»Niemand wird dich beachten, Inés«, beruhigte María sie. »Wir sind nur zwei Nonnen, die durch die Straßen wandeln, wir fallen überhaupt nicht auf.«

»Das hoffe ich, ehrwürdige Mutter«, entgegnete Inés flüsternd. »Das hoffe ich …«

Aber sie atmete erst auf, als sie sich in der Kirche San Antón befanden.

Don Martín, der Pfarrer, war ein alter, gebeugter Mann, der zudem nur schlecht hörte. Sie mussten den Grund ihres Besuchs mehrmals vortragen, bevor er sie endlich in die Sakristei eintreten ließ.

»Habe ich recht verstanden?«, fragte er mit rauer Stimme. »Ihr seid auf der Suche nach einem Mädchen, das womöglich im Jahr 1477 getauft wurde?«

»So ist es«, antworteten die beiden wie aus einem Munde.

»Und weshalb wollt Ihr das wissen?«

»Wir haben einer unserer Mitschwestern versprochen, in

Erfahrung zu bringen, ob noch jemand von ihrer Familie am Leben ist.«

Eine glatte Lüge, dachte María, *aber ich bin ihm keine weiteren Erklärungen schuldig.*

»Und wer seid Ihr?«, fragte der Pfarrer weiter, während er sie von oben bis unten musterte.

»Ich bin die Äbtissin des Klosters Nuestra Señora de Gracia in Madrigal.«

»Madrigal? Das kenne ich nicht. Ist das ein Ort in der Grafschaft?«

»Nein, Euer Hochwürden.« María begann ungeduldig zu werden. »Madrigal liegt bei Ávila und …«

»Aber Ihr seid von der Biskaya?«, unterbrach Don Martín.

María wappnete sich mit Geduld. Sie war nie gerne ausgefragt worden, erst recht nicht von einem alten Priester, dem Inés übersetzen musste, was er auf Kastilisch nicht verstand.

»Nein, ich bin nicht von der Biskaya.«

»Aber Ihr seht so aus … Ihr erinnert mich an jemanden, doch ich weiß nicht, an wen. 1477, sagtet Ihr?« Er kehrte zum ursprünglichen Thema zurück, ohne sie aus den Augen zu lassen.

»Ja, ungefähr.« María war nun bald mit ihrer Geduld am Ende.

»Und wie, sagtet Ihr, hieß das Mädchen?«

»María Esperanza …«, antwortete sie fast unhörbar.

»Und der Name der Eltern?«

Inés und María sahen sich verzweifelt an.

»Den kennen wir nicht.« Als María sah, dass der Mann die Stirn runzelte, setzte sie rasch hinzu: »Deshalb sind wir zu Euch gekommen.«

»Ihr wollt etwas über ein Mädchen erfahren, von dem Ihr nicht einmal den Familiennamen wisst? Und bei dem Datum ihrer Taufe seid Ihr Euch auch nicht sicher?«

Für einen kurzen Moment hatte sie das wenig christliche Verlangen, den alten Priester an seiner Soutane zu packen, die ebenso alt und schmutzig war wie er, und ihn ordentlich durchzuschütteln.

»Uns wurde gesagt«, erklärte sie dann doch so ergeben, wie es ihr möglich war, »dass Ihr ein hervorragendes Gedächtnis besitzt. Vielleicht erinnert Ihr Euch, in jenem Jahr ein Mädchen auf den Namen María Esperanza getauft zu haben ...« Sie schluckte, bevor sie weitersprach. »Die Tochter einer Frau aus dieser Stadt und König Ferdinands von Aragón.«

Don Martín sah sie aus großen Augen überrascht an, sagte aber nichts. María dachte, dass es sinnlos war, sich noch länger mit ihm zu unterhalten. Sie wollte Inés gerade ein Zeichen geben, um zu gehen, als der Pfarrer plötzlich die Sprache wieder fand.

»Toda de Larrea!« Der alte Priester versuchte sich zu erinnern. »Jetzt entsinne ich mich. Ein junges Mädchen aus gutem Hause, wohl erzogen und sehr fromm, aber zu fröhlich. Sie war stets am Lachen und scherzte unbefangen mit jedem jungen Mann, der sich ihr näherte ...«

»Es ist keine Sünde, fröhlich zu sein«, flüsterte María verletzt.

»Nein, natürlich nicht, doch dieses Mädchen gab Anlass zu allerlei Gerede.«

»Habt Ihr sie gekannt?« Bei dieser Frage zitterte ihre Stimme. Sie wünschte, dass er mehr über die Frau erzählte, von der sie mit jeder Faser ihres Herzens hoffte, dass es sich um ihre Mutter handelte. In der Erinnerung dieses unangenehmen, aufdringlichen Alten sollte sie zu neuem Leben erwachen.

»Toda? Natürlich habe ich sie gekannt! Ich bin seit vierzig Jahren Pfarrer an dieser Kirche und kann behaupten, dass ich die meisten meiner Schäfchen getauft und beerdigt habe. Bilbao ist nicht mehr das, was es einmal war. Zu viele Leute, zu viele Fremde, die ihre schlechten Sitten und Gewohnheiten mit hierher gebracht haben. Aus dem noblen Biskayer ist eine verkommene Kreatur geworden, die nur Geld und Bettgeschichten im Kopf hat. Wusstet Ihr, dass nahezu die Hälfte der Einwohner dieser Stadt unehelich geboren ist?«

»Toda de Larrea ...«, erinnerte ihn María mit gleichmütiger Stimme, trotz der Ungeduld, die sie empfand.

»Ach ja, Toda. Sie war hübsch, sehr hübsch, mit braunem Haar und großen braunen Augen, aber" – seine Stimme wurde hart –, „aber sie hatte keine Skrupel, eine Tochter zur Welt zu bringen, ohne den heiligen Bund der Ehe eingegangen zu sein, und sie bezahlte für ihre Sünde.«

»Was ist geschehen?«

»Es wurde viel über diese Schwangerschaft geredet. Toda war einem Jungen versprochen, aus der Familie der ... ach, ich erinnere mich nicht! Mein Gedächtnis lässt mich mehr und mehr im Stich. Jedenfalls fand die Hochzeit niemals statt«, fuhr er fort, »Offenbar unterhielt Toda ein Verhältnis zum Thronfolger, ein kurzes Verhältnis, denn Don Ferdinand weilte nur wenige Tage in dieser Gegend. Aus dieser Beziehung ging eine Tochter hervor. Jahre später verschwanden sie und das Mädchen, und man hörte nie wieder von ihnen. Es war eine sehr traurige Geschichte für ihre Familie. Todas Mutter starb wenig später – aus Leid und Kummer über ihr Los, wie es hieß.«

»Wo … wo lebt ihre Familie?« María konnte ihre Nervosität nicht verbergen.

»Gleich hier an der Plaza. Im Turm Etxeberri.«

Inés fuhr hoch, doch María achtete nicht darauf, weil sie weitere Fragen stellen wollte.

»Und lebt noch einer ihrer Angehörigen?«

»Ja, ein Sohn des alten Pedro de Larrea, ebenfalls Pedro mit Namen. Ein guter, gottesfürchtiger Mensch. Er fehlt keinen Sonntag in der heiligen Messe und zeigt sich sehr großzügig gegenüber der Kirche, obgleich sie nicht so viele Wohltäter hat, wie sie verdiente. Aber wenn die Leute die Kirche dann brauchen, kommen sie wieder angerannt und …«

Sie ließen ihn nicht ausreden. Nachdem sie sich für die Störung entschuldigt und ihm für seine Hilfe gedankt hatten, traten sie wieder auf den Kirchplatz hinaus. Die Sonne strahlte heller denn je, oder wenigstens kam es María so vor.

»Also gut!«, rief sie begeistert. »Nun müssen wir nur noch fragen, wo sich dieses Haus befindet. Wie, sagte er, heißt es?«

»Etxeberri …« Inés' Stimme klang traurig und tonlos.

»Ist etwas?« María war stehen geblieben und sah sie aufmerksam an.

»Nein. Oder doch … Der Turm Etxeberri gehört meinem Onkel Tristán de Leguizamón.«

»Aber …« María war überrascht und verstand dieses ganze Namenswirrwarr nicht so recht. »… aber wir suchen doch meinen Onkel, Pedro de Larrea, der in einem Haus namens Etxeberri lebt. Was hat das mit deinem Onkel zu tun?«

»Die Larreas und vor ihnen die Etxeberris sind eine Nebenlinie der Leguizamóns. Folglich nimmt es nicht wunder, dass sie in diesem Haus leben.«

»Und dein Onkel lebt auch dort?«, fragte María immer verwirrter.

»O nein! Die Leguizamóns besitzen ihre eigenen Türme. Der bedeutendste ist der dort drüben.« Das Mädchen wies mit dem Finger darauf. »Es ist der größte Turm am Platz.«

In Inés' Stimme schwang erneut Angst mit, und María hatte Mitleid mit ihr. Gleichzeitig war ihre Neugier so groß, dass ihr die Sorge der Novizin bedeutungslos erschien.

»Los, Inés, mach ein fröhlicheres Gesicht! Niemand wird dich beachten. Siehst du nicht, dass uns niemand eines Blickes würdigt? Wo ist dieser Etxeberri-Turm?«

»Am Ende des Platzes. Vor dem Torbogen, den Ihr dort drüben seht.«

Sie machten sich auf den Weg. María hatte das Gefühl zu ersticken, so groß war ihre Freude und zugleich ihre Angst vor dem, worauf sie in diesen ganzen letzten Monaten gewartet hatte. Wie würde Pedro de Larrea sein? War er wirklich der Bruder ihrer Mutter? Ihr Onkel also? Würde er ihr etwas Neues sagen können? Toda de Larrea! Sie wollte den Namen herausschreien, den sie nun endlich kannte. Sie sah ein junges, lachendes Mädchen vor sich, das Haar kurz geschoren wie die Mädchen, die sie seit ihrer Ankunft im Baskenland gesehen hatte, ein junges Mädchen, das von dem mächtigsten Mann mehrerer Königreiche begehrt wurde. Aber was, wenn sie doch nicht ihre Tochter war? Diese Frau konnte genauso gut die Mutter der anderen María oder irgendeiner anderen Tochter des Königs sein. Weshalb sollte sie die Richtige sein? Je näher sie dem anderen Ende des Platzes kamen, desto stärker begann der Zweifel an ihr zu nagen. Wer konnte ihr Gewissheit geben, dass sie tatsächlich die Tochter Toda de Larreas war? Einzig ihr Vater, aber es war völlig ausgeschlossen, dass sie ihn irgendwann würde fragen können.

Als sie vor dem mächtigen Portal des Wohnturms standen, packte Inés sie am Arm.

»Da ist noch etwas, Doña María … Mein Vater war ein Verwandter der Larreas. Don Pedro kennt mich und sieht mich als seine Nichte an.«

María starrte sie an. Plötzlich sah sie Inés mit anderen Augen.

»Das ist ja wundervoll!«, rief sie.

Inés schaute verständnislos drein.

»Begreifst du denn nicht? Vor wenigen Monaten noch war ich völlig alleine auf der Welt, und nun stellt sich heraus, dass ich Verwandte habe, wo ich am wenigsten damit rechnete. Möglicherweise gehören wir beide ein und derselben Familie an. Aber ich verstehe deine Sorge«, setzte sie hinzu. »Wenn es dir lieber ist, kannst du zum Kloster zurückkehren oder hier auf mich warten. Ich will um keinen Preis, dass meine Nachforschungen dich in Ungemach stürzen.«

Zum ersten Mal an diesem Morgen lächelte Inés.

»Ich will Euch helfen, wo immer ich kann«, sagte sie. »Don Pedro ist stets liebevoll und gut zu mir gewesen, er wird mich nicht verraten … Kusine.«

Als sie hörte, wie Inés sie Kusine nannte, fühlte María, wie eine Welle des Glücks sie durchlief, sie vergaß ihre Ängste, drückte fest Ines' Arm und klopfte an die Tür.

Sie mussten eine ganze Weile warten, bis ihnen eine alte Dienerin öffnete, die sie misstrauisch beäugte. Auf ihre Frage nach Don Pedro antwortete sie auf Baskisch, dass ihr Herr den Nonnen bereits Geld gegeben habe. Inés musste mit Engelsgeduld beteuern, dass dies nicht der Anlass ihres Besuches sei, bis die Alte sie schließlich missmutig einließ und in einen Raum führte, während sie sich auf die Suche nach ihrem Herrn machte.

Es war ein großer, quadratischer Raum, in dem gerade so viele Möbel standen, dass er nicht kahl wirkte. In der Mitte stand eine große, geschnitzte Truhe und an einer der Wände mehrere Bänke mit hoher Rückenlehne, deren mittlere durch einen Baldachin auffiel. An der gegenüberliegenden Wand befand sich ein großer Kamin mit steinernen Sitzbänken, in dem nun kein Feuer brannte. Die gesamte Einrichtung machte einen bedrückenden Eindruck.

María wollte eben einige Porträtgemälde in Augenschein nehmen, die an den Wänden hingen, als sich die Tür öffnete. Auf der Türschwelle erschien ein schlanker, ein wenig gebeugter Mann mit langem, vollem, schlohweißem Haar. Als sie den Gruß des Mannes erwiderte, erkannte sie ihre eigene Stimme nicht wieder. Der Blick des alten Herrn fiel sofort auf Inés, mit einem Ausruf des Überraschens breitete er die Arme aus und drückte sie fest an sich. Die beiden unterhielten sich einige Minuten in ihrer Sprache, dann deutete Inés mit dem Kopf in ihre Richtung.

»Inés hat mir gesagt, dass Ihr die Äbtissin des Klosters seid, in dem sie nach ihrer Flucht aus Bilbao Aufnahme fand«, sagte Don Pedro auf Kastilisch zu ihr. »Ich bin Euch zu großem Dank verbunden, dass Ihr sie uns zurückgebracht habt.«

María antwortete nicht sofort, und als sie es tat, gingen ihr die Worte nur schwer über die Lippen.

»Das ist nicht der eigentliche Anlass unseres Besuchs, Señor, obgleich tatsächlich etwas unternommen werden muss, was ihre Situation betrifft. Ich bin davon überzeugt, dass sie nicht für das Ordensleben bestimmt ist. Der Grund unseres – und besonders meines – Hierseins ist indes kein anderer, als mit Euch über Eure Schwester Toda zu sprechen.«

Als er den Namen seiner Schwester hörte, verzog sich das Gesicht des Alten schmerzlich.

»Was wisst Ihr über Toda? Habt Ihr sie gesehen? Lebt sie noch? Bei Gott, so sprecht doch!«

Aus seinen Fragen sprach Ungeduld, und jede seiner Fragen war wie ein Stachel, der sich in Marías Seele bohrte.

»Ich vermag Euch keine Antwort zu geben, Señor, denn ich weiß es nicht.« Dann sagte sie zu sich selbst: »Nichts in der Welt täte ich lieber.«

Etwas in ihrer Stimme, die Trauer vielleicht, ließ Pedro de Larrea aufhorchen. Er trat näher, um Marías Gesicht besser betrachten zu können. Sie konnte zuerst Überraschung in seinen Augen sehen und dann eine tiefe Rührung. Seine Stimme zitterte, als er fragte:

»Wie heißt Ihr?«

»María Esperanza de Aragón.«

Der Mann schlug die Hand vor den Mund und unterdrückte einen Schrei. Sie sahen sich lange wortlos an, mit feuchten Augen und bebendem Herzen, bis sie sich fest in die Arme schlossen und ihren Tränen freien Lauf ließen.

Zur großen Überraschung der Wirtschafterin bat Don Pedro die Besucherinnen nach oben in seine Gemächer. Er gab Anweisung, ein üppiges Mahl zu bereiten und nicht an Gemüse, Fleisch und Fisch zu sparen. Dann sandte er einen Diener, um der Äbtissin von La Esperanza mitzuteilen, dass die beiden Nonnen nicht vor Einbruch der Dunkelheit ins Kloster zurückkehren würden.

Sie hatten sich viel zu erzählen. Don Pedro wollte alles über María wissen. Sie bezähmte ihre Ungeduld, etwas über ihre Mutter zu erfahren, und beantwortete all seine Fragen, ergänzt um das, wonach er nicht gefragt hatte. Sie berichtete von ihrem Leben im Kloster, wie ihr erst vor wenigen Monaten ein Teil des Geheimnisses enthüllt worden war, das sich um ihre Geburt rankte, und sie den Entschluss gefasst hatte, alles über ihre Mutter und ihre Familie in Erfahrung zu bringen. Danach war die Reihe an ihr, doch sie hatte nur eine Bitte:

»Erzählt mir von meiner Mutter, Onkel. Erzählt mir von Toda.«

Erneut zeigte sich Schmerz im Gesicht des Alten, seine Stimme aber klang gefasst. Toda war seine kleine Schwester. Von den sechs Kindern, die ihre Eltern bekommen hatten, hatten nur sie beide die Kindheit überlebt. Da er um einige Jahre älter war, hatte er sich verpflichtet gefühlt, auf sie Acht zu geben, sie zu beschützen und auch einmal zu ermahnen, wenn sie aufgrund ihres fröhlichen Naturells unbesonnen handelte und die Haltung vermissen ließ, zu der eine Tochter aus vornehmem Hause verpflichtet war. Als sie fünfzehn wurde, hatte ihre Familie beschlossen, sie mit Martín Sánchez de Arana zu verloben, einem Sohn aus einer einflussreichen biskayischen Familie. Die beiden kannten sich von Kindesbeinen an, und es war offensichtlich, dass sie einander mochten. Die Familien machten die Verlobung offiziell, weil sie große Hoffnungen in die Zukunft des Paares setzten. Nichts schien den Lauf der Dinge erschüttern zu können, bis eines Tages die baldige Ankunft Don Ferdinands in der Stadt verkündet wurde, des Kronprinzen von Aragón und Mitregenten Kastiliens. Er kam, um im Namen seiner Gemahlin auf die Fueros zu schwören.

Don Pedro seufzte, bevor er weitersprach.

Don Ferdinand sollte in den letzten Julitagen des Jahres 1476 in Bilbao eintreffen. Nachdem er auf die Fueros der Stadt geschworen hatte, würde er sich auf den Weg durch weitere Städte der Grafschaft machen, um erneut im Namen der Königin den Schwur abzulegen, die damit als Herrin der Biskaya anerkannt wurde. Diese Zeremonie gab es seit den Zeiten Johanns I., dem Erben der kastilischen Krone von Seiten seines Vaters, und der Grafschaft Biskaya von Seiten seiner Mutter.

»Die Vorbereitungen für den Empfang erstreckten sich über Wochen«, erzählte der Alte. »Zwist und Streit nahmen kein Ende. Jeder von uns folgte den Befehlen seiner Familienchefs. Auch ich befolgte die Befehle der meinen.«

»Die von Tristán de Leguizamón *dem Älteren*«, setzte María hinzu.

»Seine und die anderer mächtiger Männer aus unserer Familie. Ihr Wort war Gesetz, und die meisten von uns beugten sich ihm, ohne es infrage zu stellen. Ich muss hinzufügen, dass es bei diesen Auseinandersetzungen nicht zuletzt um wirtschaftliche Interessen beider Parteien ging.«

»Warum? Waren sie so mächtig, dass sich die Bewohner dieser Stadt ihretwegen gegenseitig umbrachten?«

Sie wollte alles über Bilbao und die Biskaya erfahren, die an diesem Tag zu ihrer Heimat geworden war. Hier lagen die Wurzeln, nach denen sie ihr ganzes Leben lang so verzweifelt gesucht hatte.

»Das waren sie, und sie sind es noch immer«, bestätigte ihr Onkel. »Geld und Macht gehen Hand in Hand, wer das eine nicht hat, dem bleibt auch das andere verwehrt. Bei jener Gelegenheit setzte sich Tristán de Leguizamón durch und richtete die Festlichkeiten zu Ehren Don Ferdinands aus. Er war es auch, der Toda schlug und sie zwang, mit dem König zu gehen. Sie selbst erzählte es unserer Mutter und mir, als sie in dieses Haus zurückkehrte.«

»Und Ihr habt nichts unternommen, um es zu verhindern?«

Pedro de Larreas Augen verdüsterten sich und funkelten dann hasserfüllt.

»Ich erfuhr erst am nächsten Tag davon, als bereits in aller Munde war, dass der König Toda zu seiner Geliebten gemacht hatte. Während seiner Reise durch die Städte der Grafschaft war meine Schwester die ganze Zeit an seiner Seite. In diesen Tagen hatte ich keinerlei Gelegenheit, mich ihr zu nähern, um mit ihr zu sprechen. Leguizamón hatte sie streng abgeschirmt, nicht einmal meine Mutter konnte zu ihr.«

Der Alte hielt kurz inne, trank einen Schluck Schlehenlikör und erzählte dann weiter.

»Trotz ihres Unglücks sah ich sie stets hoch erhobenen Hauptes. Die Folgen dieser Verbindung ließen nicht auf sich warten. Bald stellte Toda fest, dass sie schwanger war. Sie schloss sich im Haus ein, wollte nicht nach draußen gehen und niemanden sehen außer unserer Mutter, mir und Andresa, der Dienerin, die Euch geöffnet hat. Die Verlobung mit Martín de Arana wurde gelöst, und meine Schwester verfiel in eine Schwermut, die uns um ihr Leben fürchten ließ. Deine Geburt, María Esperanza, half ihr über das Schlimmste hinweg, und sie überschüttete dich mit all der Liebe, die sie verloren hatte.«

»Wusste der König von meiner Geburt?«

»Ja. Tristán de Leguizamón selbst teilte es ihm mit. Aufgrund der persönlichen Dienste, die er ihm geleistet hatte, oder aus anderen Gründen, die ich nicht kenne, ernannte Don Ferdinand ihn zu seinem Pagen. Das ist so etwas wie ein Berater in Angelegenheiten der Grafschaft Biskaya«, erklärte Don Pedro. »Tristán betrat dieses Haus, das ihm gehört, nicht wieder. Vielleicht fürchtete er Todas anklagenden Blick und die nicht minder vorwurfsvollen Blicke Doña Mayors. Unsere Mutter hat ihm nie verziehen, was er ihrer Tochter angetan hat. Nicht einmal auf dem Totenbett vergab sie ihm und verfluchte noch im Sterben seinen Namen. Ich begegne ihm natürlich häufig, doch seit damals habe ich kein Wort mehr mit ihm gewechselt.«

»Habt Ihr nichts unternommen, um unseren Aufenthaltsort ausfindig zu machen, nachdem wir von diesen Männern entführt worden waren?«

»Bei Gott, das haben wir!«, antwortete der Alte und sprang erregt von seinem Platz auf. »Himmel und Hölle haben wir in Bewegung gesetzt. Unsere Mutter ist sogar bei Kardinal Mendoza vorstellig geworden. Alles, was sie von ihm bekam, waren gute Worte, jedoch keinerlei Hilfe. Die Angelegenheiten des Herrscherpaares dürften nicht öffentlich behandelt werden, sagte er und ließ sogar durchblicken, dass es nicht gut sei, wenn wir unsere Nachforschungen fortsetzten. Es war eine Drohung und als solche verstanden wir sie. Dennoch suchten wir weiter. Inés' Großvater Gonzalo de Butrón, ein Edelmann mit großem Einfluss in dieser Gegend, trat für uns ein und versuchte mithilfe einiger einflussreicher kastilischer Herren, die ihm eine Gefälligkeit schuldeten, euren Aufenthaltsort ausfindig zu machen. Alles war umsonst, und die Jahre gingen ins Land. Deine Großmutter, der du so ähnlich siehst, verlor die Hoffnung und, was noch schlimmer ist, den Lebensmut. Ich sah, wie sie allmählich verlosch und in eine tiefe Schwermut verfiel, aus der erst der Tod sie befreite.«

»Ach, wie viel Schmerz und wie viel Leid!«, rief María und konnte die Tränen nicht zurückhalten.

Die Anstrengung und die Aufregung hatten den Alten erschöpft, und der Tag neigte sich bereits dem Ende zu. María und Inés verabschiedeten sich von ihm, nicht ohne zuvor tausendmal versprochen zu haben, am nächsten Tag ganz gewiss wiederzukommen.

Schweigend gingen sie zum Kloster zurück. Was hätten sie sagen sollen? Das Schicksal konnte so ungerecht sein zu jenen, denen es nicht vergönnt war, ein normales, glückliches Leben zu führen. Wäre Toda nicht zum Spielball der Interessen ihrer Familien geworden, hätte sie nicht bei dem unheilvollen Bankett bedient, hätte Don Ferdinand nicht so viel Gefallen an den Frauen gefunden ... Aber warum darüber nachdenken, was hätte sein können? María fehlten nur noch wenige Bruchstücke, um das Rätsel ihres Lebens zu lösen, und sie war fest gewillt, bis zum Ende zu gehen, mit Gottes Hilfe ... oder der des Teufels.

Die Wochen vergingen, und María hatte keine Eile, nach Madrigal zurückzukehren, obwohl Joaquina ungeduldig die Rückreise herbeisehnte.

»Wann gedenkt Ihr Euch auf den Heimweg zu machen?«, fragte sie bei jeder Gelegenheit. »Habt Ihr den Auftrag, der Euch hierher führte, noch nicht abgeschlossen?«

»Bald, Joaquina, bald ...«, antwortete sie dann lächelnd.

Sie ging jeden Tag zum Hause ihres Onkels, manchmal

begleitet von Inés, manchmal alleine. Sie wurde nicht müde, das alte Gemäuer von oben bis unten zu durchstreifen, jeden Winkel zu durchstöbern, um zu sehen, ob etwas Erinnerungen in ihr wachrief, und darauf zu hoffen, irgendeine kleine Spur ihrer Mutter zu entdecken. Sie sprach immer wieder mit ihrem Onkel und ermunterte ihn, sich an jedes kleine Detail über Toda und sie selbst, ihre Großmutter und andere tote oder noch lebende Verwandte zu erinnern. Es waren erfüllte, glückliche Tage, und sie war sich sicher, dass die Erinnerung daran ihr helfen würde, die Jahre, die ihr noch blieben, mit größerer Gelassenheit zu ertragen und den Kummer darüber zu lindern, dass sie nicht wusste, was aus ihrer Mutter geworden war.

Eines frühen Morgens gingen Inés und María wie gewöhnlich zum Turm Etxeberri. Auf dem Platz herrschte großer Aufruhr und vor der Tür drängten sich zahlreiche Leute. Sie sprachen leise und redeten über das Ereignis, von dem dann auch die beiden Ordensfrauen erfuhren: In der Nacht war Pedro de Larrea gestorben. Die Nachricht traf María wie ein Keulenschlag. Andresa öffnete ihnen die Tür und ließ sie ein. Die arme Frau weinte untröstlich und wischte sich in einem fort die Augen mit dem Schürzenzipfel. Schluchzend erklärte sie ihnen, dass der Herr am Vorabend nach ihrem Besuch den Notar Domingo Pérez de Vitoria zu sich bestellt und sein Testament gemacht habe. Sie und der alte Diener Erramun seien Zeugen gewesen. Dann habe er darum gebeten, ihn alleine zu lassen. Als er am Morgen nicht wie sonst in die Küche gekommen sei, um das Futter für seine alten Jagdhunde zu holen, sei sie nach oben in sein Zimmer gegangen und habe ihn tot aufgefunden. Er habe an seinem Schreibtisch gesessen. Er habe sich nicht schlafen gelegt, sondern offenbar die ganze Nacht gearbeitet und Schriftstücke und Dokumente geordnet, so als hätte er gewusst, dass das Ende nahe war.

Andresa führte sie in Don Pedros Zimmer. Pedro de Larrea lag auf seinem Bett. Später erfuhren sie, dass es sehr schwierig gewesen war, seine Gliedmaßen zu strecken, da die Totenstarre bereits eingetreten war, als er noch am Schreibtisch saß. Sie hatten ihm seine besten Kleider angezogen, eine lange, golddurchwirkte Tunika aus ockergelbem Samt, die er an den Festtagen der Stadt getragen hatte. Um sein Gesicht und das Kinn hatte man ein Atlasband geschlungen und oben auf dem Kopf verknotet, um die Kiefer zusammenzuhalten und den Mund zu schließen. Er wirkte friedlich. Die beiden Frauen knieten nieder und begannen, die Totengebete zu sprechen. Die übrigen Personen, die sich im Zimmer befanden, Angehörige, Freunde und Bedienstete, stimmten in ihr Gebet ein.

An diesem Abend kehrten sie nicht ins Kloster zurück. Don Pedro wurde in ein Leichentuch gehüllt, welches das Gesicht frei ließ. Dieses *Meztidura* genannte Leichentuch woben und bestickten die baskischen Frauen, wenn sie heirateten, denn der Volksmund mahnte, selbst in glücklichen Momenten, wie eine Hochzeit es war, nicht zu vergessen, dass auf jeden irgendwann der Tod wartete. Der Verstorbene wurde in einen Sarg gelegt und nach unten in den Raum gebracht, in dem er und María sich zum ersten Mal begegnet waren. Die Bediensteten hatten den Kamin angefacht und zahllose Lampen und Kerzen entzündet. Es standen auch lange Tische mit Essen und Trinken für die Angehörigen und Freunde bereit, die zur Totenwache kamen und denen man während der Nacht eine Stärkung anbieten musste. Man hätte meinen können, dass ein Fest gefeiert werden sollte, hätte nicht auf der Truhe in der Mitte des

Raumes der Sarg gestanden. Es kamen viele Leute, einige aus weit entfernten Dörfern, wie Inés María zuraunte, während einer nach dem anderen den Raum betrat.

Die Zeremonie beeindruckte María sehr. In der *Gau-ila*, der Totennacht, wie sie in der alten Sprache der Biskayer hieß, versammelten sich alle Anverwandten und Freunde, die dem Verstorbenen die letzte Ehre erweisen wollten. Die Neuankömmlinge traten mit einer Kerze in der Hand an den Sarg und legten einige Münzen in ein Körbchen, das auf einem Hocker bereitstand.

»Weshalb tun sie das?«, wollte María von Inés wissen.

»Um die Reise ins Jenseits zu bezahlen.« Als Inés das verdutzte Gesicht der Nonne sah, erklärte sie lächelnd: »Es ist für die Seelenmessen.«

Einige rezitierten oder sangen etwas. Inés erklärte ihr, dass es Brauch sei, *Endechas* anzustimmen, improvisierte Verse. In diesem Fall erzählten sie von Don Pedro, seinem Leben und seinem Tod. Auch bei anderen Anlässen, bei einer Hochzeit, der Geburt eines Kindes oder einer verlorenen Schlacht, wurde dieser sonderbare Brauch gepflegt. María verstand nicht, was sie sangen, aber es kam ihr so vor, als würde jeder den Tod eines geschätzten und geachteten Mannes betrauern. Sie saß mit Inés und Gonzalo Lope de Salazar in einer Ecke. Der Hauptmann war sofort gekommen, als er von der Nachricht erfuhr. Die beiden Frauen hatten das Gesicht mit einem Trauerschleier bedeckt, doch die Augen der Äbtissin waren fest auf eines der Porträts an den Wänden gerichtet, das ihrem Onkel zufolge ihre Mutter zeigte. Es war das Bildnis einer sehr jungen Frau mit lebhaften, fröhlichen Augen, schmaler Nase und einem heiteren Lächeln. Jeden Tag, wenn sie das Haus betrat, ging sie in den Raum und betrachtete es eine Weile. Sie wollte, dass sich das Bild in ihr Gedächtnis eingrub, damit sie es nie mehr vergaß.

Gegen Mitternacht war lauter Lärm vor dem Haus zu hören. Kurz darauf betrat eine Gruppe bewaffneter Männer den Raum. Sie eskortierten zwei schwarz gekleidete Männer und bahnten ihnen einen Weg zum Sarg. María erkannte den Jüngeren, Größeren wieder. Es war Inés' Vetter Tristán, den sie am Tag ihrer Ankunft in Bilbao auf dem Vorplatz der Kathedrale gesehen hatte. Den Blick starr geradeaus gerichtet, ohne sich dazu herabzulassen, einen der Anwesenden zu grüßen, hatte er einen Mann untergefasst, der fast ebenso groß war wie er, jedoch um einiges älter. Die außerordentliche Ähnlichkeit zwischen den beiden ließ María begreifen, dass der Alte sein Vater sein musste, der gefürchtete Tristán Díaz de Leguizamón *der Ältere*, der Anführer der Oñacinos, welchen auch sie durch Geburt angehörte. Dieser Mann war für das Unglück ihrer Mutter, ihrer Großmutter und auch ihr eigenes verantwortlich.

Nachdem sie den Toten in Augenschein genommen und festgestellt hatten, dass es sich tatsächlich um ihren Verwandten handelte, warfen die beiden Tristáns, Vater und Sohn, einige Golddoblas in das Körbchen und gingen zu den Holzbänken. Der Ältere nahm auf dem Stuhl mit dem Baldachin Platz, während der Jüngere neben ihm stehen blieb. María konnte ihren Blick nicht von dem alten Mann wenden und versuchte sich ihn vorzustellen, wie er dreißig Jahre zuvor ihre Mutter geschlagen und sie gezwungen hatte, das Bett mit dem König zu teilen. Sie brauchte nur den jungen Leguizamón anzusehen, um sich ein Bild davon machen zu können, wie sein Vater damals ausgesehen haben musste.

Mit dem Eintreffen des Familienoberhaupts nahm die

Zeremonie eine andere Wendung. Der Notar Vitoria trat vor den Sessel, machte eine Verbeugung und stellte sich dann neben Leguizamón. Feierlich schlug er eine lederne Mappe auf und begann Don Pedros Testament zu verlesen. Es herrschte absolute Stille. Obwohl die Testamente einflussreicher Persönlichkeiten bei guter Gesundheit und vor zahlreichen Zeugen unterzeichnet wurden und jedermann ihren Inhalt kannte, bestand doch immer die Möglichkeit, dass der Betreffende zu einem späteren Zeitpunkt noch eine Klausel hinzugefügt hatte, die für einige Überraschung und tagelanges Gerede in der Stadt sorgte.

Nachdem er Gott seine Seele anbefohlen, um eine Beisetzung in der Gruft seiner Eltern in der Kirche San Antón gebeten, Messen für sein Seelenheil in Auftrag gegeben, jedes einzelne Kloster der Stadt mit einer Summe bedacht und sich auch seiner Hauswirtschafterin und seiner treuesten Diener erinnert hatte, denen er verschiedene Zuwendungen hinterließ, ernannte Don Pedro de Larrea María zur Erbin seines gesamten Besitzes.

»Hiermit ernenne ich meine Nichte María Esperanza de Aragón, die Tochter meiner geliebten, niemals vergessenen Schwester Toda, zur alleinigen Erbin all meiner festen und beweglichen Güter. Ihr gehören …«

Auf allen Gesichtern spiegelten sich Überraschung und Staunen wieder.

»Wer zum Teufel ist diese Frau?«, polterte der alte Leguizamón los und erhob sich von seinem Platz. »Ich fechte dieses Testament an, das ein seniler Greis diktiert zu haben scheint und nicht ein gestandener Ehrenmann! Pedro de Larrea hatte weder Söhne, noch Brüder, folglich erhebe ich als nächster Verwandter und Oberhaupt seiner Familie Anspruch auf sein Erbe.«

Es entstand ein gewaltiger Tumult, sodass man sich eher auf einem Marktplatz als bei einer Totenwache wähnte. Als die Gemüter sich ein wenig beruhigten, stand María auf und ging zum Sarg. Sie war ihrem Onkel aus tiefstem Herzen dankbar, dass er sie vor all seinen Verwandten anerkannt und ihr die Wertschätzung und den Stand zurückgegeben hatte, die man ihr genommen hatte. Sie legte ihre Hand auf die Brust des Toten und sah den alten Tristán fest an.

»Ich bin María Esperanza de Aragón, die Tochter Toda de Larreas und König Ferdinands von Aragón, einzige Nichte Don Pedro de Larreas und nach seinem Willen Erbin all seiner Güter.«

Auf ihre Worte hin wurde es totenstill. Einige stellten sich auf die Zehenspitzen, um sie besser sehen zu können. Vater und Sohn Leguizamón sahen sie bestürzt an, aus ihren Gesichtern war jede Farbe gewichen, und sie brachten kein einziges Wort heraus.

»Ihr habt keinen Beweis, dass das, was Ihr sagt, der Wahrheit entspricht!«, brach es schließlich aus dem Jüngeren heraus. »Toda und ihre Tochter sind vor vielen Jahren gestorben. Ihr seid eine Lügnerin und Hochstaplerin, die einen kranken alten Mann hinters Licht geführt hat, um sich etwas zu erschleichen, das Euch nicht zusteht.«

María machte sich nicht die Mühe, auf die beleidigenden Worte etwas zu erwidern. Sie zog das päpstliche Sendschreiben, das sie stets bei sich trug, unter dem Mantel hervor und reichte es dem Notar, der es rasch nahm und laut verlas. Als er zu Ende gelesen hatte, verließen Leguizamón und sein Sohn den Raum, nicht ohne María einen Blick zuzuwerfen, in dem diese ebenso viel Hass wie Furcht erkannte.

Die weitere Totenwache verlief ohne Zwischenfälle. Nacheinander kamen die angesehensten Persönlichkeiten der Grafschaft auf María zu. Bilbao erkannte sie als eine Tochter der Stadt an. Trotz des Kummers über den Verlust ihres einzigen direkten Verwandten war María glücklich und bewegt.

Als Gonzalo, Inés und María am nächsten Morgen bei einer heißen Milchsuppe saßen und über die Ereignisse bei der Totenwache sprachen, trat Andresa schüchtern zu María und berührte sie am Ärmel.

»Kann ich etwas für dich tun, Andresa?«, fragte sie.

»Ach, mein liebes Kind!«, antwortete die Frau auf Baskisch. »María *die Erlauchte*«, setzte sie auf Kastilisch hinzu.

María lächelte. Die jüngsten Ereignisse schienen den Geist der Dienerin verwirrt zu haben.

»Was willst du mir sagen, Andresa? Weshalb nennst du mich so?«

Die Frau kniete neben ihr nieder, ergriff ihre Hand und küsste sie.

»Erinnerst du dich nicht, mein Kind?« Inés übersetzte ihre Worte. »Ich habe mich um dich gekümmert, seit du auf der Welt warst. Ich habe dich gebadet und dir deine Lieblingsspeisen gekocht, ich bin mit dir spazieren gegangen und habe mit dir gespielt. Alle nannten dich *die Erlauchte* wegen dem, dessen Tochter du warst, und ich liebte dich wie mein eigenes Kind.«

Bei allem guten Willen konnte sie sich nicht an Andresa erinnern. Die ersten sieben Jahre ihres Lebens waren aus ihrer Erinnerung getilgt, mit Ausnahme ihrer Entführung, doch sie war sehr bewegt über Andresas Worte und wollte die gute Frau nicht bekümmern.

»Es stimmt«, sagte sie und nahm ihre Hände, »jetzt erinnere ich mich wieder. Du bist immer liebevoll zu mir gewesen.«

»Wie sollte ich es nicht sein, schließlich warst du das entzückendste Mädchen am ganzen Platz«, fuhr Andresa schluchzend fort. »Ich habe viel um dich geweint. Als diese Männer kamen und dich wegbrachten ...«

»Erinnerst du dich daran?«, fragte María mit einem leichten Beben in der Stimme.

»Wie könnte ich es je vergessen? Nachdem der Nachtwächter auf seinem Horn die zehnte Stunde geblasen hatte, kamen bewaffnete Männer«, erinnerte sich die Frau. »Sie brachten kostbare Dinge im Auftrag des Königs, zumindest behaupteten sie das. Sie erklärten, dass sie sofort nach Kastilien aufbrechen müssten, und baten um Einlass. Mein Herr, Don Pedro, war nicht zu Hause und seine Mutter Doña Mayor sah keine Gefahr darin, sie einzulassen, denn es waren schon des Öfteren Boten des Königs mit Geschenken gekommen. Kaum war die Pforte geöffnet, da drangen sie ein, rissen alles um und zwangen einen Diener, sie zu den Räumen zu bringen, die du mit deiner Mutter bewohntest. Den Rest kennst du. Seit damals ist kein Tag vergangen, an dem ich nicht bei der heiligen Mutter Gottes für dich gebetet hätte, und nun sehe ich, dass meine Bitten erhört wurden.«

María umarmte die bitterlich weinende Andresa liebevoll und versprach, ihr später zu berichten, wie es ihr im Leben ergangen war, seit sie sich zum letzten Mal gesehen hatten. Als die Frau hinausgegangen war, wandte sie sich an Inés und Gonzalo.

»Weshalb hat man uns erst sieben Jahre nach meiner Geburt entführt? Jeder wusste von meiner Existenz.«

»Die Königin vielleicht nicht«, gab der Hauptmann zu bedenken.

»Was sagtet Ihr?«

»Ich sagte, dass womöglich die Königin, die Euren Aussagen zufolge den Befehl gab, Euch zu entführen und ins Kloster zu bringen, nichts davon wusste. Woher hätte sie es wissen sollen?«, führte er weiter aus. »Ich glaube nicht, dass ihr Mann es ihr gestanden hat. Alle Welt weiß, dass die Königin schrecklich eifersüchtig war. Bei Hof waren ihre Wutausbrüche bekannt, wenn sie von einem Liebesabenteuer ihres Mannes erfuhr. Niemand wagte es, ihr davon zu erzählen.«

»Und wer hätte es so viele Jahre später tun sollen?«

»Vielleicht jemand, der unserer Familie feindlich gesinnt war«, antwortete Inés. »Ein Gamboino.«

»Oder ein Kastilier aus dem Umfeld des Königspaares«, ergänzte Salazar. »Don Ferdinand war bei den Adligen Kastiliens nie gut angesehen und ist es auch heute noch nicht. Einige von ihnen begleiteten ihn auf seiner Reise, und ganz gewiss hatten sie ihre Spione in der Stadt. Den König bei seiner Gemahlin in eine unangenehme Lage zu bringen, und das in einer für sie so schwer wiegenden Sache, könnte einige Vorteile eingebracht haben.«

»Aber weshalb sieben Jahre warten, um es ihr zu sagen?«, beharrte María.

Eines der Bruchstücke des Rätsels würde ihr verwehrt bleiben, denn es konnte unmöglich jemand wissen, wer der Spitzel Doña Isabellas gewesen war. Sie vergaß die Angelegenheit für den Augenblick und wandte sich einer anderen zu, die ihr sehr am Herzen lag: der Zukunft von Inés und Gonzalo, die sie so sehr schätzte und bereits als ihre einzig wahre Familie ansah.

»Also gut«, sagte sie, »und was machen wir nun mit Euch?«

Die beiden jungen Leute sahen sie verdutzt an.

»Ich mag eine Nonne sein«, erklärte sie lächelnd, »die nahezu ihr ganzes Leben hinter Klostermauern verbracht hat, aber nicht weniger gewiss ist, dass ich etwas vom Leben verstehe, und zwei Dinge bleiben mir nicht verborgen: Wenn eine Frau zur Nonne berufen ist, was bei dir nicht der Fall ist, Inés, und wenn zwei Menschen so wie ihr sich lieben und ihr Schicksal vereinen wollen.«

Inés war errötet bis in die Haarwurzeln, und der Hauptmann versuchte eine Haltung zu wahren, die er mitnichten empfand.

»Oder täusche ich mich?«

Die beiden schüttelten die Köpfe.

Wenig später verließ María verstohlen das Zimmer und ließ die Verliebten allein zurück, die so mit sich selbst beschäftigt waren, dass sie nicht einmal merkten, dass sie gegangen war.

Don Pedros Beerdigung fand noch am selben Vormittag statt. Seit dem frühen Morgen wurde in San Antón in gewissen Abständen zweimal die Totenglocke geläutet, zweimal, weil der Verstorbene ein Mann war. Die Dienstboten waren neues Brennholz holen gegangen, *Beerdigungsholz* genannt, um das Feuer zu entfachen, auf dem nach der Beisetzung ein großer Festschmaus für Verwandte und Freunde zubereitet werden würde. Bevor der Leichnam aus dem Haus gebracht wurde, traten die Männer einer nach dem anderen an den Sarg und beteten ein Vaterunser. Es war eine sehr lange Zeremonie, denn viele wollten Don Pedro zu seiner letzten Ruhestätte geleiten. Als es so weit war, führten vier Frauen, die in jeder Hand eine Kerze hielten, und ein Mädchen, das einen Korb mit Brot auf dem Kopf trug – ein Brauch, dessen Bedeutung María niemand erklären konnte –, den Trauerzug an. Ihnen folgten die Männer, allen voran die Leguizamóns, dann der von sechs Familienangehörigen getragene Sarg und schließlich die Frauen, angeführt von María und Inés.

Don Martín erwartete sie an der Kirchentür. Als María hineinging und in der Bank zur Linken Platz nahm, die für die Frauen der Familie vorgesehen war, erkannte der Pfarrer die Nonne wieder, die zu ihm gekommen war, um Auskünfte zu erbitten. María bemerkte seine überraschte Miene und ein verstohlenes Lächeln huschte über ihr Gesicht. Als das Evangelium verlesen werden sollte, wollte sie sich erheben, wie es sich gehörte, doch Inés hielt sie am Ärmel fest und zwang sie, sitzen zu bleiben. Später erklärte sie ihr, dass es so Brauch sei, dass die engsten Angehörigen in der einjährigen Trauerzeit während der Lesung sitzen blieben.

Nach der Messe und den Totengebeten fand die Beisetzung des Leichnams statt. In das Leichentuch gehüllt, wurde er aus dem Sarg gehoben und in die Familienkrypta in der Kapelle San Roque gelegt. Als das Geräusch der niederfallenden Grabplatte in der Kirche widerhallte, überlief es María eiskalt. Sie blieb an ihrem Platz knien, während alle anderen hinausgingen. Nach einer Weile trat sie an das Grab und las die Namen, die darauf geschrieben standen, diejenigen ihrer Onkel und Tanten, die im Kindesalter gestorben waren, die ihrer Großeltern Pedro de Larrea und Mayor de Múgica und den ihres Onkels, der noch an diesem Morgen eilig eingemeißelt worden war. Der Name ihrer Mutter Toda fehlte, und María betete, dass sie noch irgendwo im Lande leben mochte.

Die Leute warteten auf der Plaza, dass sie die Kirche verließ, und viele kamen zu ihr, um ihr das Beileid auszusprechen. Insbesondere die Frauen konnten ihre Neugier nicht verbergen, sie von Nahem zu sehen, denn die Nachricht von ihrer Anwesenheit in der Stadt hatte sich wie ein Lauffeuer verbreitet. Trotz ihrer Beileidsworte konnte María an ihren Blicken sehen, wie sie in ihrem Gesicht nach einem Zug ihrer Mutter oder gar ihres Vaters, des Königs, forschten. Auch Tristán de Leguizamón und sein Sohn traten zu ihr. Als sie ihr die Hand küssten, konnte sie ihre unter der Maske des Schmerzes verborgene Feindseligkeit spüren. Der junge Leguizamón richtete das Wort an Inés, die die ganze Zeit an ihrer Seite war.

»Nun, werte Kusine«, sagte er, wobei er das letzte Wort betonte, »hast du dich endlich dazu herabgelassen, zu den deinen zurückzukehren, wenn auch als Nonne verkleidet?«

Das Mädchen wollte etwas erwidern, doch María kam ihr zuvor.

»Dies ist weder der rechte Moment noch der rechte Ort, um über diese Angelegenheit zu sprechen.«

Der junge Leguizamón fuhr empört auf, doch ein Blick seines Vaters gebot ihm Einhalt.

»Mein Sohn, unsere … unsere wieder gefundene Verwandte hat Recht.« Der ironische Ton stand im Widerspruch zu seinem höflichen Lächeln. »Es wird noch Zeit genug sein, diese Frage zu erörtern.«

Mit einem leichten Kopfnicken zog er sich zu einem anderen Grüppchen zurück, gefolgt von seinem Sohn, der nicht aufhörte, Inés durchdringend anzustarren. Während des Essens, das auf die Beisetzung folgte, und bei den Messen, die in den darauf folgenden Tagen für die Seele des Verstorbenen gelesen wurde, wechselten sie kein einziges Wort mehr.

Seit der Abreise aus Madrigal waren bereits vier Monate vergangen und manchmal dachte María an das Kloster und den Frieden, der dort herrschte. Sie hatte einen Brief von ihrer Schwester erhalten, in dem diese ihr ans Herz legte, doch bald zurückzukehren. Offenbar gab es keine dringende Angelegenheit, die ihre Anwesenheit erforderlich gemacht hätte, woraus sie schloss, dass man sie vermisste und ihre Rückkehr herbeisehnte. Es war ein warmer, tröstlicher Gedanke in einem Moment, als der Tod ihres einzigen nahen Verwandten erneut ein Gefühl der Verlorenheit in ihr wachrief.

Eines Morgens übermittelte ihr ein Diener eine Einladung Tristán Díaz de Leguizamóns. Darin brachte er seinen Wunsch zum Ausdruck, über Angelegenheiten zu sprechen, die sie beide beträfen. Man könne sich an jedem beliebigen Ort treffen, doch würde er sich geehrt fühlen – dies waren seine Worte –, wenn sie eine Einladung in sein Haus annähme.

Der Wohnturm der Leguizamóns war ein eindrucksvolles Bauwerk aus Quadersteinen. Vor nicht allzu langer Zeit noch war er uneinnehmbar gewesen, doch dann hatten die Könige angeordnet, alle Verteidigungsanlagen abzubauen. Sie hatten so weit wie möglich verhindern wollen, dass sich die Parteien im Inneren ihrer Türme verschanzten, und gleichzeitig unterbinden wollen, dass es zu bewaffnetem

Widerstand kam. Doch auch ohne Wehranlagen hatte der Sitz der Leguizamóns sein trutziges Aussehen bewahrt und beherrschte den ganzen Platz.

María betätigte kräftig den Türklopfer und wartete. Als schließlich ein vom Alter gebeugter Diener die Tür öffnete, bat sie darum, zu seinem Herrn geführt zu werden. Ihre Stimme schien bestimmend genug zu klingen, denn der Mann fragte nicht einmal, wer sie war. Wahrscheinlich wusste er es genau, wie jeder in Bilbao. Er trat zur Seite und wies ihr den Weg. Durch einen kleinen Gang gelangten sie zu einem Innenhof, in dem sich einige Männer um die Pferde kümmerten, des Weiteren gab es einen gut gefüllten Hühnerstall und einen Pferch, in dem mehrere Schweine umherliefen. In einem kleinen Gärtchen stand Tristán de Leguizamón, der mächtigste Mann der Biskaya, der Schrecken aller, die ihn kannten, der ärgste Widersacher seiner Gegner, und beschnitt seelenruhig die Blumen. Das Familienoberhaupt war überrascht, sie unangemeldet auftauchen zu sehen, und warf dem Diener einen wütenden Blick zu, weil er zugelassen hatte, dass man ihn bei einer Beschäftigung ertappte, die nicht seinem Ruf entsprach. Er legte die Schere aus der Hand und richtete sich auf, so gut es seine Knochen zuließen. Er schien vergessen zu haben, dass er selbst sie zu sich gebeten hatte.

»Ah! Larreas Erbin … Ihr müsst wissen, Señora, dass ich das Testament anzufechten gedenke und in jedem Fall erreichen werde, dass man mir die Verwaltung des Besitzes überträgt. Jeder Geschworene wird mir Recht geben. Es ist hier nicht üblich, dass eine Frau, und schon gar keine Nonne, Ländereien und Besitztümer verwaltet, solange es männliche Verwandte gibt.«

María ließ ihn reden. Sie empfand große Verachtung

für diesen Mann, der über Jahrzehnte seinen Willen zum Gesetz gemacht hatte, doch sie wollte sich nicht von dem Zorn leiten lassen, den die Erinnerung an seine Taten in ihr wachrief.

»Werter Herr«, begann sie, als Leguizamón zu Ende gesprochen hatte, »ich bezweifle sehr, dass Ihr etwas gegen mich unternehmen könnt. Ich wurde offiziell als Tochter König Ferdinands anerkannt, und Ihr könnt mir nicht nehmen, was mir von Rechts wegen zusteht. Ihr tragt die Hauptschuld an meiner Existenz und an dem Schicksal, das meiner Mutter und mir zufiel. Kein Gericht wird Euch Recht geben, selbst wenn es aus Männern Eurer Familie bestehen sollte, die, nebenbei bemerkt, auch die meine ist.«

Das Gesicht Tristáns *des Älteren* verriet seinen Zorn, und für einen kurzen Moment glaubte María, er werde sich auf sie stürzen.

»Wie kannst du es wagen, zu behaupten, dass ich die Schuld an deiner Existenz trage?«, fragte er wutentbrannt. Er hatte jede Höflichkeit vergessen und spuckte Speicheltröpfchen.

»Weil Ihr es wart, der meine Mutter schlug und bedrohte und sie dann zwang, dem König als Dirne zu dienen.« Sie sprach ruhig, während sie den Speichel von ihrem Habit entfernte. »Ihr habt ihr das Herz gebrochen und ihr Leben zerstört, genauso wie das meiner Großmutter und mein eigenes. Gott wird Euch für Euer Verhalten zur Rechenschaft ziehen, wenn Ihr dereinst vor ihm steht.«

Die Erwähnung Gottes und der Rechenschaft, die er eines nicht allzu fernen Tages würde ablegen müssen, tat ihre Wirkung. Der Alte schien in sich zusammenzusinken, und die Überheblichkeit wich einer Demut, die nicht gespielt war.

»Ich habe es zum Besten der Familie getan«, murmelte er.

»Sagt lieber, dass Ihr es zu Eurem eigenen Vorteil tatet, ohne die Folgen zu bedenken, die ein solches Vorgehen für meine Mutter haben würde. Ihr tragt die Schuld an ihrer Entehrung und unserer Verschleppung.“

»Das nicht!«, rief der Mann und besudelte sie erneut mit Speicheltröpfchen. »Man mag mir anlasten, dass ich meiner Familie größtmögliche Bedeutung zu verschaffen suchte, um Präbenden und Privilegien vom König zu erhalten, und auch, dass Toda ihre Heiratspläne mit Arana nicht verwirklichen konnte. An ihrem und deinem Verschwinden jedoch trägt allein sie die Schuld.«

María musste sich beherrschen, um sich nicht auf diesen zynischen Alten zu stürzen, der ihr ins Gesicht zu sagen wagte, ihre Mutter sei selbst schuld an ihrer Verschleppung.

»Sie konnte nicht verschwiegen sein«, ereiferte sich Leguizamón, »und das Geheimnis deiner Geburt für sich behalten. Sie posaunte es lauthals heraus, sie war stolz darauf und erdreistete sich sogar, öffentlich darüber zu sprechen, als die Königin zu Besuch in der Stadt weilte.«

María hörte wortlos zu.

»Setzen wir uns.« Er wirkte sehr erschöpft. »Ich bin schon zu alt, um lange zu stehen.«

Sie setzten sich auf ein Bänkchen, das an einer Mauer stand.

»Ich gebe zu, meine Nichte Toda gezwungen zu haben, dem König zu Gefallen zu sein. Ich bitte dich nicht um Verständnis, doch ich hatte meine Gründe, so zu handeln. Vielleicht waren diese Gründe nicht ganz lauter, aber die Welt ist, wie sie ist.«

»Oder so, wie einige sie machen«, setzte María kühl hinzu.

»Ich selbst habe den König über deine Geburt in Kenntnis gesetzt«, fuhr der alte Tyrann fort, ohne den Einwurf zu beachten. »Don Ferdinand sorgte stets dafür, dass es dir an nichts mangelte, und niemand in Bilbao zieh deine Mutter eine Dirne. Die Menschen hier sind freien Geistes, und viele von ihnen sind außerehelichen Beziehungen entsprungen. Ich habe selbst einige natürliche Söhne und Töchter, und alle genießen ein sorgenfreies, geachtetes Leben. Der König bat darum, größtmögliche Diskretion zu wahren, und das ließ ich alle wissen, die es anging, darunter deine Mutter, deinen Onkel und deine Großmutter. Du wärst wie jedes andere junge Mädchen geschützt und geliebt von unserer Familie aufgewachsen, doch Toda …«

»Wollt Ihr mich tatsächlich glauben machen, meine Mutter habe die Schuld daran getragen, dass brutale Männer gewaltsam in unser Haus eindrangen und uns von dort verschleppten?«, unterbrach sie ihn wütend.

»Wohin wurdet Ihr gebracht?«, fragte Leguizamón plötzlich.

»Ich in ein kastilisches Kloster und sie …« Der Schmerz machte es ihr unmöglich, weiterzusprechen.

»Hat man Euch nicht an denselben Ort gebracht?«

»Nein. Wusstet Ihr das etwa nicht?«

»Es war mir gänzlich unbekannt«, beteuerte Leguizamón und wirkte ehrlich dabei.

»Und Ihr habt Euch nie darum bemüht, unseren Aufenthaltsort ausfindig zu machen? Ihr, der Ihr Euch rühmt, um das Wohlergehen Eurer Familienmitglieder besorgt zu sein?«

»Einige Zeit nach eurem Verschwinden stellte der König

seine Zahlungen für euren Unterhalt ein. Ich habe tatsächlich nie gewagt, danach zu forschen, was aus Euch geworden ist.«

Er schien zu bedauern oder zumindest unglücklich darüber zu sein, welche Wendung die Ereignisse genommen hatten, aber María ließ sich nicht überzeugen.

»Weshalb sagtet Ihr, dass meine Mutter die Schuld an unserem Exil trüge?«, kehrte sie zum Thema zurück.

»Im September des Jahres 1483 kam Königin Isabella nach Bilbao, um auf die Fueros zu schwören«, sagte der Mann, doch es klang eher, als hinge er laut seinen Erinnerungen nach. »Genau siebeneinhalb Jahre nach deiner Geburt …«

Tristán de Leguizamón und alle Linienchefs der führenden biskayischen Familien warteten in Orduña darauf, Doña Isabella von Kastilien zu empfangen, die in die Grafschaft kam, um auf die Fueros zu schwören. Dem Anführer der Oñacinos fiel das majestätische Auftreten der Königin auf, die, obgleich von kleiner Statur, die Situation völlig beherrschte. Er hatte die Ehre, auf dem Weg von Orduña nach Bilbao an ihrer Seite zu reiten und ihre Fragen bezüglich der Angelegenheiten der Region und der bestehenden Zwistigkeiten zwischen den verfeindeten Parteien zu beantworten. Er schilderte seine Version der Ereignisse, rechtfertigte sein Vorgehen und das seiner Parteigänger und fügte an, dass sie sich zuweilen gezwungen sähen, Gewalt anzuwenden, um die Ausschreitungen ihrer Widersacher unter Kontrolle zu halten. Später konnte er beobachten, wie die Königin mit seinem ärgsten Feind Pedro

Ruiz de Abendaño sprach, der ihr gewiss eine völlig andere Geschichte erzählte.

In Bilbao schlug der Zug sofort den Weg zum Portal de Tendería auf dem Marktplatz ein, und dort war inmitten einer tiefen Stille die Stimme der Königin zu vernehmen, als sie den feierlichen Eid schwor, den acht Jahre zuvor ihr Mann in ihrem Namen abgelegt hatte.

»Ich schwöre bei Gott, der heiligen Jungfrau María, den Worten der heiligen Evangelisten und dem Zeichen des Kreuzes, das ich im wahren Sinne des Wortes trage, heute und von nun an die Stadt Bilbao, die Grafschaft Biskaya und all ihre Gesetze, Privilegien, Freiheiten und Gepflogenheiten zu schützen und zu achten, wie sie zu Zeiten meiner glorreichen Vorgänger geschützt und geachtet wurden.«

Ein weiteres Mal wiederholte sich das Zeremoniell, mit dem die Kastilische Krone die Gesetze und die Einwohner der Biskaya ihrer Achtung versicherte. Leguizamón, Arbolantxa, Butrón, Salazar, Abendaño, Arana und viele andere bedeutende Männer der Stadt und der Grafschaft beugten das Knie, küssten der Königin die Hand und erkannten sie als Herrin an.

Anders als beim letzten Mal trat Toda de Larrea nicht ans Fenster und ließ auch ihre Tochter nicht hinaussehen, obwohl diese sie inständig anflehte.

»Du und ich haben mit diesen Festbarkeiten nichts zu schaffen«, antwortete sie, als das Mädchen zum hundertsten Mal nach dem Grund für das Getümmel auf der Plaza fragte.

Als Pauken und Trompeten noch lauter erschollen, um den Bürgern von der Ankunft der Königin zu künden, erstarrte Toda, die Sticknadel in der Luft. Ihre Gedanken flogen in die Vergangenheit und sie sah sich aufgeregt und glücklich Hand in Hand mit Martín de Arana dastehen und das Schauspiel betrachten. Seit dem unheilvollen Tag, als Don Ferdinand seinen Blick und sein Verlangen auf sie gerichtet hatte, seit ihr Körper eindeutige Signale ausgesandt hatte, dass sie schwanger war, hatte sie keinen Frieden mehr gefunden.

Sie hatte sich im Haus eingeschlossen und es erst wieder verlassen, um in Begleitung ihrer Mutter, ihres Bruders und weiterer Verwandter ihre Tochter in der Kirche San Antón taufen zu lassen. Sie hatte nur in das rosige Gesichtchen der Kleinen geblickt, unfähig, den Blicken und dem Getuschel der Neugierigen zu begegnen, die in Scharen zur Kirche gekommen waren, weniger um die Predigt zu hören, als vielmehr, um den königlichen Bastard zu sehen. Doch die Zeit heilte allmählich die Wunden und das Interesse der Nachbarn ließ nach. Einige Monate später hatte Toda keine Angst mehr, in Begleitung ihrer Amme Andresa spazieren zu gehen, die stolz das Kind auf dem Arm trug.

Die Biskayer waren nachsichtig, was Sünden des Fleisches anging. Nicht ohne Grund gab es so viele Bastarde, mochten sie nun anerkannt sein oder nicht, dass nichts Besonderes an der Sache war. Keine einflussreiche Familie, in der sie nicht zahlreich vertreten waren, und oft waren sie genauso eifrig oder gar noch eifriger, wenn es darum ging, den guten Namen ihrer Familien zu verteidigen. Sie wurden von ihren Vätern geliebt, die stolz darauf waren, ihre Männlichkeit unter Beweis zu stellen, indem sie eine große Zahl von Söhnen zeugten, zuverlässige Soldaten für ihre Sache, und mehr als einer von ihnen hatte reich geheiratet und eine eigene Familie gegründet. Zuweilen war es sogar schwierig, die legitimen von den illegitimen Söhnen zu unterscheiden, denn diese traten genauso stolz oder gar noch stolzer auf als jene.

Ein Fall, der Anlass zu größtem Gerede in der Stadt gegeben hatte und an den man sich auch nach Jahren noch genau erinnerte, war jener der einzigen legitimen Tochter eines der Herren von Salazar, die sich in einen Sohn des Herrn von Urkizu verliebte. Ihre Gefühle wurden erwidert, doch es war eine aussichtslose Liebe, denn die Väter der beiden hassten sich auf den Tod, und nicht weniger groß war der Hass ihrer jeweiligen Familien. Die jungen Leute hörten nicht auf die Ratschläge ihrer Vertrauten, die in das Geheimnis eingeweiht waren, das nicht länger ein Geheimnis blieb, als der Leib des Mädchens deutlich von einer Schwangerschaft kündete. Die Drohungen des Pfarrers, der dem entsetzten Mädchen die Qualen des Höllenfeuers vor Augen führte, wo sie von Sündern und Huren umgeben sein würde, vor allem aber die Tracht Prügel, die sie von zweien ihrer illegitimen Brüder erhielt, bewirkten, dass das verliebte Mädchen den Namen des Mannes preisgab, von dem es ein Kind erwartete. Die beiden Bastarde griffen zu ihren Waffen und machten sich auf die Suche nach dem Mann, der den guten Namen ihrer Familie befleckt hatte, und sie ruhten nicht eher, bis sie ihn auf der Plaza de Santiago antrafen, ins Gespräch mit seinen Freunden vertieft. Bevor jemand eingreifen konnte, durchbohrten die beiden Brüder wortlos den Schuldigen und kehrten dann mit blutverschmierten Schwertern nach Hause zurück, entschlossen, mit der Sünderin, die ihren Vater entehrt hatte, ebenso zu verfahren. Der Vater verhinderte das Verbrechen, indem er sich zwischen sie und seine Tochter stellte, doch das junge Mädchen wurde in ein Turmzimmer gesperrt, wo es die Monate bis zur Geburt zubrachte. Als das Kind zur Welt kam, waren Vater und Söhne hoch erfreut, dass es ein Junge war, der Sohn einer legitimen Tochter, der stolz den Namen Salazar tragen konnte. Die Mutter des Kindes zwangen sie, im Kloster La Merced den Schleier zu nehmen, um den Rest ihres Lebens zu beten und für ihr ehrloses Verhalten zu büßen.

In Todas Fall lag die Sache ganz anders. Ihre Mutter und ihr Bruder achteten stets darauf, dass ihr Empfinden nicht durch Bemerkungen und üble Nachrede verletzt wurde, sie versuchten sie die schlimme Vergangenheit vergessen zu lassen, umgaben sie mit Liebe und Verständnis und ermahnten sie, an das Leben zu denken, das in ihr heranwuchs und ihnen allen in der Zukunft gewiss große Freude bereiten werde. Die Nachbarn gossen kein weiteres Öl ins Feuer, denn es war immerhin noch ein großer Unterschied, ob ein Mädchen von einem König schwanger wurde oder von irgendwem. Der typische Spott der Einwohner der Stadt, die den Leuten so gerne Spitznamen gaben, trug der kleinen Bastardin bald den ihren ein. Niemand scherte sich um den Namen, den ihr der Priester bei der Taufe gegeben hatte, denn bereits damals wurde sie von allen *die Erlauchte* genannt.

Die Jahre vergingen, und Toda fand ihr Lächeln und ihre Lebenslust wieder, auch wenn ihr Blick sich jedes Mal umwölkte, wenn sie Martín de Arana begegnete, mit dem sie nie wieder ein einziges Wort gewechselt hatte. Entgegen der Gepflogenheiten hatte sie ihr Haar wachsen lassen, obwohl sie noch ledig war, und bedeckte es mit einer hohen Leinenhaube. Ihr jugendlicher Körper hatte rundere Formen angenommen und zog die Blicke der Männer auf sich. Sie war sich der Veränderung bewusst und betonte sie durch eng anliegende, bestickte Röcke und Leibchen. Der Vater ihrer Tochter ließ ihr Beutel voller Münzen und kostspielige Geschenke zukommen, darunter auch Seidenstoffe, ellenweise Baumwolle, Pfauenfedern und Juwelen. Sie wurde von jungen und weniger jungen Männern begehrt, die in ihr eine schöne Frau sahen, so schön, dass ein König sie auserkoren hatte, sein Verlangen zu stillen. Zum anderen unterstand sie nicht länger der Aufsicht des gefürchteten Tristán de Leguizamón, der nahezu alle Geschäfte der regen Stadt am Nervión kontrollierte und dessen Vermögen in den acht Jahren, die zwischen den Besuchen Don Ferdinands und Doña Isabellas lagen, beträchtlich angewachsen war. Obwohl niemand in Zweifel zog, dass der mächtige Familienchef über genügend Mittel verfügte, um seinen Reichtum weiter zu mehren, behaupteten böse Zungen, wie einträglich es für ihn und seine Familie gewesen sei, dass der König seinen Samen ausgerechnet bei einem Mitglied seiner Familie ausgesät habe.

Die Feierlichkeiten zu Ehren der Herrin der Biskaya übertrafen noch jene, die man anlässlich des Besuchs ihres Gatten ausgerichtet hatte. Neben den obligaten Banketten, die sich über Stunden dahinzogen und bei denen jeder versuchte, sich der Königin zu nähern, um sich den einen oder anderen Vorteil zu verschaffen, übertrafen die Volksfeste die größten Erwartungen. Tausende von Menschen aus der Provinz strömten anlässlich der Festlichkeiten in der Stadt zusammen. Viele nutzten die Gelegenheit, um Stände mit den unterschiedlichsten Waren in den Straßen aufzustellen, etwas, das man ihnen unter normalen Umständen nicht erlaubt hätte, denn die Händlergremien übten eine strenge Kontrolle aus, und der Verkauf war nur gegen Zahlung einer erklecklichen Summe an von der Stadt festgelegten Tagen gestattet. Aber die Anzahl der Besucher machte eine

Kontrolle unmöglich, und schließlich wiesen die Ratsherren die Gerichtsbüttel an, während der wenigen Tage, die der Besuch des königlichen Gefolges dauerte, beide Augen zuzudrücken, um Unruhen zu vermeiden. Die Stunden waren mit Tanz, Feuerwerken, Verlosungen, Spielen, Wettkämpfen und Wetten ausgefüllt, und erst in den frühen Morgenstunden kehrte wieder Ruhe ein.

Am letzten Tag des Besuchs der Königin in Bilbao standen die Menschen auf dem Marktplatz dicht an dicht und warteten, dass die Königin auf dem Balkon des Turms der Zubialdea in der Mitte des Platzes erschien, um die Huldigung des Volkes entgegenzunehmen und ein Bad in der Menge zu nehmen. Es war ein wolkenloser Abend und der Himmel am Horizont färbte sich rot, was viele glauben machte, dass dort die Drachen wohnten, die von Zeit zu Zeit aus dem Wasser emporstiegen, um mit ihrem Feueratem Dörfer und Wälder zu verwüsten.

Als die Königin schließlich auf den Balkon des Turms hinaustrat, wurde ein Feuerwerk entzündet, das unter den staunenden Blicken von Einheimischen und Besuchern den Himmel erleuchtete und sich im Wasser des Flusses spiegelte. Dann begannen die Ehrentänze, bei denen ausschließlich Männer unter dem Applaus der Zuschauer miteinander wetteiferten, wer die Beine am höchsten werfen konnte, oder einen Kampf mit echten Schwertern imitierten, bei dem die weniger Geschickten zuweilen den einen oder anderen Kratzer davontrugen. Es waren alte Tänze, bei denen die Beteiligten ihre Geschicklichkeit und Kraft unter Beweis stellten und die stets das Erstaunen jener weckten, die sie zum ersten Mal sahen. Doña Isabella, die es sich zur Gewohnheit gemacht hatte, sich genauso zu kleiden wie die Einwohner der Orte, die sie besuchte – in diesem Falle trug sie die hohe, phallische Kopfbedeckung der baskischen Frauen, eine in der Hüfte gegürtete Tunika mit besticktem Brustlatz sowie einen Umhang –, bewunderte die Geschicklichkeit der Tänzer, obgleich ihr die Vorführung ein wenig primitiv erschien, in nichts mit den höfischen Tänzen zu vergleichen, die sie gewöhnt war. Schließlich wurde es still, als die besten Sänger der Grafschaft auftraten, sehnsüchtig erwartet von der Menge, die sie je nach der Güte ihrer Verse ausbuhen oder bejubeln würde.

Tristán de Leguizamón musste der Königin erläutern, dass es ein alter Brauch war, *Endechas* in baskischer Sprache zu singen und dass die Strophen in diesem Augenblick improvisiert werden mussten. Während die Sänger ihre Verse anstimmten, übersetzte er, wobei er einige Anspielungen gegen die kastilische Präsenz in der Grafschaft unterschlug und durch eine eigene Version ersetzte, was nicht wenige wichtige Persönlichkeiten der Stadt, die die Verse verstanden und die Übersetzung des mächtigen Stadtherren mit anhörten, zu einem Grinsen veranlasste.

Als die Darbietungen zu Ende waren, winkte Doña Isabella der auf dem Platz versammelten Menge zu und wollte sich schon in den Turm zurückziehen, als eine Stimme sie zurückhielt. Mitten auf dem Platz stand Toda de Larrea, die Hand ihrer Tochter fest ergriffen, den Blick auf den Balkon gerichtet, und sang. Die Leute hatten einen Kreis um sie gebildet und hörten mit offenen Mündern zu, während ihre Blicke von ihr zur Königin und wieder zurück wanderten. Dieses Mal musste Leguizamón nicht übersetzen, denn das Mädchen sang nicht auf Baskisch, sondern in Kastilisch:

Zu meinem großen Glück
Erkor mich ein hoher Herr

König von Kastilien ist er
Und auch von Aragón.

Die letzten Worte hingen in der Luft wie zuvor die Funken des Feuerwerks. Toda deutete eine Verbeugung an und ging hoch erhobenen Hauptes, das Mädchen fest an der Hand, durch die Menge nach Hause zurück.

»Wer war diese Frau mit dem Mädchen an der Hand?«, fragte Doña Isabella im Inneren des Turmes.

»Meine Verwandte Toda de Larrea, Euer Hoheit«, antwortete Tristán de Leguizamón, während er seinen Ärger und seine Furcht hinter einem Lächeln zu verbergen suchte.

»Und das Mädchen?«

»Ihre Tochter María Esperanza, Euer Hoheit.«

Leguizamón fühlte sich unbehaglich. Er wünschte, die Königin würde keine weiteren Fragen stellen und den Zwischenfall vergessen, doch Doña Isabella war keine Frau, die Dinge auf sich beruhen ließ.

»Und der Ehemann der Dame?«, fragte sie weiter.

Leguizamón schluckte, bevor er antwortete, und wünschte sich weit weg. Toda würde sich für ihre Dreistigkeit vor ihm verantworten müssen!

»Sie ist nicht verheiratet, Euer Hoheit.«

Die Königin stellte keine weiteren Fragen und er atmete erleichtert auf.

Einige Tage später, die Königin war auf dem Weg nach Durango, um dort auf die Fueros zu schwören und sich mit ihrer ältesten Tochter, der Infantin Isabella, zu treffen, kam sie erneut auf das Thema zurück.

»Leguizamón, diese Frau, die am Tag der Feierlichkeiten auf der Plaza sang – wie heißt sie?«

»Sprecht Ihr von meiner Verwandten Toda de Larrea?« Der Mund des Mannes war so trocken wie ein alter Weinschlauch.

»Ja, die meine ich … wie alt ist ihre Tochter?«

»Das vermag ich Euch nicht zu sagen, Euer Hoheit. Sechs oder sieben Jahre …«

Doña Isabella sah ihm fest in die Augen. Der Mann spürte, wie es ihm eiskalt den Rücken hinunterlief. Wenn die Königin weitere Fragen stellte, würde es sehr schwer sein, auszuweichen und um eine Antwort herumzukommen.

»Sagt mir … hatte Eure Verwandte Umgang mit meinem Gemahl, dem König, als er vor acht Jahren in dieser Gegend weilte?«

Zum ersten Mal in seinem Leben blieb Tristán de Leguizamón eine Antwort schuldig.

Seit damals waren sechsundzwanzig Jahre vergangen, aber Leguizamón erinnerte sich so genau, als ob es gestern gewesen wäre.

»Ihr hättet sagen können, dass Ihr es gewesen seid, der sie gewaltsam gezwungen hat, sich dem König hinzugeben«, warf ihm María empört vor.

»Bist du verrückt? Man sagt einer Königin nicht, dass man Anteil an der Untreue ihres Gatten hatte. Wenige Monate später waren du und deine Mutter verschwunden. Ich werde mich nicht für etwas entschuldigen, was ich vor so vielen Jahren getan habe. Im Laufe meines Lebens habe ich viele Sünden begangen und ich müsste lügen, würde ich sagen, dass ich sie bereute. Ich habe stets das getan, was mir in diesem Moment am besten erschien. Du als Frau und

Nonne kannst die verschlungenen Wege der Politik nicht verstehen.«

»Ich verstehe genug, um Männer zu verurteilen, die wegen eines Krugs Wein seit dreihundert Jahren Angst und Schrecken in diesem Land verbreiten.« María hatte ihre anfängliche Kälte wieder gefunden.

Sie spielte auf eine Geschichte an, die sie von Inés gehört hatte: Vor dreihundert Jahren hatte ein Mitglied der Familie Otañez in Álava einem Marroquín absichtlich einen Krug Wein übergeschüttet, dieser hatte auf die gleiche Weise geantwortet und schließlich hatten die beiden und ihre Parteigänger zu den Waffen gegriffen. Es war nur eine Geschichte, aber man erzählte sich, dass dies eine von vielen Ursachen für die Auseinandersetzungen zwischen den Parteien gewesen sei.

»Du weißt nicht, was du da redest!«, entfuhr es Leguizamón. »In der Tat reicht der Streit dreihundert Jahre zurück, wie du behauptest, doch die Geschichte, die du erwähnst, ist nicht die Ursache unseres Konflikts. Die Gründe reichen bis tief in die Vergangenheit unseres Volkes.«

Der Alte verlor sich in der Vergangenheit, in einer Zeit großer Veränderungen, als die Pfründe des Landadels zu schwinden begannen und die Unabhängigkeit und die finanziellen Mittel der Städte zunahmen, die gegründet wurden, um ihre Bewohner vor den Übergriffen der Lehnsherren zu schützen. Die Einverleibung der Provinzen Álava, Guipuzcoa und Biskaya durch die kastilische Krone spaltete die Bevölkerung in zwei Parteien, und die Feudalherren lieferten sich einen erbitterten Kampf um die Macht. Sie raubten und bemächtigten sich fremder Güter, Ländereien und Ämter. Noch nie zuvor hatte man dergleichen in einem Land gesehen, dessen Bewohner stets vereint gegen

Invasoren unterschiedlicher Herkunft gekämpft hatten, um ihre Freiheit zu verteidigen. Aber die Dinge hatten sich verändert, und die brennenden Häuser und Dörfer, die Morde und Raubzüge der Abendaños und Butróns, Múgicas und Arteagas, Aedos und Salazars, Leguizamóns und Zurbaráns und vieler anderer, deren Namen er vergessen hatte, erhitzten die Gemüter und verursachten ein solches Blutvergießen, dass man nicht mehr wusste, ob eine Familie mit einer anderen im Streit lag, um sich Land anzueignen oder ihre getöteten Verwandten zu rächen. Der Hund biss sich in den Schwanz und es gab keine Möglichkeit, ihn davon abzubringen.

»Und was hatte meine Mutter mit all dem zu schaffen?« Marías erregte Stimme riss ihn aus seinen Gedanken. »Sollte vielleicht sie alleine eure Probleme lösen?«

»Nein, aber sie konnte ihrer Familie helfen. Der König und durch ihn die Königin konnten unserer Familie gegenüber größeres Entgegenkommen zeigen.«

»Ein wahrlich mannhaftes, kriegerisches Mittel, um Euer Ziel zu erreichen«, bemerkte María ironisch. »Ihr habt die königliche Gunst errungen, und wie man mir erzählte, wurdet Ihr gar zu Don Ferdinands Pagen ernannt, obgleich Euch der Titel eines königlichen Kupplers eher zugestanden hätte als der eines Ratgebers.«

Leguizamón erblasste vor Zorn.

»Wie kannst du es wagen, mich in meinem eigenen Hause zu beleidigen? Sei froh, dass du eine Frau bist, denn sonst …«

»… würdet Ihr Euch mit mir schlagen?«, unterbrach María ihn und weidete sich an dem Zorn, den sie in ihrem Feind entfacht hatte. »Oder würdet Ihr mich in einem dunklen Winkel ermorden lassen? Denkt daran«, setzte sie hinzu, »dass ich nicht nur eine Frau bin, sondern auch die Tochter des Königs. Zu etwas muss die Sache doch gut sein.«

Der Alte starrte sie an, doch sie hielt seinem Blick stand. Plötzlich wirkte er des Lebens müde und noch älter, als er tatsächlich war.

»Lassen wir die Vergangenheit ruhen«, sagte er schließlich. »Weder du noch ich können etwas daran ändern. Dennoch möchte ich dir in irgendeiner Weise Abbitte leisten. Ich werde das Testament nicht anfechten. Kann ich sonst noch etwas für dich tun?«

María stand auf und sah ihn von oben herab an.

»Nichts auf dieser Welt kann mir meine Mutter zurückbringen oder die Jahre, die ich im Kloster verbrachte und an denen ich nichts zu beklagen habe, als dass es nicht meine eigene Entscheidung war. Dennoch möchte ich Euch davon in Kenntnis setzen, dass die Güter, die ich von meinem Onkel geerbt habe, von Don Gonzalo Lope de Salazar verwaltet werden und nach meinem Tod an ihn und seine Nachkommen übergehen.«

»Ich verstehe nicht, warum du dir einen Niemand ausgesucht hast, um …« Aus seiner Stimme sprach eher Verblüffung als Zorn.

»Ich bin noch nicht am Ende«, unterbrach María ihn. »In diesen letzten Monaten hat Eure Nichte Inés Zuflucht in unserem Kloster gefunden, als sie auf der Flucht vor den Zudringlichkeiten Eures Sohnes war, der sie zur Ehe zwingen wollte. Ihr werdet erlauben, dass sie ihren Ehemann frei wählen kann. Don Gonzalo wird bei Euch um ihre Hand anhalten.«

Es war wie ein Fausthieb mitten ins Gesicht. Voller Wut und Zorn sprang Tristán Díaz de Leguizamón auf.

»Wie kannst du es wagen, dich in Angelegenheiten einzumischen, die nur meine Familie angehen?«

Er war so außer sich, dass ihm die Worte im Halse stecken blieben, und María war kurz davor, laut loszulachen.

»Ich erinnere Euch daran, dass Ihr Euch in die Angelegenheiten meiner Familie eingemischt habt. Wenn Ihr nicht Eure Zustimmung gebt, werde ich mich an den König wenden, und dann werden wir sehen, wer von uns beiden mächtiger ist.«

Die Drohung zeigte Wirkung und Don Tristán schwieg.

»Man hat mir erzählt, dass Euer Sohn schon einmal eine Nonne aus dem Kloster Encarnación entführte, ihr Gewalt antat und dank Eurer Hilfe der Justiz entkam«, setzte María hinzu. »Nicht, dass er diesmal wieder auf eine solche Idee kommt!«

»Schick mir Salazar morgen her und wir werden reden«, sagte Don Tristán, plötzlich milde gestimmt.

Zufrieden drehte sie sich um und wollte gerade den Hof verlassen, als sie ihn murmeln hörte:

»Und der Teufel soll dich holen!«

Sie wandte sich um.

»Das wünsche ich Euch auch«, entgegnete sie lächelnd, »obgleich Ihr eher in den Genuss kommen werdet als ich.«

An der Tür traf sie mit dem jungen Tristán zusammen, der sie überrascht ansah. María machte keine Anstalten, ihn zu grüßen, und ging leichten Herzens zum Haus ihres Onkels. Ihr war nach Singen zumute.

Nach diesem Gespräch überstürzten sich die Ereignisse. Inés war schier außer sich vor Freude, als María ihr erzählte, was sie mit ihrem Onkel besprochen hatte, und nahm den Antrag Gonzalos an, der gleich um ihre Hand anhielt. Der Hauptmann wurde im Wohnturm des gefürchteten

Verwandten vorstellig, begleitet von zweien seiner Brüder sowie dem Notar Vitoria, der die Verfügungsgewalt über das Erbe Don Pedro de Larreas verfasst hatte, welche die Äbtissin Salazar erteilt hatte. Diese nahm Gonzalo als Beweis seiner Rechte mit. Zudem veranlasste er den Notar, eine Liste der Geschenke seiner Familie an die Braut zu erstellen: zwanzigtausend Goldmaravedís, zehn Ellen blauen Samt, zehn Ellen grünen Atlas und fünf Ellen Brokat, zwanzig Ellen Leinen für Hemden und Hauben, sechs Bahnen feinster Wolle aus Flandern und ein geschnitztes Himmelbett mit aller Wäsche.

Leguizamón wiederum musste als Vormund und nächster Verwandter die Mitgift der Braut stellen. Er überreichte ihr das Buch, in dem fein säuberlich die Abrechnungen der seit dem Tod ihres Vaters für Inés verwalteten Besitztümer vermerkt waren, ebenso wie der Prozentsatz der Einnahmen, den sein Sohn als Verwalter derselben einbehielt. Außerdem übergab er ihr die Summe von zwanzigtausend Goldmaravedís und überließ ihr den Turm Etxeberri mit allem Mobiliar, Haushaltsgerät, Wäsche und Gemälden. In einer weiteren Klausel wurde festgehalten, dass der Besitz an seine Nachkommen zurückfiel, sollten aus der Ehe keine Kinder hervorgehen oder diese in den nächsten vier Generationen ohne Nachkommen sterben.

Es war eine rauschende Hochzeit. Die beste Gesellschaft der Biskaya gab sich ein Stelldichein, und die Feierlichkeiten dauerten zwei Tage und zwei Nächte. Nach der Trauung erwarteten Andresa und der alte Diener Erramun die Jungvermählten zu Hause. Andresa hatte Tränen in den Augen und war nervöser als die Braut. Die Hauswirtschafterin übergab Inés den Bratspieß, um zu zeigen, dass von nun an sie die Hausherrin war, und geleitete sie in ihr Zimmer, um einen Teller Suppe zu essen, zusammen ein Glas Wein zu trinken und ihr dabei zu helfen, das Hochzeitsgewand gegen die Tracht der Hausherrin zu tauschen, zu der auch die Haube gehörte, die Joaquina so empört hatte. Erramun wiederum nahm Gonzalo bei der Hand und führte ihn durch das ganze Haus, damit er es in Besitz nahm. Es war ein alter Brauch, den üblicherweise die Eltern der Braut oder des Bräutigams durchführten, je nachdem, wem das Haus gehörte. In diesem Fall stand die Aufgabe María zu, doch sie fand, dass diese Ehre Andresa gebühre, die der Familie seit über vierzig Jahren treu diente, und die Brautleute waren damit einverstanden.

Auch Tristán de Leguizamón, seine Kinder und Verwandten nahmen an der Hochzeit teil. María wechselte kein einziges Wort mit ihm, obwohl sich ihre Blicke mehrmals trafen. Aus seinen Augen sprach Empörung über die Verbindung und die Überlassung des Hauses, aus den ihren eine Freude, die nicht frei von Ironie war.

Einige Tage später war die Zeit gekommen, Abschied zu nehmen. Es war ein trauriger Abschied. Selbst Joaquina vergoss ein paar Tränen, auch wenn María nicht wusste, ob aus Freude darüber, dass sie nach Madrigal zurückkehrten, oder aus Kummer, weil sie unterwegs eine Novizin verloren hatten. Es war sehr unwahrscheinlich, dass sie noch einmal nach Bilbao kommen würde, und so verbrachte María die letzten Tage damit, durch die Straßen und Viertel der Stadt zu streifen, ihre Geräusche und Gerüche aufzusaugen und sich ihre Menschen einzuprägen. Wieder und wieder lief sie durch die Straßen, deren Namen sie niemals vergessen würde: Artekale, Barrenkale, Carnicería, Belostikale, Tendería, Somera … die Plaza Santiago, die Plaza Vieja, San Antón.

Gonzalo und Inés brachten sie ans Meer, das nur wenige

Meilen vor der Stadt lag, und sie fühlte sich ganz klein, als sie die riesige Wasserfläche betrachtete, die kein Ende zu haben schien. Schiffe zogen vorüber und verschwanden am Horizont, und sie wünschte sich, auf einem von ihnen zu reisen, um herauszufinden, was sich am anderen Ende befand. Lange stand sie dort, die nackten Füße im Sand, ohne zu sprechen, ohne zu denken, und beobachtete die Wellen, die sich am Ufer brachen, um dann neu zu erstehen, sie atmete die Meeresbrise ein und schmeckte das Salz auf ihren Lippen.

Sie war versucht, in Toledo um ihre Versetzung nach La Esperanza zu bitten. Sie wollte den Rest ihres Lebens an diesem Ort verbringen, bei den Ihren, ihre Kindheit wieder finden, nach Hause zurückkehren. Doch sie würde es nicht tun, obwohl sie von vornherein wusste, dass man ihrer Bitte wegen ihrer Herkunft stattgeben würde. Ihr Schicksal war mit dem Tag ihrer Geburt besiegelt worden, und sie musste ihren Weg gehen.

Als María und Joaquina nach Kastilien aufbrachen, ließen sie drei Freunde zurück, denn auch Antoñino blieb unter der Obhut von Gonzalo und Inés in Bilbao, nachdem sie einen Brief vom Vater des Jungen erhalten hatten, in dem dieser seine Zustimmung gab. Der Knabe war ein wenig enttäuscht, als er erfuhr, dass der Hauptmann ihn zum Händler und nicht zum Soldaten ausbilden wollte, doch schließlich überlegte er, dass er eines Tages selbst entscheiden konnte und dann immer noch Zeit war, den Beruf zu wechseln, und gab sich zufrieden.

Diego de Múgica, ein Bakkalaureus und Vetter von Inés,

würde mit ihnen über Vitoria bis nach Tordesillas reisen. Er wollte nach Salamanca, um seine Studien fortzusetzen.

Die Wegstrecke bis Vitoria war ebenso schön wie beschwerlich. Sie kamen durch das nach dem gleichnamigen Fluss benannte Arratia-Tal, welches so dicht bewaldet war, dass die über Felder und Hügel verstreuten Gehöfte kaum zu erkennen waren. In dem Ort Igorre konnten sie den Turm der Familie Abendaño bewundern, dem Bakkalaureus zufolge eine der grausamsten Sippen der Grafschaft, die noch vor fünfzig Jahren Angst und Schrecken in der ganzen Gegend verbreitet hatte.

»Heute sind sie nicht mehr das, was sie einmal waren«, erklärte der junge Student. »Sie haben sich den neuen Gepflogenheiten angepasst und widmen sich dem einträglicheren Eisen- und Kohlenhandel.«

Sie überquerten einen Pass mit Namen Barazar, was soviel heißt wie »Garten«. Es war in der Tat ein herrlicher Garten, an dem sich María nicht sattsehen konnte. Das satte Grün der Felder kontrastierte mit dem Laub der Eichen, Buchen und Kastanien, das sich gelb und rot zu färben begann und vom Beginn des Winters kündete, der, wie der Bakkalaureus erklärte, nicht so bitterkalt sei wie in Kastilien, jedoch regnerisch und sehr feucht, mit gelegentlichem Schnee und einem heftigen Nordwind. Hie und da waren Gehöfte aus rotem Ziegelstein zu sehen. Aus den Kaminen stieg Rauch auf, der einen angenehmen Geruch nach verbranntem Holz verbreitete. Auf den Wiesen weideten Kühe und Schafherden. Alles war friedlich und still, so ganz anders als in der lebhaften Stadt mit ihrer Betriebsamkeit und ihren Intrigen, die sie soeben verlassen hatten. Einmal führte der Weg steil bergan, dann wieder ging es einen Hang hinunter, der im Nebel verborgen lag, bis dieser sich auflöste, um kurz darauf wiederzukehren. Es war eine Landschaft von geheimnisvoller Schönheit, die Joaquina allerdings nicht zu schätzen wusste.

»Ich werde Jahre brauchen, um die Feuchtigkeit wieder loszuwerden«, seufzte sie. »Glaubt Ihr, dass wir eines Tages heil und gesund in unser geliebtes Kloster in Madrigal zurückkehren werden?«

»Das glaube ich, Joaquina«, antwortete María und klang dabei eher bekümmert als fröhlich. »Wir werden schneller dort sein, als du denkst.«

Nachdem sie den Wagen an der Poststation außerhalb der Stadtmauern zurückgelassen hatten, betraten sie Vitoria durch das älteste Stadttor, die Puerta de Santa María, hinter der Stiftskirche. Langsam spazierten sie durch das kleine Städtchen, dankbar für die Bewegung nach dem unablässigen Geholper des Wagens. Die Leute, die ihnen begegneten, waren ganz ähnlich gekleidet wie in Bilbao, jedoch diskreter: weniger silberbestickte Leibchen, weniger Juwelen, weniger Samt und Federn. Diego de Múgica hatte seine Freude daran, ihnen die Geschichte der Stadt zu erläutern, die älter war als jene des Seehafens Bilbao. Neben vielem anderen hatte er auch Geschichte studiert und war ein unerschöpflicher Quell des Wissens. Trotz seiner Jugend hoffte er bald die Doktorwürde zu erlangen, um an einer der renommiertesten Universitäten lehren zu können.

»In Salamanca«, erklärte er, »oder vielleicht an der neuen Universität von Alcalá de Henares, die der Kardinal vor einigen Jahren gegründet hat.«

»Und weshalb nicht in Eurer Heimat?«, fragte María.

»Wir haben dort leider keine humanistische Universität. Es gibt Handelsschulen und sogar eine so genannte Universität des Meeres, an der die Studenten alles über die Seefahrt lernen können, doch wenn man Geschichte, Latein oder Theologie lehren möchte, muss man zwangsläufig in die Fremde.«

Die Stiftskirche Santa María lag auf einem Hügel. Alle Straßen der Stadt führten zu ihr hinauf oder von dort hinunter, je nachdem, wie man es betrachtete. Wie an anderen Orten auch war jede Straße nach dem Handwerk benannt, das dort beheimatet war: Die Straße der Schmiede, der Messerschleifer, der Schuhmacher … Die meisten Häuser hatten bleiverglaste Erker anstelle von Balkonen.

»Das liegt daran, dass es in dieser Stadt im Winter sehr kalt ist«, erklärte Diego und lachte dann auf. »Und während des restlichen Jahres auch!«

»Es kann nicht schlimmer sein als in Madrigal«, antwortete Joaquina in Erinnerung an die Eiseskälte, die während der kältesten Monate des Jahres in den Zellen herrschte.

Da es in Vitoria keine Augustinerinnen gab, nahmen sie Quartier im Hause eines Verwandten von Inés und Diego, Don Íñigo de Múgica e Ibarra, der bereits über ihre Ankunft informiert war. Es würde der letzte längere Aufenthalt sein, bevor sie auf direktem Wege zurück nach Madrigal reisten, und María musste sich eingestehen, dass sie die Abreise hinauszögerte, um noch einige Tage länger die Freiheit zu genießen, an die sie sich so schnell gewöhnt hatte, bevor sie zu den Pflichten zurückkehrte, die sie als Äbtissin im Kloster erwarteten.

Sie hatte Gelegenheit, im Hause ihres Gastgebers die Bekanntschaft Don Juan Ramón Molchs zu machen, Graf von Cardona und Kondestabel von Aragón, der auf Einladung des Grafen von Aiala, eines Freundes von Don Íñigo, zu Besuch in der Stadt weilte. Er war ein älterer Mann von angenehmem Wesen und freundlichem Umgang und ein guter

Gesprächspartner, der stundenlang erzählen konnte. María wusste nicht viel über das Königreich Aragón, und obwohl sie seinen Namen trug, interessierte sie sich auch nicht sonderlich für einen Ort, der ihr so fern und fremd war.

»Ihr seid also die Tochter meines Gebieters Don Ferdinand?«, erkundigte sich der Graf. Es war eher eine Feststellung als eine Frage, während er sie eingehend musterte, so als wollte er sich versichern, ob er ihren Namen richtig verstanden hatte, als sie einander vorgestellt wurden.

»So ist es«, antwortete sie und hielt seinem Blick stand.

»Dann seid Ihr also eine Schwester unseres Vizekönigs Kardinal Alfons von Aragón.«

Die Erwähnung ihres Halbbruders weckte ihr Interesse. Sie hatte jemanden vor sich, der Alfons kannte und ihr sicherlich etwas über ihn erzählen konnte. Vielleicht würde sie herausfinden, weshalb ihr Vater sie so unterschiedlich behandelt hatte, obwohl sie beide seine illegitimen Kinder waren.

»Kennt Ihr Alfons?«, fragte sie und versuchte gleichgültig zu erscheinen.

»Beim heiligen Georg und dem Drachen, natürlich kenne ich ihn! Fast seit der Zeit, als er noch ein kleiner Bengel war, dem man die Windeln wechseln musste. Sein Vater brachte ihn zu mir, um ihn in meinem Hause zum Ritter erziehen zu lassen. Später änderte er seine Meinung und machte einen Kirchenmann aus ihm, obgleich ich noch niemanden gesehen habe, der weniger für die Kirche geschaffen wäre als unser Kardinal!« Don Juan Ramón lachte fröhlich. »Don Ferdinand ließ den erst Achtjährigen zum Erzbischof von Zaragoza ernennen. Papst Sixtus IV. hatte ein Mitglied seiner Kurie berufen wollen, doch er hatte nicht mit dem alten Fuchs Johann von Aragón gerechnet, der seinen Enkel vergötterte. Er hatte die Rechnung auch ohne König Ferdinand gemacht, der für seinen Sohn höchste Würden wollte. Da Alfons nicht sein Thronfolger werden konnte, ruhte er nicht eher, bis dieser Erzbischof und später Vizekönig und damit in seiner Abwesenheit Regent von Aragón geworden war. Eigentlich wollte er mich ernennen«, erklärte der Graf ganz unbescheiden, »doch da ich Katalane bin und kein Aragonese, erhob der Kronrat von Aragón Einwände. Bei einem Sohn des Königs konnten sie das nicht, und wenn er zehnmal ein Bastard war.«

María empfand Wut und beinahe so etwas wie Hass für diesen Bruder, den sie nicht kannte und den kennen zu lernen sie vielleicht niemals Gelegenheit haben würde. Er hatte alles bekommen, was ihr verwehrt geblieben war. Warum er und nicht sie?

»Weshalb ist Don Ferdinand seinem Sohn so zugetan?«, fragte sie, ohne zu überlegen. »Es ist nicht eben üblich, dass ein König einen illegitimen Sohn so deutlich vorzieht und ihn gar öffentlich anerkennt.«

Der Graf sah sie prüfend an. Marías Verbitterung über die Lieblosigkeit in ihrem Leben war mit Händen zu greifen.

»Das ist leicht zu erklären, Doña María Esperanza.« Er sprach langsam und wägte seine Worte sorgsam ab. »Mein Gebieter Don Ferdinand hat Alfons' Mutter ganz außerordentlich geliebt. Vielleicht ist sie die einzige Frau gewesen, die er völlig selbstlos und reinen Herzens liebte.«

Vierzig Jahre zuvor hatten sich der damalige Thronfolger von Aragón, der Graf selbst und ein zahlreiches Gefolge in Cervera de Segarra in der Grafschaft Katalonien aufgehalten, einer bedeutenden Stadt mit über fünftausend Einwohnern und Schauplatz entscheidender Schlachten. Bei einer von ihnen hatte der Kronprinz die Stadt belagert und sie schließlich einnehmen können. Nun befanden sie sich dort, um mit den Abgesandten Doña Isabellas und ihres Beraters Kardinal Carillo die Bedingungen für die Eheschließung zwischen den beiden Souveränen auszuhandeln. Die Verhandlungen waren langwierig und mühsam. Die kastilischen Gesandten forderten, dass Ferdinand nicht nur am kastilischen Hof zu residieren habe, sondern sich außerdem damit einverstanden erklären solle, dass Isabella Alleinherrscherin über Kastilien sei, auch wenn Dekrete und Protokolle die Unterschriften beider tragen würden.

»Damals«, fuhr Don Juan Ramón fort, »lernte der König Aldonza Roig aus dem Geschlecht derer von Portell kennen. Sie war zwei oder drei Jahre älter als er und schön von Gestalt und Wesen, zurückhaltend und sanft. Die beiden verliebten sich ineinander und teilten mehrere Monate das Bett, so lange, wie die Verhandlungen mit den Kastiliern dauerten.«

Der Graf erinnerte sich, wie die Liebenden Abschied voneinander genommen hatten. Die Eheverträge waren endlich unterzeichnet und der Prinz musste nach Dueñas aufbrechen. Don Ferdinand versprach, für Aldonza und das Kind zu sorgen, das sie unter dem Herzen trug. Er ließ seinen Freund Pedro Gido zurück, damit er auf sie Acht gebe und ihn von der Geburt des Kindes unterrichte. Wenig später heiratete er Doña Isabella. Alfons wurde acht Monate darauf in Cervera geboren. König Johann von Aragón nahm Mutter und Sohn an seinem Hof in Zaragoza auf.

»Erkannte mein Vater seinen Sohn schon damals an?«, fragte María, die den Ausgang der Geschichte erfahren wollte.

»Nein, erst vier Jahre später. Er leitete die Cortes in Aragón, und es war nicht zu vermeiden, dass er mit Doña

Aldonza und ihrem Sohn zusammentraf. Der Junge war sehr hübsch, lebhaft und aufgeweckt. Don Ferdinand verliebte sich sofort in ihn und beschloss, ihn anzuerkennen. Die Nachricht kam Doña Isabella zu Ohren, die nichts von der Existenz dieses Sohnes gewusst hatte, der nur einen Monat älter war als ihre eigene Tochter.«

»Und wie hat die Königin reagiert?«

»Ihr könnt es Euch denken, Señora. Die Königin war keine einfache Frau, und dass ihr Mann ein Verhältnis zu einer anderen unterhalten hatte, während die Bedingungen für ihre Vermählung ausgehandelt wurden, beleidigte sie in ihrer Würde. Ich weiß nicht, ob dies der Grund dafür war, dass Doña Isabella ihren Gatten nicht über den Tod König Heinrichs in Kenntnis setzte und sich in seiner Abwesenheit zur Königin von Kastilien ausrufen ließ. Ihr voran ging ein Ritter mit blankem Schwert, eine Ehre, die ausschließlich den Männern vorbehalten ist. Mein Gebieter verstand dies als persönliche Beleidigung, er weigerte sich, nach Kastilien zurückzukehren, und sprach sogar von Trennung und Scheidung. Später versöhnten sich die beiden und schlossen den Vertrag von Segovia.«

»Und was wurde aus Alfons und seiner Mutter?«

»Die Königin bat sich aus, dass der Knabe gemeinsam mit der Infantin Isabella am Hof erzogen werden sollte, und so geschah es. Doña Aldonza wiederum heiratete einen katalanischen Adligen.«

María hätte schreien können. Der illegitime Sohn war anerkannt und wie ein Prinz erzogen worden und seine Mutter hatte ihr Leben wieder aufnehmen können, wohingegen sie in ein Kloster gesteckt worden war und ihre Mutter wahrscheinlich in ein anderes.

»Weshalb sagtet Ihr vorhin, dass Alfons nicht für die Kirche bestimmt sei?«, fragte sie und konzentrierte sich wieder auf ihren Halbbruder.

»Weil es so ist!« Die Augen des Grafen blitzten vergnügt auf. »Sagt mir, was ist das für ein Bischof, der die Rüstung dem Habit vorzieht und das Schwert dem Kreuz? Er befehligt das Heer so erfahren wie ein General und hat nur ein einziges Mal die heilige Messe zelebriert, und zwar an dem Tag, als er mit sechzehn Jahren zum Erzbischof geweiht wurde. Bis dahin war der Titel nur ein Ehrentitel. Später wurde er zum Kardinal ernannt, aber wie Ihr wohl wisst, braucht ein Kardinal kein Priester zu sein, und so zelebrierte er zu diesem Anlass nicht einmal eine Messe. Außerdem: Wo hat man je gesehen, dass ein Kirchenfürst mit seiner Geliebten in Gemeinschaft lebt und mit ihr sechs Kinder hat? Doña Ana de Gurrea ist eine vortreffliche Frau, von allen hoch geschätzt, doch ändert dies nichts daran, dass sie Alfons' Konkubine ist.«

Der Graf erzählte weiter von Aragón, von vergangenen und gegenwärtigen Kriegen und vielem anderen mehr, doch María hatte das Interesse an der Unterhaltung verloren. Sie war traurig und wollte nichts mehr von den Kriegs- und Liebeshändeln ihres Halbbruders hören, die den Kondestabel von Aragón so zu erheitern schienen. Ihr lag auch nichts daran, von den Vorzügen des vortrefflichen Don Ferdinand zu erfahren, den Don Juan Ramón ganz offensichtlich schätzte und achtete.

Einige Tage darauf verließen sie Vitoria in Richtung Burgos. Dort angekommen, begaben sich María und Joaquina nicht in die Stadt, sondern direkt zum Kloster Santa María la Real, auch Las Huelgas genannt. Diego de Múgica fand Obdach im Hause seines ehemaligen Theologieprofessors, der nun Kanonikus an der Kathedrale war.

Die Zisterzienserinnen nahmen sie freundlich auf und baten sie, einige Tage zu bleiben, insbesondere nachdem María ihren vollständigen Namen genannt hatte. Warum ihn verbergen, wenn selbst der einfachste Bürger Bilbaos um ihre Herkunft wusste? Sie hatte das Recht, ihn zu verwenden, und das gedachte sie auch zu tun. Sie vergaß das Versprechen, das sie Doña Elvira auf dem Totenbett gegeben hatte. Oder war es gar kein Versprechen gewesen?

Die Gemeinschaft in Las Huelgas war sehr erlesen. Nur Mädchen aus adligen oder begüterten Familien, die eine bedeutende Mitgift ins Kloster mitbrachten, hatten das Recht, in die eigentliche Klostergemeinschaft aufgenommen zu werden. Jede von ihnen verfügte über eine nach ihrem Geschmack eingerichtete Einzelzelle und eine persönliche Dienerin. Die Laienschwestern, Bäuerinnen oder Mädchen aus dem Dorf waren mit den niederen Arbeiten betraut und lebten in Gemeinschaftszellen. Sie aßen nicht am Tisch der Äbtissin und verfolgten die Gebete und die Messe von einem entlegenen, für sie vorgesehenen Platz. Es war ein Hofstaat im Kleinen.

María wurde in einer der Privatzellen untergebracht, Joaquina hingegen musste sich den Schlafsaal mit den anderen teilen. Die Äbtissin Doña Teresa de Aiala, eine Nachfahrin des Kanzlers, erklärte ihr den Grund für diese Unterscheidung.

»Dieses Kloster, Doña María Esperanza, wurde als Grablege für die Könige gegründet, die erste Äbtissin war eine königliche Infantin. Weitere Infantinnen und Mitglieder der königlichen Familie folgten ihr nach. Die Privilegien und Befugnisse, über die wir verfügen, wurden dem Kloster eben wegen dieses königlichen Status zuerkannt, der es so sehr von anderen Klöstern unterscheidet. Ihr werdet verstehen, dass Frauen von so hoher Geburt unmöglich ihr Leben mit ungebildeten Bäuerinnen und Mädchen teilen können.«

»Ich glaubte, wer zum religiösen Leben berufen sei, unterscheide nicht länger zwischen arm und reich«, bemerkte María unfreundlich. »Vor Gott sind wir alle gleich.«

In ihren Worten schwang eine Ironie mit, die der Äbtissin nicht verborgen bleiben konnte.

»Mag sein, doch werdet Ihr mit mir übereinstimmen, dass die Kirche ein Abbild der Welt ist, in der wir leben. Es wäre nicht gut, wenn es drinnen etwas gäbe, das in der Welt draußen nicht existiert.«

María war perplex. In Madrigal waren alle gleich, man verbrachte Gebet, Arbeit, Mahlzeiten und Mußestunden gemeinsam. Allerdings war das Amt der Äbtissin wie in den meisten Klöstern und Konventen Frauen von edler Herkunft vorbehalten, gelegentlich auch solchen Frauen, die große Frömmigkeit bewiesen hatten. In ihrem Fall war es nicht die Frömmigkeit gewesen, doch nun, da sie wusste, wer sie war, verstand sie so manches. Wahrscheinlich hatte der Hof bei ihrer Ernennung die Finger im Spiel gehabt.

Sie stellte fest, dass alles, was sie über dieses Kloster gehört hatte, der Wahrheit entsprach. Las Huelgas Reales besaß außerordentliche Macht, bedachte man, dass es nicht von Männern, sondern von Frauen geführt wurde. Mit Ausnahme der Königin hatte keine andere Frau in Kastilien so viel Einfluss wie seine Äbtissin. Dörfer samt ihren Bewohnern, Priester, Mönchs- und Nonnenklöster unterstanden ihrer Weisung. Allein die Pachtzahlungen, Wegezölle, Zehnte und Steuern machten ein Vermögen aus. Dazu kamen die eigene Landwirtschaft und Viehzucht, die ebenfalls erkleckliche Einnahmen brachten. Das Kloster und seine Ländereien gehörten zwar de facto der Krone, doch die Äbtissin handelte in ihrem Namen und war einem Granden des Reiches gleichgestellt.

María hatte Gelegenheit, sich nach Belieben in der Klosteranlage und den umliegenden Gärten umzusehen: die hohen, mit Zinnen bekrönten Mauern, die Türme mit ihren gewaltigen Stützpfeilern, Ziertürmchen und der Brüstung mit den Pechnasen; der offene Bogengang, *Claustro de los Caballeros* genannt, weil dort einige bedeutende Adlige begraben lagen; die aus einem Stück gehauenen Säulen und Kapitelle, die Türbögen, die Kapellen, der Kreuzgang ... Es war wirklich ein herrlicher Ort.

In der Hauptkapelle sowie in mehreren Seitenkapellen ruhten seit vier Jahrhunderten die sterblichen Überreste zahlreicher Könige und Prinzen von Kastilien, darunter die des Stifterpaares Alfons' *des Guten* und Doña Leonores. Sie lagen Seite an Seite in einem steinernen Doppelsarkophag, der reich mit den Reliefs von Burgen, Wappen und Figuren geschmückt war. Der König war an Fieber gestorben und die Königin, die ihm in vierundvierzig Ehejahren fünf lebende Kinder geschenkt hatte, war ihm fünfundzwanzig Tage später nachgefolgt. María erinnerte sich, in den Chroniken ihres Urgroßvaters Alfons' X., *des Weisen*, gelesen zu haben, dass jener König in gewaltiger Leidenschaft zu Raquel, der Tochter seines jüdischen Schreibers, entflammt war. So groß war seine Liebe, dass er einen Palast in Toledo errichten ließ, um dort mit ihr zu leben, während Doña Leonore mit ihren Kindern in Burgos zurückblieben.

Wieder einmal eine Frau, deren königlicher Liebhaber sich

für seine Liebe über alle Regeln hinwegsetzte, dachte sie bitter, und erneut wanderten ihre Gedanken zu ihrer Mutter.

Obwohl sie sehr beeindruckt war von dem, was sie sah, verließ sie Santa María La Real ohne Bedauern. Plötzlich wünschte sie sich sehnsüchtig in ihr kleines, abgeschiedenes Kloster in Madrigal zurück, wo es keinen Prunk und keine Machtgier gab.

Die Schwestern des Augustinerklosters in Tordesillas empfingen sie mit aufrichtiger Freude. María verabschiedete sich von Diego de Múgica, wünschte ihm eine gute Reise nach Salamanca und bat ihn, gelegentlich zu schreiben und zu berichten, wie es ihm erging im Leben. Er war ein guter Reisegefährte gewesen und María hatte ihn ins Herz geschlossen. Mit ihm verabschiedete sich die letzte Verbindung zur Biskaya.

Sie konnte den Wunsch nicht unterdrücken, erneut ihre Halbschwester Königin Johanna aufzusuchen, und machte sich am nächsten Tag auf den Weg zum Klarissenkloster. Die arme Johanna war noch immer in der Unschuld ihres Wahnsinns gefangen – vielleicht klammerte sie sich an die wenigen Tage wirklichen Glücks, die sie als Jungvermählte an der Seite ihres Traumprinzen verlebt hatte. Wie beim letzten Mal betrachtete María die Kranke nur von der Tür aus, während sie zu begreifen oder zu erahnen versuchte, weshalb das Leben manche Menschen so hart strafte.

»Hat es keine Veränderungen gegeben?«, fragte sie die Äbtissin.

»Nein, leider nicht«, antwortete die Nonne. »Vor einigen Wochen erwachte sie aus ihrer üblichen Apathie und ihre Zofen nutzten die Gelegenheit, um sie zu waschen und ihre Kleider zu wechseln, doch bald darauf verlor sie sich wieder in der Dunkelheit …«

»Und mein … und ihr Vater, der König? Hat er sie besucht?«

»Ja. Er kam vor einem Monat in Begleitung seines Enkels, des Infanten Ferdinand. Er hat ihn in seinem Testament zum Regenten Kastiliens bestimmt, eine Aufgabe, die er nach dem Tod des Königs übernehmen wird – möge Gott ihm noch viele Jahre schenken.«

»Aber …« María war überrascht. »Ist Ferdinand nicht der zweitgeborene Sohn Königin Johannas? Der Thron steht dem Erstgeborenen Karl zu.«

»Aber es heißt« – die Äbtissin senkte die Stimme –, »dass Ferdinand sein Lieblingsenkel sei. Der König ist bereit, alles zu tun, damit er eines Tages beide Kronen erbt. Schließlich wird der Infant in Kastilien erzogen, und Don Karl ist nicht einmal unserer Sprache mächtig.«

Der alte König spann noch immer seine Intrigen. Um ans Ziel seiner Wünsche zu kommen, war er sogar bereit, die Gesetze zu brechen, die er selbst erlassen hatte. Er ging auf die sechzig zu, sagte sich María, und hatte vergeblich darauf gehofft, mit Königin Germaine einen Thronfolger zu zeugen, dem er die Krone von Aragón überlassen konnte. Anders als so oft war ihm das Glück diesmal nicht hold gewesen. Sein Leben neigte sich dem Ende zu und offenbar hatte er beschlossen, seine Hoffnungen in den Enkel zu setzen, der seinen Namen trug und den er mit zwölf Jahren den Armen seiner Mutter entrissen hatte. Ihn wollte er zum alleinigen Herrscher über Kastilien und Aragón machen. In gewisser Weise würde er in dem Infanten weiterleben, wenn dieser dereinst der allmächtige Herrscher sein würde, der er nie geworden war. Aber sie war sich sicher, dass die Adligen, die ihn umgaben und umschmeichelten, nicht bereit sein würden, seinem letzten Willen zu entsprechen.

»Mein armer Vater!«, flüsterte sie unhörbar, und sie war überrascht, dass sie Mitleid für den Mann empfand, der niemals Mitleid mit ihr gehabt hatte.

Als sich die Türme der Stadtmauer von Madrigal am Horizont abzeichneten, seufzten María und Joaquina auf. Nach einer langen Reise, die fünf Monate gedauert hatte, kehrten sie nach Hause zurück.

Es war noch früh am Morgen und die Sonnenstrahlen fielen durch die Blätter der Bäume. Die Äbtissin hatte ihre Ankunft nicht angekündigt, und die Überraschung und Freude in den Gesichtern der Nonnen bewiesen ihr, dass dies ihr wahres, ihr einziges Zuhause war.

Ihre Schwester María *die Jüngere* war überglücklich, sie wieder zu sehen. Nachdem sie mit der ganzen Klostergemeinschaft gesprochen und in Kürze die Reise geschildert hatte, zog sich María mit ihr in die Studierstube zurück und bat, über den Stand der Dinge im Kloster in Kenntnis gesetzt zu werden. Sie sprachen stundenlang. Die jüngere María brannte darauf, alles zu erfahren, was sich ereignet hatte, und María ließ nichts aus. Ihre Schwester hörte aufmerksam zu, insbesondere als die Rede auf ihren Vater und ihre Halbgeschwister kam, die beiden Johannas und Alfons. Auch sie hatte das Bedürfnis nach einer Familie. Noch nie waren sich die beiden so nahe gewesen wie in diesem Moment.

Bald kehrte wieder Normalität ein, und Marías Leben wurde so ereignislos wie zuvor, aber es machte ihr nicht mehr so viel aus. Sie war zufrieden mit dem Leben, das das Schicksal und Königin Isabella für sie vorgesehen hatten, und wollte bis ans Ende ihrer Tage so weitermachen.

Manchmal setzte sie sich in den Sessel in ihrem Studierzimmer, schloss die Augen und ließ die Bilder an sich vorüberziehen, die sich in ihr Gedächtnis eingegraben hatten: das Gesicht ihrer Mutter auf dem Porträt im Hause ihres Onkels Pedro, die Meereswogen, die Straßen von Bilbao, die grünen Täler und die Berge der Biskaya. Die Briefe, die ihre Schwester Johanna, die Gattin des Kondestabels, und Inés schickten, hielten sie auf dem Laufenden über die Welt, die für kurze Zeit auch die ihre gewesen war.

Und doch blieb da die Frage, die ihr so oft im Kopf herumging. Was war aus ihrer Mutter geworden? Aus Toda de Larrea? Sie war nur sechzehn Jahre älter als María selbst, musste jetzt also etwa einundfünfzig sein. Das war zwar ein fortgeschrittenes Alter, musste jedoch nicht bedeuten, dass sie dem Tode nahe war. Erneut wurde María von einer Unruhe ergriffen, die sie dazu trieb, ihre Nachforschungen fortzusetzen. Das war sie der Frau schuldig, die ihr das Leben geschenkt hatte.

Nach langem Überlegen sandte sie einen Brief an Don Álvaro Fernández, jenen Freund von Inés' Vater, der seit der Begegnung in Medina auch ihr Freund war. Sie erzählte ihm kurz und knapp von ihrer Herkunft und den Nachforschungen, die sie angestellt hatte, und bat ihn um Rat, wie sie weiterhin vorgehen solle. Er sei ein umsichtiger, kluger Mann, der zudem als Händler Orte und Menschen kennen lernte, wie ihr dies nicht möglich sei. Sie wisse, dass ihr Handeln unüberlegt sei, doch sie müsse etwas unternehmen.

Wenig später erhielt sie die erhoffte Antwort:

Medina del Campo, am dreißigsten Juni des Jahres 1510.

An Ihre Exzellenz Doña María Esperanza de Aragón, Äbtissin des Klosters Nuestra Señora de Gracia zu Madrigal.

Verehrte Dame, Euer Schreiben hat mich sehr überrascht. Ich fühle mich geehrt, dass Ihr Euch in einem Moment, in dem man die Hilfe eines guten Freundes benötigt, an mich erinnert, und hoffe, Euch in irgendeiner Weise dienen zu können. Indes – vierunddreißig Jahre sind eine lange Zeit. Wenn überhaupt, werden nur noch wenige am Leben sein, die von jenen Ereignissen berichten können. Dennoch habe ich einige Erkundigungen eingezogen und dabei größte Diskretion walten lassen. Mich verbindet eine enge Freundschaft mit einem Sekretär Seiner Majestät, des Königs von Aragón. Er hat das Bittschreiben an den Papst verfasst, Eure Anerkennung betreffend, die Angelegenheit ist ihm also nicht fremd. Besagter Sekretär hat auf eine Spur hingewiesen, die weiter zu verfolgen wäre. Es gab da einen Mann, der das Vertrauen Doña Isabellas genoss. Dieser war ihr so ergeben, dass die Königin ihn mit geheimen Aufträgen betraute, die sie weniger treuen Dienern nicht anzuvertrauen wagte. Nach dem Tod der Königin entließ Don Ferdinand ihn aus seinen Diensten. Martín Núñez – denn dies ist sein Name – zog sich nach Trujillo in der Extremadura zurück. Dort wird er immer noch leben, falls er nicht bereits gestorben ist oder sich woanders niedergelassen hat. Möglich wäre es. Das ist für den Moment alles, was ich in Erfahrung bringen konnte. Ich werde mich weiterhin umhören und alles in meiner Macht Stehende tun, um weitere Antworten auf Eure Fragen zu finden.

Es freut mich sehr, dass unsere kleine Inés das Glück gefunden hat, nach dem sie sich so sehr sehnte, und ich hoffe, sie bei meiner nächsten Reise an die Biskaya besuchen zu können. Unser Herr Jesus Christus und seine heilige Mutter mögen Euch begleiten und beschützen.

Es dauerte eine Weile, bis María wieder einfiel, wo sie den Namen Martín Núñez schon einmal gehört hatte. Sie forschte in ihrer Erinnerung und fürchtete schon, dass die Hoffnung sie trog und sie den Namen verwechselte, doch schließlich fiel es ihr wieder ein. Es war der Name, den der Bandit erwähnt hatte, welcher sie auf dem Weg nach Orduña überfallen hatte. Sie lief rasch zu der Truhe, in der sie ihre Kleider aufbewahrte, und fand tief unten in einer Tasche den Ring, den ihr der Mann kurz vor seinem Tod anvertraut hatte. Er befand sich noch an demselben Ort, an dem sie ihn damals vergessen hatte. Es war ein dicker Goldring mit dem Wappen von Kastilien aus buntem Email. Er trug keine Gravur.

In welcher Beziehung konnten die beiden Männer zueinander gestanden haben? Weshalb hatte der Sterbende sie gebeten, Núñez ausfindig zu machen und ihm zu sagen, dass er sein Versprechen gehalten habe? Welches Versprechen? Es gab keine Antwort auf all diese Fragen, und vielleicht würde es sie niemals geben. Außerdem gab es keinen Anlass, das Kloster erneut zu verlassen, vor allem, weil sie gar nicht genau wusste, wohin sie sich wenden sollte. Alles war schlimmer als zuvor, denn nun hatte sie einen Namen, und es bestand die – wenn auch unwahrscheinliche – Möglichkeit, dass dieser Núñez etwas über den Aufenthaltsort ihrer Mutter wusste.

Madrigal, Sommer 1516

Sechs lange Jahre waren vergangen, ohne dass ein außergewöhnliches Ereignis die Stille ihrer Abgeschiedenheit gestört hätte. Marías Freuden und Sorgen galten einzig dem Kloster. Sie hatte den rechten Flügel erweitern lassen, denn es begann ein wenig an Platz zu mangeln, weil die Zahl der Nonnen und Novizinnen stetig zunahm.

Manchmal vergaß sie ihre Mutter. Dann wieder war es ihr ein solches Bedürfnis, etwas über sie zu erfahren, dass der Schmerz ihr die Luft zum Atmen nahm. Es fehlte noch ein Glied in der Kette, ein Bruchstück des Rätsels, und sie wusste, dass sie nie ihren Frieden finden würde, bis sie herausgefunden hatte, was aus Toda de Larrea geworden war, jenem jungen Mädchen, das von einem König entehrt und auf Befehl einer Königin entführt worden war. Die Frau, die ihr das Leben geschenkt hatte und dafür so grausam von den Ihren getrennt worden war.

Ihre Schwester Johanna hielt sie über die Ereignisse bei Hof auf dem Laufenden. Durch sie erfuhr María, dass Don Ferdinand unaufhaltsam an seinen Leiden und Gebrechen zugrunde ging. Seine Ratgeber versuchten vergeblich, ihn davon zu überzeugen, sich von seinen zahlreichen Pflichten zurückzuziehen. In letzter Zeit war er rastlos durch Kastilien gereist, das früher einmal Zeuge seiner glanzvollsten Zeit gewesen war, auch wenn man ihn nie ganz akzeptiert hatte. Die Anhänger seines Enkels Karl intrigierten gegen ihn, seine engsten Freunde und Verbündeten waren tot und niemand gab mehr viel auf sein Wort. »Ein alter Hund beißt nicht mehr«, besagte ein Sprichwort. Er lag im ständigen Streit mit dem Kronrat wegen jener Klauseln seines

Testaments, die seinen Enkel Ferdinand endgültig zugunsten seines Bruders Karl von der Thronfolge ausschlossen, und sogar wegen der Höhe der Rente, die er seiner Witwe hinterlassen wollte. *Ein trauriges Ende für einen so großen Monarchen*, dachte María.

Ferdinand war nie nach Madrigal gekommen, noch hatte er den Wunsch geäußert, die beiden Marías sehen zu wollen. Nur einmal, ein einziges Mal in seinem Leben, hatte er einen lakonischen Brief an seine »innig geliebten Töchter« gesandt, begleitet von einem wunderschönen Gemälde unbekannter Herkunft, das die vor den Fluten errettete María Magdalena zeigte. María antwortete mit einem kurzen Schreiben, in dem sie sich für das Geschenk bedankte. Sie hatte nicht den Mut, ihm zu sagen, was ihr auf dem Herzen lastete, und erst recht wagte sie nicht, ihn nach ihrer Mutter zu fragen.

Ende Januar des Jahres 1516 überbrachte ihnen ein Mönch des Schwesterordens der Augustiner die Nachricht. Seine Katholische Majestät König Ferdinand war gestorben. Tagelang war das traurige Läuten der Totenglocken in Madrigal, in ganz Kastilien und Aragón zu vernehmen. Etwas in ihr zerbrach, doch keine einzige Träne des Schmerzes benetzte ihre Augen.

»Wann ist es geschehen?«, fragte sie den Mönch, der sich hungrig über eine Schale gebratener Brotkrumen hermachte.

»Der König scheint schon seit geraumer Zeit krank gewesen zu sein«, antwortete der Mann mit vollem Mund. »Sein Leib war aufgedunsen, sein Atem ging schwer, er litt an Übelkeit und Erbrechen... Er wollte den Zug der Singdrosseln verfolgen und im selben Herbst nach Guadalupe pilgern, weil er sich dort Linderung für seine Leiden erhoffte. Nach einigen Tagen verschlechterte sich sein Zustand und er musste seine Reise in einem Ort in der Estremadura unterbrechen. Eine schlechte Wahl, bei Gott!«

»Eine schlechte Wahl? Weshalb?«, fragte sie, als sie diesen wunderlichen Ausruf hörte.

»Weil, seht ...« Der Mönch aß zwei Löffel Brot, bevor er fortfuhr. »Ein Wahrsager offenbarte Don Ferdinand, dass ihm in Madrigal ein Unglück widerfahren werde.«

Trotz des ernsten Moments musste María lachen, auch auf die Gefahr hin, in den Augen des Mönchs albern zu erscheinen.

»Aber guter Mann, wie könnt Ihr so etwas sagen? Glaubt Ihr den trügerischen Worten eines Scharlatans? Und außerdem, was hat Madrigal mit dem Tod des Königs zu tun? Er ist noch nie in dieser Stadt gewesen, seit ich hier lebe, und ich kann Euch versichern, dass dies schon viele Jahre sind.«

Der Mönch blickte von der leeren Schüssel auf, die María rasch wieder füllte, und sah ihr in die Augen. »Scharlatan oder nicht, der Wahrsager sagte ein Unglück in Madrigal voraus, und der König starb in einem Ort namens Madrigalejo. Es mag reiner Zufall sein, aber ... ein sehr großer Zufall in meinen Augen.« Mit diesen Worten wandte sich der Mönch wieder der Schüssel und ihrem Inhalt zu.

María versuchte diese neue Information in ihrem Kopf zu ordnen. Womöglich hatte der Mönch Recht. Vielleicht hatte ihr Vater sie wegen der Weissagung nicht besucht. Konnte ein so mächtiger König abergläubisch sein? Er, der allem getrotzt hatte, was sich ihm in den Weg stellte, sollte die Worte eines Narren fürchten? Allerdings fürchtete sich jeder davor, die eigene Zukunft zu erfahren. Selbst wenn man nicht daran glaubte, blieb immer ein Zweifel zurück.

Ein König blieb immer noch ein Mensch, so hoch sein Thron auch sein mochte.

»Und wo liegt dieses Madrigalejo?«

»In der Estremadura«, antwortete der Mönch, der bereits die zweite Schüssel gebratenes Brot aufgegessen hatte. »Einige Tagesreisen von hier. Es ist ein elendes Nest, das nur wenige kennen.«

Viel mehr war nicht aus ihm herauszubringen, während er unter ihren staunenden Blicken eine dritte Schüssel Brot verzehrte.

Im Kloster wie auch im übrigen Land wurden mehrere Dutzend Messen für das Seelenheil des Königs und seine ewige Ruhe gelesen. Jedes Mal, wenn der Priester den Namen ihres Vaters erwähnte, krampfte sich María das Herz zusammen. Sie hätte gerne echte Trauer um den Mann empfunden, der sie gezeugt hatte, doch wer keine Liebe bekommen hatte, konnte keine Liebe empfinden.

Erneut begann ihr eine schon vergessene Idee durch den Kopf zu gehen. Vor kurzem hatte ihr Don Álvaro Fernández, der liebenswürdige Edelmann aus Medina, einen Besuch abgestattet. Er hatte nichts Neues herausfinden können, aber er hatte Erkundigungen über jenen Martín Núñez eingezogen. Die einzige Person, die ihr vielleicht etwas über Toda de Larrea sagen konnte, war noch am Leben und befand sich bei guter Gesundheit in Trujillo. Weshalb nicht dorthin reisen und die Sache endlich zu einem Ende bringen? Mit dem Tod Don Ferdinands wurde erneut der Wunsch in ihr wach, dem Rätsel weiter nachzugehen. Wenn der Mann starb, würde es niemanden mehr geben, der ihr Auskunft geben konnte. Wenn überhaupt eine Möglichkeit bestand, mehr in Erfahrung zu bringen, dann war dies der Moment und kein anderer.

Es war nicht leicht, einen Vorwand zu finden. Es gab keinen Anlass und keine Rechtfertigung für eine Reise in die Estremadura. Einige Wochen nach dem Besuch Don Álvaros traf ein Schiffskapitän im Kloster ein, der Bruder einer Novizin, der soeben von einer äußerst gefahrvollen Fahrt aus Westindien heimgekehrt war. Während der Überfahrt wäre das Schiff einige Male beinahe untergegangen, und der Mann hatte geschworen, sich vor dem Bildnis der Jungfrau von Guadalupe niederzuwerfen, wenn ihn die Muttergottes aus der Gefahr errette. Nachdem er den Hafen von Cádiz gesund und heil erreicht hatte, machte er sich unverzüglich auf den Weg. Danach kehrte er über Madrigal nach Toro zurück, wo ihn Frau und Kinder erwarteten.

Guadalupe war nur wenige Meilen von Trujillo entfernt.

María machte sich bereit, ein weiteres Mal zu lügen, ohne Reue zu empfinden. Gott war ihr Zeuge. Ihre Pflichten als Tochter zwangen sie, alles Nötige zu unternehmen, um ihr Ziel zu erreichen. Sie schrieb einen langen, überzeugenden Brief nach Toledo, in dem sie erklärte, vor Jahren aus Gewissensgründen ein feierliches Gelübde abgelegt zu haben, nach Guadalupe zu pilgern, und bat inständig darum, ihr die Reise zu gestatten. Es seien nur ein paar Tage, die den Ablauf des Klosterlebens nicht beeinträchtigten. María *die Jüngere* werde wie schon andere Male zuvor ihre Aufgaben übernehmen. Es dauerte, bis die Antwort aus Toledo eintraf, aber wie erhofft erhielt María die Erlaubnis zu reisen. Sie bat nur selten um etwas Außergewöhnliches, und wenn sie es tat, wurde es ihr stets gewährt. Es hatte doch den einen oder anderen Vorteil, ein – wenn auch unbedeutendes – Mitglied der königlichen Familie zu sein.

Sie nahm Ana auf die Reise mit, eine junge, sehr schüchterne Nonne, die kaum je den Mund aufmachte, selbst dann nicht, wenn sie etwas gefragt wurde. Joaquina litt an einer Krankheit, die ihre Beine derart anschwellen ließ, dass schon das Aufstehen ihr die Tränen in die Augen trieb. Sie war sehr dick, obwohl sie kaum etwas aß, und konnte nur mit Mühe atmen. Es gab keine Heilung für ihr Leiden. María wusste, dass es egoistisch war, eine der wenigen Personen, die ihr Zuneigung entgegengebracht hatten, in diesem Zustand zurückzulassen, aber ihre Reise konnte nicht warten.

Die beiden Nonnen wurden diesmal von Luis begleitet, dem ältesten Sohn Meister Antóns, der ihr stets gerne zu Diensten war. Der Wagen war derselbe wie damals, nicht jedoch das Pferd. Der alte Gaul, der sie bis Bilbao gebracht hatte, lebte noch, doch er war lahm und verbrachte die Zeit damit, mit seinem Schweif Fliegen zu verscheuchen. Als sie den Wagen bestieg, wurde María erneut von der Aufregung auf das Unbekannte gepackt.

Aus der vermeintlich schnellen Reise ohne Zwischenfälle wurden mehrere Tage mühseligen Weges. Am Tage war es glühend heiß und bei Nacht eisig kalt. Sie legten Hunderte von Meilen über Berge und durch ödes Land zurück und wurden von einem Schurken bedrängt, dem sie freundlicherweise angeboten hatten, das Mahl mit ihnen zu teilen. Er wollte den Wagen und das Pferd mitnehmen, doch Luis packte ihn am Arm, rüttelte ihn durch und stieß ihn den Abhang hinunter. Sie sahen, wie er sich aufrappelte und, die ärgsten Flüche ausstoßend, davonhinkte. Schließlich erreichten sie Guadalupe und sammelten dort einige Tage inmitten einer üppig grünen, wasserreichen Landschaft neue Kräfte.

Die Basilika der Hieronymiten war ein Juwel. Vor langer Zeit hatte ein Knabe ein Bildnis der Jungfrau Maria in der

Erde entdeckt, das, so ging die Sage, Mönche aus Sevilla auf ihrer Flucht vor den Sarazenen dort vergraben hatten. Mehr noch als diese Geschichte beeindruckte María die Frömmigkeit, die Menschen dazu veranlasste, zum Ruhme Gottes und seiner Mutter Gotteshäuser wie dieses zu erbauen. Sie hatte nichts dagegen einzuwenden, das Versprechen einzulösen, das sie erfunden hatte, um die Reise unternehmen zu können. Genau wie die zahllosen Pilger, die vor dem Bildnis die Fürsprache Mariens erbaten oder Dank sagten für etwas, das sie erhalten hatten oder zu erhalten hofften, kniete María nieder und dankte der Gottesmutter, dass sie bis hierhin gelangt war und den Namen ihrer Mutter hatte erfahren dürfen, und flehte darum, sie noch einmal sehen zu können, obwohl sie tief in ihrem Inneren wusste, dass die Wahrscheinlichkeit sehr gering war. Es gab keine Wunder, die das Schicksal zu wenden vermochten.

Weder Luis noch Ana stellten Fragen, als sie nach Trujillo aufbrachen, statt nach Madrigal zurückzukehren. Der Junge war ein wenig wortkarg und verschlossen, aber ebenso großherzig wie sein Vater. Wie zuvor sein kleiner Bruder genoss er es, während einiger Tage die harte Feldarbeit vergessen zu können, die im Morgengrauen begann und mit Sonnenuntergang endete. Er war noch nie von zu Hause weg gewesen und diese Reise war für ihn ein einmaliges Erlebnis.

Sie erreichten Trujillo um die Mittagsstunde. Es war eine wundervolle Stadt, deren weiß gekalkte Mauern in der Sonne leuchteten. Mit ihren Palästen, Türmen, Festungen, den zahlreichen Kirchen und Klöstern, ihren Straßen, Gässchen und Plätzen, besonders aber der gewaltigen Plaza Mayor, wirkte sie wie aus einer anderen, längst vergangenen Zeit. Auf einem Hügel über dem Ort thronte das alte Kastell Pedros *des Grausamen*, in dem dieser seine unschätzbaren Reichtümer aufbewahrt hatte.

Martín Núñez zu finden war nicht schwer. Er war ein reicher Mann mit großen Besitzungen und bei den Leuten im Ort nicht eben für seine Liebenswürdigkeit bekannt. Sein Haus, ein kleiner Palast, befand sich in einer Straße, die den Namen Las Palomas trug. Ein riesiges, von blumengeschmückten Balkonen umgebenes Wappen nahm einen Großteil der Fassade ein, und die unteren Fenster waren mit Gittern versehen, die María kurioserweise an einen Kerker erinnerten. Sie ließ ihre Begleiter beim Wagen zurück, ging zu dem mächtigen, mit dicken Eisennägeln beschlagenen Tor und betätigte mit aller Kraft den Türklopfer.

Ein unfreundlich dreinblickender Diener öffnete die Tür. Sie gab ihm keine Gelegenheit, etwas zu fragen, sondern trug ihm auf, seinem Herrn ihren Besuch anzukündigen, wobei sie nicht ihren Namen nannte, sondern nur erwähnte, dass sie Äbtissin sei. Der Diener brummte etwas, das María nicht verstand, schlug die Tür zu und ließ sie wie einen Hausierer auf der Straße stehen. Wenig später öffnete sich die Tür erneut, der Mann streckte seinen kahlen Kopf hinaus und bat sie herein.

María war angenehm überrascht von dem blühenden, reinlichen Innenhof. Das Plätschern eines steinernen Springbrunnens mit einer Marmorstatue in der Mitte erfrischte die glühend heiße Luft, die erbarmungslos auf Mensch und Tier lastete. Mehrere Burschen waren mit einigen prächtigen Rassepferden beschäftigt, und eine Gruppe von Mägden enthülste Ähren im Schatten eines weit vorspringenden Balkons, der den Patio beherrschte. Sie konnte nicht verweilen, um das Bild zu betrachten, denn der Diener, der ihr voranging, verlangsamte seine Schritte nicht und verschwand durch eine der offenen Türen unter dem Balkon. Für einen Augenblick dachte sie, dass sie würde laufen müssen, wollte sie ihren Führer nicht verlieren. Allein bei der Vorstellung, mit gerafften Röcken zu rennen wie ein Bub, war ihr zum Lachen zumute, doch es blieb bei einem Lächeln. Unter diesen Umständen war es nicht angebracht, sich wie ein törichtes Mädchen zu benehmen.

Der Diener führte sie in einen Saal, öffnete die Läden eines der Fenster, die geschlossen waren, um die Fliegen abzuhalten, und nachdem er ihr bedeutet hatte zu warten, ging er hinaus und schloss die Tür hinter sich. Nach der Helligkeit draußen dauerte es eine Zeit lang, bis sich Marías Augen an die Dunkelheit gewöhnt hatten. Es war ein ziemlich großer Saal, und die zahlreichen Deckenbalken verliehen ihm ein sehr solides Aussehen. Die wenigen Möbel waren schwer und gut gearbeitet. Die Wände waren über und über mit Waffen bedeckt: Lanzen, Schwerter, Degen, Krummsäbel, Keulen, Schilde und andere Instrumente, die sie nicht kannte, waren fein säuberlich nach Waffengattung und Größe geordnet. Es schien María, als stammten sie aus unterschiedlichen Epochen, doch genau wusste sie es nicht, da sie sich in der Materie überhaupt nicht auskannte. An den Scharten, die sie aufwiesen, war indes deutlich zu sehen, dass sie oft gebraucht worden waren.

Eine laute, wenig freundliche Stimme ließ sie zusammenzucken. Sie fuhr auf dem Absatz herum und wäre beinahe mit Martín Núñez zusammengestoßen. Sie hatte ihn nicht eintreten hören.

»Bewundert Ihr meine prächtige Trophäensammlung?«,

fragte der Mann, und aus seiner Stimme klang Genugtuung. »Ich habe sie im Laufe meiner langen Soldatenjahre erworben.«

María konnte nicht antworten. Der Mann, der da vor ihr stand, maß über sechs Fuß, er trug lederne Hosen, ein Lederwams und hirschlederne Stiefel, die ihm bis zum halben Oberschenkel reichten. Das wallende, nahezu weiße Haar und der üppige weiße Bart waren von einigen feuerroten Strähnen durchzogen, die sich dem Alter verweigerten. María jedoch sah nur die blasse Linie, die sein Gesicht durchzog und unter dem Bart verschwand. Es war der Mann mit der Narbe, der sie während so vieler Jahre in ihren Albträumen begleitet hatte.

»All diese Waffen«, fuhr Núñez fort, ohne ihre Antwort abzuwarten, »wurden in ehrlichem Kampf erworben. Sie gehörten Feinden, die übel zerschlagen zurückblieben oder zu Boden gingen, um nie wieder aufzustehen. Noch heute vermag ich trotz meiner Jahre – zweiundsiebzig, um genau zu sein – jedem, der sich mir entgegenstellt, die Kehle durchzuschneiden.«

María konnte sich nicht rühren. Ihre Gliedmaßen gehorchten ihr nicht und sie hatte das Gefühl, gleich in Ohnmacht zu fallen. Nach so vielen Jahren stand sie dem Handlanger Doña Isabellas gegenüber. Zum ersten Mal in ihrem Leben bedauerte sie es, eine Frau zu sein. Wäre sie ein Mann gewesen und hätte sie den Umgang mit Waffen beherrscht, sie hätte eines der Schwerter ergriffen, die dort an der Wand hingen, und es ihm mitten ins Herz gebohrt.

»Mein Diener hat mir mitgeteilt, dass Ihr mich zu sehen wünscht«, wechselte der Mann zu seinem Bedauern das Thema. »Darf man erfahren, worum es geht, Doña …«

»… Doña María Esperanza, Äbtissin von Nuestra Señora de Gracia in Madrigal.«

»Nun, Doña María Esperanza, was führt Euch von so weit her in mein Haus?«

»Der Auftrag eines Mannes, der mich auf seinem Totenlager bat, Euch aufzusuchen und Euch diesen Ring zu geben«, antwortete sie und überreichte ihm den Ring.

Núñez nahm das Schmuckstück und untersuchte es eingehend. Er schien es nicht wieder zu erkennen und runzelte die Stirn, während er sich zu erinnern versuchte. Nach einer Weile schnitt er eine Grimasse und entblößte seine alten, gelben Zähne.

»Wie ist das möglich?« Er streifte den Ring über den kleinen Finger seiner linken Hand. »Diesen Ring schenkte ich Pedro de Lara, es mögen gut und gerne dreißig Jahre her sein. Wie ist er in Eure Hände gelangt?«

»Wie ich Euch bereits sagte«, antwortete María mit einer Ruhe, die zu empfinden sie weit entfernt war. Es ekelte sie, dort zu stehen und mit einem Verbrecher zu sprechen. »Eben jener Pedro de Lara übergab ihn mir kurz vor seinem Tod und bat mich, Euch zu sagen, dass er sein Versprechen gehalten habe und Euch in der Hölle erwarte.«

Núñez brach in ein derart schallendes Gelächter aus, dass María glaubte, er werde einen Krampf bekommen.

»Dieser Hurenkerl!«, rief der Mann immer noch lachend aus und klopfte sich auf die Schenkel. »Das passt zu ihm, mich zur Hölle zu wünschen, während er vor die Hunde geht! Er war schon immer ein Großmaul. Und wie kam es, dass er Euren Weg kreuzte?«, fragte er, nun wieder ruhiger. »Mir scheint nicht, dass Ihr an denselben Orten verkehrt.«

»In der Tat, nein. Es war vor über sechs Jahren. Euer

Freund hat uns unterwegs überfallen, um uns auszurauben. Da wir nichts von Wert besaßen, wollte er sich … er wollte sich auf andere Weise entschädigen.«

Erneut hallte das Lachen des Mannes im Saal wider.

»Aus dem großen Fahrensmann ist also ein gemeiner Strauchdieb und Vergewaltiger von Nonnen geworden? Ich hab's ihm vorhergesagt, dass er so enden wird, wir hätten uns beinahe geprügelt. Und wie ist er gestorben?«, fragte er neugierig und sah María aufmerksamer an. »Doch nicht etwa durch Eure Hand?«

»Natürlich nicht«, entgegnete sie empört. »Mit uns reiste ein Soldat des Königs. Die beiden kämpften und Euer Freund war der Unterlegene. Wir begleiteten ihn in seinen letzten Augenblicken und versuchten ihm Trost zu spenden.«

Núñez ging zu den Fenstern, die noch geschlossen waren, und stieß die Läden auf. Durch die Gitterstäbe konnte man das Kommen und Gehen der Leute im Haus beobachten, die ihren Beschäftigungen nachgingen. Der Mann wandte sich wieder María zu.

»Darf ich Euch ein Glas Wein aus unserer Kelter anbieten?«, fragte er unvermittelt. »Ich versichere Euch, dass er von hervorragender Qualität ist. Ein großer Teil unserer Produktion findet sich auf den Tischen des Adels hier und im Ausland wieder.«

»Nein, danke.« Nichts in der Welt würde sie dazu bringen können, ein Glas Wein mit ihm zu teilen. »Ein wenig kaltes Wasser wird genügen.«

Núñez ging zur Tür und öffnete sie.

»Tomasa! Tomasa!«, schrie er aus voller Kehle. »Du verfluchtes Weibsstück! Wo steckst du?«

Kurz darauf betrat eine schwarz gekleidete Frau mit einem

trockenen, gelblichen Gesicht den Saal. Sie war ungefähr in Marías Alter und sah Núñez ähnlich, doch ihre Augen waren traurig und unterwürfig wie die eines Hundes.

»Wo bist du gewesen, du Faulenzerin?«, herrschte ihr Vater sie an und sprach weiter, ohne ihre Antwort abzuwarten. »Nie finde ich dich, wenn ich dich brauche. Bring einen Krug Wasser für die Äbtissin und einen Krug Wein für mich. Und auch ein bisschen Brot und Schinken, denn es ist nicht gut, auf nüchternen Magen zu trinken.«

Bevor Tomasa den Raum verlassen konnte, wandte sich der Mann an María, laut genug, damit die Frau ihn verstehen konnte.

»Das ist meine Tochter Tomasa. Eine alte Jungfer, die mir niemals Enkelkinder schenken wird, aber wer will schon mit ihr ins Bett gehen? Immerhin hat mein Sohn Nuño mir fünf Enkel geschenkt, und das sechste ist unterwegs!«

Tomasa kehrte bald mit dem Erwünschten zurück und ihr Vater beleidigte sie weiter, bis sie wieder gegangen war. María hätte gerne auf der Stelle dieses Haus verlassen, aber der Wunsch nach Erkenntnis, der sie hergeführt hatte, hielt sie zurück. Núñez bot ihr einen Platz an und schenkte sich einen Becher Wein ein, den er in einem Zug leerte, und dann noch einen.

»Pedro de Lara war ein guter Freund«, sagte er wie zu sich selbst. »Zusammen haben wir große Taten vollbracht und große Gefahren bestanden. Gemeinsam waren wir unbesiegbar. Dieser Dummkopf, dieser Hurensohn ...« Er schenkte sich noch einen Becher Wein ein. »Er verliebte sich in die Königin. Mit Königinnen darf man sich nicht einlassen! Das sagte ich ihm, doch er hörte nicht auf mich. Ich liebte sie auch, aber auf andere Weise. Ich liebte sie, weil sie eine einzigartige Frau war. Es gab und gibt keine wie sie, der Verstand eines Mannes im Körper einer Frau. Seht Ihr die Narbe in meinem Gesicht?«

María nickte. Sie hatte sie über dreißig Jahre lang immer wieder nachts gesehen.

»Ich trug sie davon, als ich für sie gegen die Portugiesen kämpfte. Es war in der siegreichen Schlacht von Toro, die das Ende ihrer Feinde besiegelte.«

Den Blick in die Ferne gerichtet, den leeren Becher in der Hand, dachte er an die glorreichen Tage zurück.

»Wenn Ihr mir eine Frage gestattet …«

Trotz des kühlen Wassers brannten Marías Lippen. Núñez führte den Becher zum Mund, und als er merkte, dass er leer war, schleuderte er ihn bis ans andere Ende des Saals und trank direkt aus dem Krug.

»Fragt, wonach Euch der Sinn steht. Ich unterhalte mich gerne, aber in diesem Haus bin ich von Idioten umgeben.«

Die Stimme des Mannes begann zu stocken. María beeilte sich, ihre Fragen zu stellen. Nicht mehr lange und Núñez war besoffen wie ein Fass, und dann würde es unmöglich sein, etwas aus ihm herauszubekommen.

»Da der gute Mann nicht mehr ist«, begann sie so freundlich, wie es ihr möglich war, »bin ich neugierig auf das gehaltene Versprechen, von dem Euch in Kenntnis zu setzen er mir auftrug … War es etwas so Bemerkenswertes, dass es auch nach so langer Zeit noch seine Gültigkeit behält? War dieser kostbare Ring ein Entgelt für seine Erfüllung?«

»Es stimmt, Lara ist tot«, erinnerte sich Núñez, »und mit ihm viele andere Freunde und Gefährten. Auch die machtgierigen Herren, die für oder gegen die Königin kämpften, wie es ihnen gerade passte. Der Markgraf von Villena, Erzbischof Carrillo, der Markgraf von Cádiz … Ein Haufen von Halunken, die an Satans Tafel sitzen werden! Auch

Doña Isabella ist tot, ebenso wie ihre älteste Tochter und ihr Sohn Johann und ihr kleiner Enkel ... Wie viele Tote habe ich in meinem Leben gesehen!«

María wusste nicht zu sagen, ob er dies beklagte oder ob es eine bloße Feststellung war.

»Und der König von Aragón«, fuhr der Mann fort, »denn König von Kastilien war er nie, obgleich man der Gerechtigkeit halber sagen muss, dass er seiner Gemahlin zur Seite stand. Wisst Ihr, dass er vor kurzem gestorben ist?« Die Nonne nickte. »Ganz hier in der Nähe, in Madrigalejo. Es heißt, er sei ein Wrack gewesen, obgleich er zehn Jahre jünger war als ich.«

»Ihr scheint ihn nicht sonderlich zu schätzen.«

»Weshalb sollte ich?« Núñez nahm einen langen Zug aus dem Krug und wischte sich mit dem Handrücken über den Mund. »Die gute Königin war kaum gestorben, als er mich aus seinen Diensten entließ. Zu Lebzeiten Doña Isabellas hätte er das nicht gewagt. Aber nachdem sie nicht mehr war, wollte ich sowieso nicht am Hof bleiben. Außerdem wusste ich zu viel, um meinen Posten behalten zu können.«

»Was wusstet Ihr?«

»Es gibt Dinge, die jemand für die Mächtigen erledigen muss. Dienste, die nach großer Diskretion, Takt und zuweilen auch Kaltblütigkeit verlangen. Ich überbrachte ein geheimes Abkommen mit dem Feind, die gefüllte Börse eines jüdischen Pfandleihers ... oder ich schaffte Personen aus dem Weg, die gefährlich oder einfach nur lästig waren.« Er bemerkte das plötzliche Interesse im Gesicht seiner Gesprächspartnerin und erzählte weiter, stolz, mit seinen Heldentaten prahlen zu können. »Einmal zum Beispiel entführte ich mit meinen Männern eine Frau und ein Mädchen, eine Tochter dieses verfluchten Königs.«

María merkte, wie ihre Hände zu zittern begannen, und musste sich sehr zusammenreißen, um sie unter Kontrolle zu behalten.

»Die Frau war aus Bilbao, eine gottverfluchte Gegend! Der König vergnügte sich während eines Besuches mit diesem Weib und ließ es schwanger zurück. Jahre später erdreistete sich die Dirne, Doña Isabella zu beleidigen, doch Pedro, ich und weitere Männer nahmen uns ihrer und ihres Bastards an.«

»Und das geschah auf Geheiß der Königin?« María hatte einen trockenen Mund und trank einen Schluck Wasser, der ihren Durst nicht löschte.

»Ja und nein«, antwortete Núñez. »Sie befahl, das Mädchen in ein Kloster in Kastilien zu bringen, von der Mutter jedoch sagte sie nichts. Es war meine Entscheidung. Ich konnte sie doch nicht laufen lassen, damit sie überall herumerzählte, was geschehen war! Das Mädchen ließen wir bei den Nonnen, und sie brachten wir in ein Büßerkloster, an einen dieser Orte, wo die Huren und Diebinnen für ihre Sünden büßen, doch vorher tat ich dasselbe mit ihr, was der König mit ihr getan hatte.«

Der Mann lachte und trank erneut. Für einen Moment war María versucht, ihm den Krug ins Gesicht zu schlagen, aber es war wichtiger herauszufinden, wo sich dieses Büßerkloster befand.

»Ich roch nicht so gut wie Don Ferdinand« – Núñez ergötzte sich an der Erinnerung –, »doch als es darum ging, meine Männlichkeit zu beweisen, stand ich ihm in nichts nach. Als wir von ihr abließen, war nicht mehr viel von ihrem Stolz geblieben. Nicht einmal der trägen Tomasa wünsche ich so etwas. Ich nahm Lara das Versprechen ab, niemals ein Wort über sie zu verlieren. Die Königin konnte mit meinen Methoden nicht einverstanden sein! Im Gegenzug für sein Schweigen schenkte ich ihm diesen Ring, den er immer bewundert hatte. Jetzt wird er für immer schweigen, und der Ring ist zu seinem Besitzer zurückgekehrt.«

Er trank den Rest des Kruges aus, und als er aufstieß, roch es nach Wein. María musste sich beinahe erbrechen, aber da war noch eine Frage, die entscheidende.

»Dieses Büßerkloster ...«, sagte sie und versuchte ihre Verachtung zu verbergen, »... befindet es sich in der Nähe von Burgos? Ich kenne eines, das ...«

»Nein, Señora, nein.« María verfolgte mit den Augen die Bewegungen von Núñez' Lippen, hinter denen sich die schmutzige, stinkende Öffnung seines Mundes befand. »Ihr werdet nie darauf kommen ... Es ist in Madrigalejo!« Er lachte wild auf. »Dort, wo der Teufel vor ein paar Wochen den König holte!«

María erhob sich wie von einer fremden Macht gelenkt und verließ den furchtbaren Raum, ohne sich noch einmal umzublicken. Sie war schon draußen, als sie Núñez unflätig fluchen hörte, weil sie ihn so unhöflich hatte sitzen lassen. Dann rief er lautstark nach seiner Tochter. Die Dienstboten sahen sie verdutzt an, als sie eilig den Innenhof durchquerte und zum Eingangstor ging. Der glatzköpfige Diener, der nicht wusste, weshalb sein Herr so brüllte, wollte sich ihr in den Weg stellen, doch sie stieß ihn beiseite und trat auf die Straße hinaus, und ohne einen einzigen Blick zurück wies sie Luis an loszufahren.

Sie verbrachten die Nacht in der Herberge an der Plaza de Guadalupe. Sie wollte nicht in einem der Klöster nächtigen, um nicht den Grund für ihren Aufenthalt in Trujillo erklären zu müssen, und außerdem wollte sie mit niemandem sprechen. Der Gedanke, dass der Hüne mit der Narbe nach ihr suchen lassen könnte, raubte ihr den Schlaf, doch es geschah nichts. Er wird heillos betrunken sein, überlegte sie. Sie hatte ihm nicht gesagt, wer sie war, obwohl sie während des Gesprächs daran gedacht hatte. Doch dann hatte sie beschlossen, dass dieser Teufel nicht einmal das verdiente.

Noch vor Tagesanbruch waren sie auf dem Weg zu dem Dorf Miajadas, einige Meilen südlich von Trujillo, und von dort ging es weiter nach Madrigalejo. Als sie ankamen, ging gerade die Sonne unter. Die Kälte aus der nahen Sierra kroch ihnen in die Knochen, und feiner Reif begann sich auf die Felder zu legen. María fragte einen Bauern nach dem Büßerkloster. Der Mann sah sie überrascht an.

»In Madrigalejo gibt es keine Klöster«, antwortete er trocken. Nun war die Überraschung an ihr.

»Ich fürchte, du hast mich nicht recht verstanden, guter Mann«, beharrte sie. »Es muss ein Büßerkloster hier geben.«

»Und ich sage Euch noch einmal, dass es hier kein Kloster gibt«, erwiderte der Mann ungeduldig. »Vielleicht in Navalvillar oder Miajadas, aber hier nicht.«

Der Mann war starrköpfig. Er schien nicht erfreut darüber zu sein, dass man ihn bei der Arbeit unterbrochen hatte, wo es doch nicht mehr lange war bis Sonnenuntergang, doch María war nicht bereit, sich geschlagen zu geben.

»Es ist ein Frauenkloster.«

Der Bauer sah sie unfreundlich an und dachte kurz nach, bevor er antwortete.

»In Madrigalejo gibt es lediglich einen Frauenkerker,

aber das ist kein Kloster«, beharrte er, bevor er wieder nach der Hacke griff. »Den gibt es.«

María war sprachlos. Ein Frauenkerker … Man hatte ihre Mutter in einen Frauenkerker gebracht, wie eine Verbrecherin, die die schlimmste Strafe verdiente.

»Wo befindet sich dieser Kerker?«, fragte sie weiter.

Der Mann warf ihr einen wütenden Blick zu, doch etwas in den Augen der Äbtissin brachte ihn dazu, seinen Ton zu ändern, und er wies ihnen einigermaßen freundlich den Weg.

María wollte auf direktem Wege dorthin, aber Luis machte ausnahmsweise einmal den Mund auf und riet ihr, bis zum nächsten Tag zu warten. Nach Einbruch der Dunkelheit würde es sehr schwierig werden, eine Unterkunft für die Nacht zu finden. Niemand würde ihnen die Tür öffnen. Sie nahm den Rat an, und sie machten sich auf den Weg ins Dorf, wo sie Aufnahme im Hause einer Witwe fanden. Doña Gracia setzte alles daran, ihnen den Aufenthalt so angenehm wie möglich zu machen.

»Esst! Greift zu!«, ermunterte sie ihre Gäste. »Nach einer so langen Reise müsst Ihr hungrig sein. Es gibt nichts Besseres als einen guten Eintopf, um wieder zu Kräften zu kommen.«

Sie hatten großen Hunger. Seit ihrer Abfahrt aus Trujillo hatten sie nichts mehr gegessen, und die dicke Suppe aus Gemüse und Linsen schien ihnen die köstlichste Speise, die sie je in ihrem Leben gekostet hatten.

Die Frau war von geschwätzigem Naturell und die unerwarteten Gäste dünkten sie ein Geschenk des Himmels.

»Ich weiß nicht, ob Ihr davon gehört habt«, begann sie das Gespräch, nachdem sie die Teller abgetragen und einen halben Laib Schafskäse, Quittengelee, Brot und Wein auf den Tisch gestellt hatte, »aber erst kürzlich ist König Ferdinand just an diesem Ort verstorben.«

»Hier in diesem Haus?«, fragte María überrascht.

»Nicht direkt in diesem Haus, es wäre zu bescheiden gewesen für eine so hohe Persönlichkeit. Der König wohnte bei Meister Hernando de la Encina, an der Plaza«, erklärte die Frau. »Ein wirklich schönes Haus. Früher einmal war es ein Palast oder dergleichen, glaube ich. Es hat ein wenig an Glanz verloren, doch es ist ein mächtiges Gebäude mit dicken Mauern. Don Hernandos Vater war ein Ritter des Calatrava-Ordens, der an der Seite des verstorbenen Königs Heinrich auf dem Schlachtfeld gegen die Sarazenen kämpfte. Und sein Großvater …«

Sie liefen Gefahr, sich den ganzen Stammbaum der Familie de la Encina anhören zu müssen. María unterbrach ihre Gastgeberin liebenswürdig.

»Ihr sagtet, unser König Don Ferdinand sei in Madrigalejo gestorben …«

»So ist es, Euer Gnaden. Der Ärmste! Ein trauriger Anblick!«

»Hattet Ihr Gelegenheit, den König zu sehen?«

»Nein, ich persönlich nicht«, musste die Frau zu ihrem großen Bedauern eingestehen, »aber unser Pfarrer Don Elmiro. Als er von der Erkrankung des Königs erfuhr, wurde er im Haus der de la Encinas vorstellig, für den Fall, dass seine Anwesenheit in diesen tragischen Stunden vonnöten sein sollte. Und wisst Ihr was?« Doña Gracia machte eine Pause, um ihre Zuhörer auf die Folter zu spannen. »Der König verweigerte die Beichte! Nicht einmal sein eigener Beichtvater und Kaplan, der sich in seinem Gefolge befand, durfte sich seinem Lager nähern.«

Marías Staunen kannte keine Grenzen. Ihr Vater, dem

Papst Borgia den Titel *der Katholische* verliehen hatte, sollte im letzten Augenblick seines Lebens die Beichte abgelehnt haben? Sie konnte nicht glauben, was sie da hörte.

»Seid Ihr Euch da gewiss?«, fragte sie die Witwe.

»So gewiss, wie ich gerade mit Euch spreche«, antwortete Doña Gracia. »Don Elmiro war ein Vetter meines verstorbenen Mannes – Gott sei seiner Seele gnädig! – und ich bin wie eine Schwester für ihn. Er selbst erzählte mir, was in jener Nacht geschah. Der König lag im Sterben, doch die Bitten seiner Edelleute, er möge einer Beichte zustimmen und die heiligen Sakramente empfangen, blieben vergeblich. Er wollte nichts davon wissen, und beim Anblick der Gewänder seines Kaplans und meines Vetters riss er entsetzt die Augen auf. Er befahl ihnen, unverzüglich das Zimmer zu verlassen. Im Morgengrauen starb er, alleine, ohne die Gebete, die einen Todkranken stärken, der seine letzte und längste Reise unternimmt, und ohne die Absolution erhalten zu haben.«

Sie schwiegen. María dachte traurig, dass ihr Vater nicht den nötigen Mut gehabt hatte, sich dem Tod zu stellen. Der Mann, der siegreich aus tausenden Kämpfen hervorgegangen war, der mutige Kriegsherr, beneidet und gefürchtet von den tapfersten Soldaten, war Gott geflohen wie ein Feigling. Gerne hätte sie geglaubt, dass es nicht Angst gewesen war, sondern Empörung, die ihn zu seiner Weigerung bewegt hatte. Empörung darüber, dass er nicht mehr auf der Welt sein würde, um die Geschicke seiner Untertanen zu lenken und nach Belieben Allianzen und Bündnisse einzugehen und wieder zu brechen; darüber, dass er nicht länger die wichtigste Figur in dem Schachspiel sein würde, das er selbst aufgestellt hatte.

»Mir wurde gesagt«, wechselte sie das Thema, »dass es

hier einen Frauenkerker gibt und kein Büßerkloster, wie ich ursprünglich dachte.«

»Nun, den gibt es tatsächlich. Vor langer Zeit gab es hier ein Nonnenkloster. Dorthin schickte man Frauen mit einem schlechten Lebenswandel. Ihr versteht …« Doña Gracia zwinkerte verschwörerisch: »Dirnen und Diebinnen, aber auch untreue Ehefrauen oder unfolgsame Töchter, deren Familien sie auf den rechten Weg bringen wollten. Ihr wisst schon …«

María wusste nichts, aber sie wartete geduldig, dass die Frau fortfuhr.

»Die Nonnen sind weggegangen, warum, weiß ich nicht, und die weltliche Macht hat das Kloster übernommen und in einen Kerker verwandelt.«

»Und wann war das?«

»Oh, vor vielen Jahren schon. Ich war noch ein junges Mädchen, als die Nonnen das Kloster verließen und es zu dem wurde, was es heute ist. Jedenfalls«, fuhr die Frau fort, erfreut, im Mittelpunkt der Aufmerksamkeit zu stehen, »werden dort nach wie vor Frauen mit schlechtem Lebenswandel eingesperrt. Es ist kein angenehmer Anblick, das könnt Ihr mir glauben. Wir Frauen aus dem Dorf gehen manchmal hin, um ihnen Essen und Kleidung zu bringen, ich weiß genau, wovon ich spreche.«

»Kann man diesen Ort besuchen?«

»Nichts leichter als das«, antwortete die Witwe. »Der Dorfschulze ist mein Schwager. Ich selbst kann Euch begleiten, obgleich ich nicht verstehe, weshalb Ihr einen so traurigen, elenden Ort sehen wollt. Es gibt wesentlich schönere Plätze in Madrigalejo.«

María gab ihr keine Erklärungen, sondern beschränkte sich darauf, sich von ihr zu verabschieden, nicht ohne zuvor ausgemacht zu haben, wann sie am nächsten Tag zu dem ehemaligen Kloster aufbrechen würden.

Es gab tatsächlich keine Schwierigkeiten. Der Dorfschulze erklärte sich bereit, sie höchstpersönlich hinzubringen, derweil seine Schwägerin auf ein Schwätzchen bei seiner Frau blieb. Sie bekamen nicht viel Besuch, und die Anwesenheit einer Äbtissin war ein Ereignis für ihn.

»Euer Gnaden werden sehen, dass alles in bester Ordnung ist«, erklärte er, während er sie durch die Einrichtung führte. »Den Frauen, die sich unter meiner Obhut befinden, mangelt es weder an Essen noch an Reinlichkeit.«

María fragte sich, was dieser Mann unter Reinlichkeit verstand. Unzählige Ratten huschten in aller Seelenruhe über den Hof und erlaubten sich sogar ein Sonnenbad, die rosigen Bäuche nach oben gereckt. Das Wasser im Brunnen roch faulig. Dort, wo einmal der Garten des Kreuzgangs gewesen sein musste, war nur noch ein staubiges Geviert, und überall häufte sich der Unrat. Sie sagte nichts und ließ sich weiter führen.

Grüppchen schwatzender Frauen standen herum. Wenn María und der Dorfschulze vorbeikamen, verstummten ihre Gespräche. »Na, Bürgermeister!«, rief eine zahnlose Frau, deren Haar ein Wust fettiger Strähnen war. »Sperrt man nun schon die Nonnen zu den Huren?«

»Halt dein lästerliches Maul oder du bekommst meine Peitsche zu schmecken!«, erwiderte der Mann und legte drohend die Hand auf die Peitsche, die an seinem Gürtel hing. Dann entschuldigte er sich: »Sie sind nicht alle so, Euer Gnaden. Wir haben hier Frauen aller Art, aber ich versuche, sie gemäß ihrer Vergehen zu trennen.«

»Und welche Vergehen sind das?«, fragte sie und gab sich Mühe, freundlich zu erscheinen.

»Gott sei Dank haben wir keine Verbrecherinnen darunter. All diese Unglücklichen sind hier, weil sie sich anstößig verhalten haben. Die meisten sind Dirnen, die auf frischer Tat ertappt wurden. Sie werden eine Weile hier bleiben, bevor sie wieder gehen können. Andere wurden wegen Untreue, Ungehorsam, Verleumdung und ähnlichem von Gesetz wegen verurteilt oder weil sie ihr Zuhause verlassen haben.«

Je länger sie, verfolgt von den Blicken der Gefangenen, zwischen Unrat und Ratten umherwanderten, desto größer wurde Marías Empörung. Einige der Frauen zeigten deutliche Anzeichen von Wahnsinn.

»Müssen sie für den Rest ihres Lebens hier bleiben?«

»Oh, nein!«, rief der Mann. »Mit Ausnahme der Dirnen und Verleumderinnen, die den Tribunalen der Justiz unterstehen, können sie gehen, sobald ihre Familien sie wiederhaben wollen. Ihr Aufenthalt hier ist eine Strafe, damit sie ihr schlechtes Verhalten bereuen. Sie dürfen nach Hause zurück, wenn ihre Verwandten ihnen vergeben, was in der Regel geschieht.«

Der Dorfschulze war von seinen Worten überzeugt.

»Und wenn niemand sie zurückhaben will?«

»Das kommt selten vor.« Der Mann wirkte verwirrt. »Nach einigen Monaten, längstens einem Jahr werden sie abgeholt.«

»Und falls niemand kommt?«, beharrte María.

»Dann bleiben sie hier. Wir haben einige wenige solcher Fälle, und die waren alle schon hier, als ich das Haus übernahm«, versuchte er sich zu rechtfertigen.

María beschloss, dass der Zeitpunkt gekommen war, ihm den Grund ihres Besuches zu eröffnen.

»Vor vielen Jahren, im Jahre 1484, wurde eine Frau namens Toda de Larrea hierher gebracht. Ihre Sünde bestand darin, eine uneheliche Tochter bekommen zu haben. Ich möchte wissen, was aus ihr geworden ist, ob sie noch lebt oder gestorben ist.«

Ihre Stimme verriet nichts von der starken Erregung, die sie in diesem Augenblick empfand, sie klang gelassen, zu gelassen vielleicht. Der Dorfschulze runzelte die Augenbrauen und wollte antworten, doch dann besann er sich anders und lächelte.

»Das ist über dreißig Jahre her«, war alles, was er sagte.

»Zweiunddreißig, um genau zu sein. Könnt Ihr mir etwas über die Angelegenheit sagen?«

»Nun … wisst Ihr …« Der Mann zögerte, bevor er weitersprach. »Ich war damals natürlich noch nicht für dieses Haus verantwortlich, und die wenigen Archive, die wir besaßen, sind bei einem Brand vor einigen Jahren verloren gegangen. Ich kann Euch indes versichern, dass es keine Gefangene mit dem Namen …«

»… Toda de Larrea.«

»Nein, es gibt hier niemanden dieses Namens. Ihr werdet verstehen, dass viel Zeit vergangen ist, und vielleicht wurde diese Toda zurückgeholt oder ist gestorben.«

Niemand aus ihrer Familie hatte sie zurückgeholt, ganz einfach deshalb, weil sie nicht gewusst hatten, wo sie sich befand. So bestätigten sich Marías Befürchtungen. Ihre Mutter war fern der Heimat und fern der Ihren gestorben, weil sie das Unglück gehabt hatte, von einem König begehrt und danach vergessen worden zu sein. Sie seufzte tief.

»Gibt es niemanden, der mir etwas über sie erzählen könnte?«, fragte sie ohne große Hoffnung.

»Es ist schwierig, worum Ihr da bittet, Señora, allerdings … es gibt da eine Gefangene, glaube ich mich zu erinnern, die schon hier war, als ich kam. Vielleicht kann sie Euch etwas sagen.«

Er führte sie durch einige enge Gänge zu einem kleinen, dunklen Verschlag, in dem es nach Urin und Exkrementen stank. Durch eine enge Luke drang nur ein schwacher Lichtstrahl. María schauderte es und sie machte eine unwillige Miene, die nicht unbemerkt blieb.

»Aldonza ist verrückt«, entschuldigte sich der Dorfschulze. »Wir müssen sie hier einsperren, denn als sie das letzte Mal in den Hof kam, versuchte sie sich in den Brunnen zu stürzen. Wir können nicht zulassen, dass sie sich umbringt. Das ist gegen Gottes Gesetz und das unserer heiligen Mutter Kirche.«

María sagte nichts zu der letzten Bemerkung des Kerkermeisters. Eine merkwürdige Theorie war das, die es einem Menschen verbot, sich das Leben zu nehmen, aber nichts dagegen einzuwenden hatte, dass man ihn unter schlimmeren Bedingungen gefangen hielt als ein wildes Tier! Es dauerte eine Weile, bis sich ihre Augen an das Halbdunkel gewöhnt hatten. Sie erkannte einen Körper, der reglos auf einer Schütte schmutzigen Strohs in einer Ecke des elenden Lochs lag.

»Aldonza!«, rief der Dorfschulze. »Du hast Besuch!«

Kurz darauf stand eine Greisin unbestimmten Alters vor María. Trotz des wirren Haars, das ihr Gesicht verdeckte, und der Schmutzschicht auf ihrer Haut waren noch immer Spuren ihrer früheren Schönheit zu erkennen. Sie war sehr dünn und roch schlecht. Ihre Kleidung bestand aus Lumpen unbestimmbarer Farbe, die Füße waren mit schmutzigen Stofffetzen umwickelt.

»Schickt dich mein Vater her? Bist du gekommen, um mich hier herauszuholen?« Es war mehr eine Bitte als eine

Frage. »Ich habe lange auf dich gewartet ... Ich verspreche, alles zu tun, was er und seine Frau wollen. Ich werde nie mehr widersprechen. Ich werde nicht sagen, dass sie eine Diebin ist und ihr Sohn ein Geier.« Sie umklammerte Marías Hände. »Bitte bring mich von hier fort!«

Die Worte der armen Frau waren ein verzweifeltes Klagen, das María die Haare zu Berge stehen ließ. Der Dorfschulze erlaubte ihr, sie ans Tageslicht zu bringen, und sie spazierten durch den Hof, verfolgt von den neugierigen Blicken der übrigen Gefangenen. Aldonza hatte Schwierigkeiten, das grelle Sonnenlicht zu ertragen, und schlug die Hände vor die Augen. Ihr Wahnsinn war die Folge der endlosen Gefangenschaft. Sie konnte nicht normal denken, doch an die Gründe, die sie an diesen furchtbaren Ort gebracht hatten, erinnerte sie sich genau.

Sie war die einzige Tochter aus der ersten Ehe ihres Vaters und hatte von ihrer Mutter ein großes Vermögen in Asturien geerbt. Der Vater hatte wieder geheiratet, eine Witwe, die ihrerseits einen Sohn hatte, der älter war als sie. Sich einen Überblick zu verschaffen und zu beschließen, dass die Reichtümer ihrer Stieftochter ihrem Sohn gehören sollten, war eines. Aldonzas jugendliche Schwärmerei für einen Bediensteten des Hauses bot der intriganten Frau die erhoffte Gelegenheit. Sie überzeugte ihren Mann davon, sie in eine Besserungsanstalt zu schicken. Alles Bitten und Weinen des Mädchens nützte nichts. Es wurde in das Büßerkloster in Madrigalejo gesteckt, so weit von zu Hause weg wie nur möglich, und dann vergessen.

»Aldonza, erinnerst du dich an ein junges Mädchen namens Toda?«, fragte María, die Hoffnung schöpfte ob der Klarheit, mit der Aldonza ihre Geschichte erzählt hatte. »Sie war so jung wie du, als sie hierher kam.«

»Ich erinnere mich an niemanden dieses Namens«, antwortete die Frau, während sie einen Schmetterling zu fangen versuchte, der sich in den Hof verirrt hatte, in dem es weder Blumen noch Pflanzen gab. »Wer war sie?«

»Ein Mädchen, das eine Tochter bekam, ohne verheiratet zu sein.«

»Ich habe keine Tochter«, stotterte die arme Frau verängstigt. »Meine Mutter starb, als ich noch klein war, und dann brachte man mich hierher.«

»Ich weiß, meine Gute, beruhige dich. Ich werde alles tun, um dich hier herauszuholen, aber erinnerst du dich an Toda?«, versuchte sie es erneut.

»Ich erinnere mich an niemanden. Nur an meinen Vater und meine Mutter. Hat dich mein Vater geschickt, um mich zu ihm zu bringen?«

María sank der Mut. Die arme Frau erinnerte sich nur an das, was in ihrer Jugend geschehen war. Keine Erinnerung an all die Jahre ihrer Gefangenschaft, an ihr ganzes Leben. Sie wollte sich nicht erinnern. María wollte schon gehen, als die Alte sie plötzlich heftig am Arm packte.

»Ich habe eine Freundin, weißt du?«, sagte sie aufgeregt. »Sie lassen mich nicht zu ihr, aber immer wenn ich kann, entwische ich ihnen und gehe sie besuchen. Komm mit!«

María ließ sich von der Verrückten zu der ehemaligen Klosterkirche ziehen. Das Dach war halb verfallen, einige Sparren waren nach unten gestürzt und hatten die wenigen noch vorhandenen Fliesen zerbrochen. Alles war staubig und voller Unkraut und überall hatten die Ratten ihre Nester. María hatte schon immer gefunden, dass es nichts Trostloseres gab als ein verlassenes Gebäude, und dieses hier war völlig verwahrlost.

Die Frau führte sie zu einer Seitenkapelle und schob sie

zu einem schlichten, schmucklosen Grab, das halb in die Wand eingelassen war. Die Kanten waren zerbrochen und es war von einer dicken Staubschicht bedeckt.

»Da ist meine Freundin«, sagte Aldonza und fügte in vertraulichem Ton hinzu: »Sie ist tot.«

Traurig und entmutigt verließ María den Kerker. Doña Gracia und sie gingen langsam zurück und genossen die warmen Mittagsstunden. Ohne etwas auf Marías Schweigen zu geben, schwätzte ihre Begleiterin ohne Unterlass und erzählte ihr von Ereignissen aus Madrigalejo, die der Äbtissin völlig gleichgültig waren. Doch dann sagte die geschwätzige Frau etwas, das María aufhorchen ließ.

»Einmal ist sogar ein Verbrechen in unserem Dorf passiert …«

»Ein Verbrechen?«

»Ja. Ich war damals noch ein Kind, aber ich kenne die ganze Geschichte, weil die alten Leute sich alle noch daran erinnern und gelegentlich darüber sprechen. Eines Nachts kam ein Trupp bewaffneter Männer und quartierte sich in einem verlassenen Haus ein. Es waren rohe, gewalttätige Soldaten. Ihr Johlen und ihre Flüche waren im ganzen Dorf zu hören und die Leute versperrten ängstlich ihre Türen, die sonst immer offen stehen. Sie tranken bis zum Morgengrauen, erst dann wurde es still. Trotzdem wagte sich niemand aus dem Haus, aus Angst, einem von ihnen zu begegnen. Später am Vormittag war erneut lauter Tumult aus dem Haus zu vernehmen, offensichtlich stritten sie sich …«

Doña Gracia warf María einen Blick zu, um sich in dem Interesse zu sonnen, das sie geweckt hatte.

»Fahrt fort, ich bitte Euch«, bat diese.

»Nach einigen Minuten kam einer der Männer heraus und ging zum Haus des Dorfschulzes. Er blieb eine Weile dort, dann gingen die beiden zu dem leer stehenden Haus. Offenbar hatte einer der Soldaten eine Frau erwürgt.«

»Eine Frau aus Madrigalejo?«, fragte María, obwohl sie die Antwort im Voraus wusste.

»Aber nein!«, rief Doña Gracia beleidigt. »Sie war nicht von hier. Es war ein junges Mädchen, das mit ihnen gekommen war. Eine Hure, nehme ich an.«

Hätte sich ein Dolch in Marías Fleisch gebohrt, der Schmerz hätte nicht schlimmer sein können als der, den sie in diesem Augenblick empfand.

»Was geschah dann?«

»Offenbar waren die Männer Soldaten der Königin und ihr Anführer ein Vertrauter der Monarchin. Man erfuhr nicht genau, was vorgefallen war, und niemand hatte ein Interesse daran, es herauszufinden. Weder der Dorfschulze noch der Pfarrer verloren ein Wort darüber – falls sie etwas wussten. Es war besser, sich nicht in Angelegenheiten einzumischen, die einen nichts angingen.«

»Aber was geschah danach?«, María war kurz davor, die Geduld zu verlieren. »Was geschah mit der Leiche?«

»Ihr meint das unglückliche Mädchen? Sie wurde natürlich beerdigt.«

»Wo?«

Doña Gracia sah sie an, erstaunt, wie viel der Äbtissin an diesem Detail lag. Was konnte es eine Nonne interessieren, wo vor so langer Zeit eine unbekannte Tote begraben worden war?

»Im Kloster«, antwortete sie.

»In welchem Kloster?«, drängte María.

»Na, im Büßerkloster natürlich. Ein anderes gab es nicht. Man konnte sie ja nicht in der Kirche neben den Familien aus dem Ort beisetzen, weil sie eine Fremde war. Die Soldaten brachten die Leiche zum Kloster, und wie man sich erzählte, bezahlten sie die Nonnen sehr gut, damit sie ihr ein anständiges Grab gaben. Und da liegt sie noch heute.«

María ließ Doña Gracia mitten auf dem Weg stehen, machte kehrt und ging raschen Schrittes zum Kloster zurück. Sie antwortete nicht auf die Fragen des Dorfschulzen, in dessen Gesicht die Überraschung geschrieben stand, sie wieder zu sehen, und ging zu der verfallenen Kirche, gefolgt von dem Mann, der herauszufinden versuchte, weshalb sie zurückgekommen war, und sie unablässig mit Fragen überschüttete. Sie ging geradewegs zu der kleinen Kapelle, in der sie mit Aldonza gewesen war, und säuberte die Grabplatte mit ihrem Habit. Sie spürte, wie ihre Knie nachgaben, und musste sich an einer der zerbrochenen Kanten festhalten. In den Stein waren klar und deutlich ein Name und ein Datum eingemeißelt: *Toda* V. X. MCDLXXXIV. Endlich hatte sie ihre Mutter gefunden, nach der sie ein Leben lang gesucht hatte.

Zurück in Madrigal schrieb sie Inés und Gonzalo von ihrer Entdeckung und bat sie, das Notwendige zu veranlassen, um die Gebeine ihrer Mutter in die Familiengruft in San Antón zu überführen. Toda de Larrea würde nach Hause zurückkehren und neben den Ihren in Bilbao ruhen, umgeben von grünen Bergen und gewiegt vom Rauschen des Nervión, das sie so sehr vermisst haben musste.

Sie bat die beiden außerdem, Aldonza von diesem grauenvollen Ort wegzubringen. Sie war sich sicher, dass sie einen geeigneteren Platz finden würden, an dem man sich in der Zeit, die ihr noch zu leben blieb, um sie kümmerte und ihr die Liebe angedeihen ließ, die man ihr so grausam genommen hatte.

Madrigal, Herbst 1538

Mehr als zwanzig Jahre waren vergangen, seit Ferdinand *der Katholische* gestorben war und María die Gebeine Toda de Larreas gefunden hatte.

Nicht lange nach jenen Ereignissen war Karl aus Flandern gekommen, um im Namen der Königin die Herrschaft über Kastilien auszuüben. Er ließ sich König nennen, doch im Grunde war er weiterhin der Thronfolger, denn Doña Johanna war am Leben. Zwar wahnsinnig, aber sie lebte und würde bis zu ihrem Tod die rechtmäßige Königin bleiben. Nach dem Tod seines Großvaters Maximilian wurde Karl zum mächtigsten Herrscher der Christenheit. Sein Herrschaftsgebiet erstreckte sich über halb Europa und reichte bis Westindien. Nie hätte sich sein Großvater Ferdinand träumen lassen, dass sein Nachfahre über eine solche Macht verfügen würde.

Einige Jahre später bekam María Gelegenheit, ihren Neffen kennen zu lernen. Sie hatte es sich zur Gewohnheit gemacht, einmal im Jahr nach Tordesillas zu reisen, wo sie einige Tage im Kloster der Augustinerinnen blieb und ihre Schwester Johanna besuchte. Stundenlang betrachtete sie die unglückliche Königin. Wenn sie die Augen schloss, sah sie das schlanke junge Mädchen von dem Porträt, das lachend und auf der Laute spielend durch die weiten Säle des Schlosses von Medina lief. Sie nahm ihre Hand, und zum Erstaunen ihrer Zofen wehrte Johanna nicht wie sonst die zärtliche Geste ab, die ihr ein wenig Wärme und Liebe vermitteln wollte.

Eines Tages betrachtete sie von der Klostermauer aus die Landschaft, als sie einen prächtig gekleideten Mann mit einem kleinen Gefolge vornehmer Herren und Damen herannahen sah. Er trug ein weißes, mit Gold und Silber besticktes Wams, dazu passende Beinkleider, und auf dem Kopf ein gleichfalls weißes, ausladendes Samtbarett, an dem zwei Straußenfedern wippten. Er hatte ein angenehmes Gesicht, auch wenn der Kiefer ein wenig zu weit vorstand. Diesen verbarg er unter einem Bart, der ihn älter machte, als er war und den sämtliche seiner Begleiter kopiert hatten.

»Der Friede sei mit Euch«, grüßte er sie.

»Und mit Euch, Hoheit«, antwortete sie und neigte leicht den Kopf.

»Ihr habt mich erkannt?«, fragte er erstaunt und geschmeichelt.

»Wie sollte ich nicht, Hoheit?«, erwiderte sie, erheitert über seine Naivität. »Euer Antlitz prangt auf allen Münzen und Euer Bildnis hängt allerorten.«

»Ihr seid keine Klarisse«, sagte Karl mit einem Blick auf ihren schwarzen Habit, der sich von dem weißen des Klarissenordens unterschied.

»In der Tat, das bin ich nicht. Ich gehöre dem Orden der Augustinerinnen an.«

»Und dürfen Wir erfahren, was Euch hierher geführt hat?«

»Ich bin gekommen, um die Königin zu sehen, Euer Hoheit. Ich verbringe jedes Jahr einige Tage in Tordesillas und besuche Eure Mutter.«

Der junge König runzelte die Stirn. Er hatte die Markgrafen von Denia, die mit der Bewachung der Königin betraut waren, angewiesen, dass kein Fremder Johanna ohne seine Einwilligung sehen dürfe. Er erinnerte sich nicht, einer unbekannten Ordensfrau eine solche Erlaubnis erteilt zu haben.

»Und wer seid Ihr, dass Ihr Unsere Mutter ohne Unsere Zustimmung besucht?« Sein Ton war arrogant geworden.

María hob den Kopf – sie war fast so groß wie er – und sah ihm direkt in die Augen.

»Ich bin Doña María Esperanza de Aragón, Äbtissin des Klosters Nuestra Señora de Gracia in Madrigal und Königin Johannas Schwester väterlicherseits.«

Karl riss erstaunt die Augen auf, und für einen Moment wurde aus dem König ein junger Bursche, der gerade von einer unerwarteten Nachricht überrascht wird. Auf eine Handbewegung von ihm zogen sich seine Begleiter einige Schritte zurück. María und Karl unterhielten sich lange, während sie durch die Gärten des Klosters wandelten. Der König beherrschte das Kastilische nur ungenügend. Obwohl er alle Macht der Welt hatte, war er doch nur ein junger Mann, der fernab von Kastilien mit anderen Gebräuchen und in einer anderen Sprache erzogen worden war. Er hatte noch nicht seinen Platz bei seinen Untertanen gefunden und sehnte sich nach den Jahren in Flandern zurück, nach der erlesenen, ausgelassenen Atmosphäre am Hof seines Großvaters Maximilian. Er verabschiedete sich mit einem herzlichen »liebe Tante« von ihr, das sie mit Freude erfüllte. Als sie ihn mit seiner Entourage davongehen sah, musste sie daran denken, was man sich über ihn erzählte.

In einem lichten Moment hatte Doña Johanna klargestellt, dass sie die alleinige Königin war und ihr Sohn nur der Infant, solange sie lebte. Viele hatten geglaubt, der junge Kronprinz werde das qualvolle Kerkerleben seiner Mutter erleichtern, doch er hatte es im Gegenteil noch verschlimmert, indem er die Markgrafen von Denia mit ihrer Bewachung betraute. Alle Bediensteten im Palast wussten, dass die Markgrafen die Königin demütigten, wo es nur ging, doch Karl hatte sich taub gestellt gegenüber den vielen Bitten, etwas an der Situation zu ändern.

María hatte auch festgestellt, dass sich Doña Johannas Ausstattung seit ihrem ersten Besuch merklich verschlechtert hatte. Man sah kaum noch kostbare Stücke in den Räumen. An die Stelle der massiven Silberleuchter waren solche aus Bronze getreten, einige der von berühmten Künstlern signierten Gemälde waren durch andere, minderwertigere ersetzt worden. Die mit Edelsteinen verzierten Kreuze und Retabeln an den Wänden waren ebenso verschwunden wie die kostbaren Teppiche in den Salons. Übrig geblieben waren einige Porträts sowie Bücher, deren größter Wert in ihrem Inhalt bestand, denn solche mit schönen Illustrationen, goldenen Schließen oder juwelenbesetzten Einbänden waren ebenfalls abhanden gekommen.

Von einer der Nonnen, mit der sie sich während ihrer Besuche befreundet hatte, erfuhr María, dass sich Don Ferdinand während seiner einzigen drei Besuche in zehn Jahren einige wertvolle Stücke aus dem Besitz Doña Johannas angeeignet hatte; gleiches galt für seine zweite Frau Germaine. Auch Karl und seine Gemahlin hatten sich bereichert, und sogar Katharina, die geliebte Tochter, hatte eine beträchtliche Anzahl an Kleinodien ihrer Mutter an sich genommen. Offenbar hatte der König beschlossen, die Mitgift seiner Schwester aus den Schatullen der Königin zu bestreiten, der diese aufgrund ihres Zustands von geringem Nutzen sein würden.

»Sie nahmen auch einen großen Teil von Doña Johannas Schmuck«, ließ ihre Vertraute sie wissen. »Damit Johanna ihr Fehlen nicht bemerke, füllten sie die Schmuckschatullen mit Steinen. Doch die Königin hat es sehr wohl bemerkt.«

»Und was hat sie getan?«

»Nichts. Als ihr jemand zu verstehen gab, dass es ihr eigener Sohn gewesen sei, der sie an sich genommen habe, sagte sie nur, dass das Ihre auch ihm gehöre. Wenn Ihr meine Meinung hören wollt: Unsere Herrin ist bei viel größerem Verstand, als viele annehmen.«

María erinnerte sich, dass die Königin trotz ihres Wahnsinns niemals etwas getan hatte, was ihren Mann, ihren Vater oder ihren Sohn in Schwierigkeiten hätte bringen können. Als die Comuneros während des Aufstands der Comunidades Tordesillas besetzten, hatte sie nicht einmal eingewilligt, ein Dokument zu unterzeichnen, das ihr die Freiheit wiedergegeben hätte. Die Männer, die sie am meisten geliebt hatte, hatten ihr ihre Loyalität gedankt, indem sie Johanna übergingen, einsperrten und alles daransetzten, dass das Volk ihren Namen und ihre Existenz vergaß.

»Wie der Vater, so der Sohn, und wie der Großvater, so der Enkel«, sagte sich María, bevor sie ging.

Die Zahl der Nonnen und Novizinnen im Kloster von Madrigal war stetig angestiegen. Ihr geliebtes Haus wurde zu klein. Sie hatten nicht genügend Platz, um alle unterzubringen, und das Zusammenleben begann schwierig zu werden. Vom Turm aus, auf den sie immer noch hinaufstieg, um nachzudenken und die Abenddämmerung zu betrachten, konnte María die Dächer des Palasts König Johanns sehen, des Zweiten seines Namens. Er war unbewohnt. Das herrliche Bauwerk, das einmal der Mittelpunkt des kastilischen Hofes gewesen war, war verschlossen und drohte zu verfallen.

Kurz nach ihrer ersten und einzigen Begegnung mit dem

Thronfolger traf María einen Entschluss. Sie schrieb an ihren Neffen und bat ihn, ihnen den Palast zu überlassen, um dort ein neues Kloster zu gründen. In die Gebäude, die zu Lebzeiten seiner Urgroßeltern und Großeltern mütterlicherseits solchen Glanz verbreitet hatten, würde wieder Leben einkehren, und die Nonnen würden jeden Tag für ihr Seelenheil beten. Die Antwort ließ nicht lange auf sich warten: Mit Freuden überlasse Karl seinen geliebten Tanten den Palast für eine Neugründung des Klosters Nuestra Señora de Gracia. Des Weiteren werde er selbst die notwendigen Arbeiten veranlassen, um die Örtlichkeiten ihrer neuen Bestimmung anzupassen, und sich darum kümmern, dass es nie an Brennholz fehle, um das riesige Gebäude zu wärmen.

Sie erinnerte sich, wie der Schreiber Juan Manchuca ihr vor dreizehn Jahren, am elften September 1525, die Schlüssel nebst einer ausführlichen Liste aller Schlösser, Riegel und Türketten des königlichen Besitzes überreicht hatte.

Wie sollte sie das Gefühl beschreiben, das sie empfunden hatte, als sie über die marmornen Böden schritt und die reich getäfelten Decken und die stuckverzierten Wände betrachtete? Sie hatte mit den Fingerspitzen über die geschnitzten Türen gestrichen und war durch den Garten spaziert, in dem früher Könige und Adlige gelustwandelt waren. Sie hatte das Gefühl gehabt, etwas in Besitz zu nehmen, das ihr von Rechts wegen zustand. Die beiden Marías waren Königstöchter, und von nun an würden sie in einem königlichen Palast leben.

Lange Zeit verlief das Leben in ruhigen Bahnen; nur einmal wurde María *die Jüngere* auf Befehl des Königs nach Pedralbes in der Grafschaft Barcelona gesandt, um ein Klarissenkloster zu reformieren. María glaubte, dass sie sich bis ans Ende ihrer Tage in der friedlichen Stille ihres geliebten Klosters der Verwaltung, dem Gebet und den von ihr so geliebten Büchern widmen könne.

Es geschah nach einigen Monaten der Dürre. Kastilien war ausgetrocknet, der Regen blieb aus und die wasserreichsten Flüsse waren kaum mehr als dünne Rinnsale. Die Frühjahrssaat vertrocknete und das Obst verdorrte, ohne reif zu werden. Eine Hungersnot stand bevor, und zum ersten Mal seit vielen Jahren fehlte das Brot auf dem Tisch.

Inés schrieb ihr in einem Brief, dass sich der Wassermangel auch im Norden bemerkbar mache. Es ging ihnen nicht so schlecht wie in anderen Teilen des Landes, da sie noch den Fischfang hatten und die Schiffe, die aus anderen Ländern kamen, reichlich Pökelfleisch und Getreide mitbrachten. Sie und die Ihren litten keinen Mangel, und María freute sich für sie.

Es war über zwanzig Jahre her, seit sie sich zum letzten Mal gesehen hatten, aber sie führten einen regen Briefwechsel. Inés und Gonzalo hatten zwei wunderbare Söhne bekommen, Pedro und Lope. María hatte Gelegenheit gehabt, die Knaben während eines Besuchs in Begleitung des guten Don Álvaro Fernández kennen zu lernen. Ihre Freunde waren so glücklich wie am Tag ihrer Hochzeit und hofften, zusammen alt zu werden, umgeben von zahlreichen Enkelkindern.

Ihre Kusine hielt sie auch über die Ereignisse in jener Stadt auf dem Laufenden, die während einiger Wochen, die schon in so weiter Ferne lagen, auch die ihre gewesen war. Der alte Tristán Díaz de Leguizamón war vor einiger Zeit gestorben und hatte seinem Sohn zahlreiche Ländereien und ein beträchtliches Vermögen hinterlassen. Er war einer der einflussreichsten und wohlhabendsten Männer der

Grafschaft Biskaya geworden. Der Kaiser hatte ihn wegen seiner großen Verdienste und seiner Treue zur Krone zu seinem Pagen und zum Komtur des Jakobsordens ernannt. Bei öffentlichen Auftritten spreizte er sich wie ein Pfau. Außerdem war er Lanzenkapitän in Italien, und schließlich ernannte Karl ihn zum Propst von Bilbao auf Lebenszeit. Er hatte eine steile Karriere gemacht, und sein Vater wäre stolz auf ihn gewesen.

Einige Wochen, nachdem sie Inés' letzten Brief erhalten hatte, kamen zwei Männer in einer vierspännigen Kutsche nach Madrigal. Einer der Männer, der ältere, war stark bewaffnet und überreichte María ein Schreiben von Gonzalo. Darin bat dieser sie, unverzüglich nach Bilbao zu kommen, Inés sei schwer krank und es sei ihr innigster Wunsch, sie vor ihrem Tod noch einmal zu sehen.

»Was ist geschehen?«, fragte sie den Bewaffneten.

»Auf die Dürre folgte der Regen«, erzählte dieser. »Die Regenfälle ließen den Fluss über die Ufer treten und überfluteten die Stadt. Noch nie in meinem Leben habe ich so etwas gesehen. Die Mauern konnten das Wasser nicht aufhalten, das in die Straßen und auf die Plätze strömte. Die Ratten kamen aus ihren Löchern, machten sich in Scharen über die Kornspeicher her und verursachten die Schlimmste aller Plagen, die Pest. Doña Inés pflegte die Siechen, bis die Krankheit sie selbst niederwarf. Unser Herr hat uns gesandt, um Euch so schnell wie möglich nach Bilbao zu bringen.«

Die Pest! Eine der sieben ägyptischen Plagen, mit denen Gott seine Feinde geschlagen hatte, hatte die Stadt heimgesucht und die Frau getroffen, die mehr für sie war als eine Freundin oder eine entfernte Kusine. Ihre Gefühle für Inés waren die einer Mutter für ihre Tochter, die Tochter, die sie nie gehabt hatte. Weder die Entfernung noch die Zeit hatten daran etwas ändern können. Sie würde sie nicht im Stich lassen, wie sie Joaquina im Stich gelassen hatte, die zwei Tage nach ihrer Abreise nach Estremadura gestorben war. Als sie bei ihrer Rückkehr davon erfuhr, wusste sie, dass sie es für den Rest ihres Lebens bereuen würde, in diesem Moment nicht bei ihr gewesen zu sein.

Sie entschied, nicht um Erlaubnis für die Reise zu ersuchen, denn es würde Tage dauern, bis diese eintraf. Es war ihr gleichgültig, was man in Toledo denken mochte. In ihrem Alter erwartete man keine Ehren mehr. Es bekümmerte sie auch nicht sonderlich, ob man sie ihres Amtes als Äbtissin enthob, dessen Verpflichtungen jeden Tag schwerer auf ihren Schultern lasteten. Nachdem sie María *der Jüngeren* die Leitung des Klosters übertragen hatte, stieg sie in die Kutsche und wies die beiden Männer an, unverzüglich aufzubrechen.

Wie sehr unterschied sich diese Reise von der ersten! Sie rasteten nur drei Stunden, damit die Pferde sich ausruhen und sie selbst sich waschen und etwas essen konnten. Sie reisten sogar die ganze Nacht hindurch, wobei die beiden Männer abwechselnd die Zügel übernahmen. María schlief mit Unterbrechungen und sah die Gesichter all jener an sich vorüberziehen, die sie geliebt hatte, und auch derer, die sie nicht geliebt hatte. Sie betete darum, rechtzeitig zu kommen, um Inés in ihren Armen halten und ihr sagen zu können, wie sehr sie sie liebte und wie sehr sie sie vermisst hatte. María hatte ihre Gefühle nie offen ausgedrückt. Sie hatte immer geglaubt, es würde sie verletzlich machen, und vor langer Zeit hatte sie beschlossen, dass sie nie wieder jemand verletzen sollte. Dennoch sehnte sie sich danach, ihr Herz öffnen zu können, und sei es nur ein einziges Mal.

Am Abend des zweiten Tages erreichten sie Bilbao. In der Stadt, die sie als fröhlich, lebhaft und lärmend in Erinnerung hatte, herrschte Totenstille. Nur das Schreien der Kranken war zu hören und das Klagen der Hinterbliebenen, die in einigem Abstand den Karren folgten, auf denen die Leichen zum Verbrennen vor die Tore der Stadt gebracht wurden. Die Türen der Häuser und auch die Fensterläden waren geschlossen. Unheilvoll dröhnten die Glocken der Klöster und Kirchen, und jeder Glockenschlag war das herzzerreißende Seufzen eines Volkes, das ohnmächtig zusah, wie die Pest Junge und Alte dahinraffte, ohne dass man etwas dagegen unternehmen konnte.

Als die Kutsche vor dem Nebengebäude hielt, das als Stall diente, kam Gonzalo nach draußen, um sie zu begrüßen. Er war dünn, und das spärliche Haar, das seinen Kopf bedeckte, war ebenso ergraut wie der Bart. Große dunkle Ringe hatten sich um seine eingesunkenen Augen eingegraben, in denen die Verzweiflung geschrieben stand.

»Doña María! Gott sei Dank!«

Er konnte nicht an sich halten und umarmte sie kräftig, während ihm die Tränen übers Gesicht rannen.

»Wie geht es ihr?«, fragte María, die nicht wusste, wie sie so viel Leid begegnen sollte.

»Sie wird sterben, und ich kann nicht ohne sie leben.«

María lächelte traurig. Diese beiden Menschen liebten sich nach fast dreißig Jahren immer noch mit unveränderter Intensität. Inés und ihren Mann zusammenzubringen war das Beste gewesen, was sie in ihrem Leben getan hatte.

Gonzalo führte sie in das Zimmer seiner Frau und ließ die beiden alleine. Inés lag kraftlos in dem großen Bett, das einmal Don Pedro de Larrea gehört hatte. Schweiß stand auf ihrer Stirn und sie war derart abgemagert, dass ihr Körper kaum unter der Decke zu erkennen war. Die Folgen der Krankheit waren unübersehbar, aber es waren keine Beulen zu sehen, und auch ihr hübsches Gesicht, das mit den Jahren eine gelassene, reife Schönheit bekommen hatte, war nicht entstellt.

»Ehrwürdige Mutter …«, sagte Inés stockend, als sie María neben dem Bett stehen sah.

»Ts ts, meine Liebe, ich bin nicht die ehrwürdige Mutter. Für dich bin ich deine Kusine und Freundin María.«

»Danke, dass Ihr gekommen seid. Ich weiß, dass ich nicht mehr lange zu leben habe und wollte Euch noch einmal sehen.«

María trat näher und wollte Inés' Hand nehmen, doch die Kranke zog sie rasch zurück.

»Kommt nicht näher«, bat sie. »Es reicht, dass einer aus der Familie erkrankt ist.«

»Sei unbesorgt.« María lächelte. »Um mir den Garaus zu machen, braucht es ein wenig mehr als die Pest.«

Inés lachte und bekam vor Anstrengung einen Hustenanfall. Sie spuckte eine große Menge Blut. Die Äbtissin nahm eine Schüssel und ein Tuch und wusch die Kranke ab, ohne sich um ihren schwachen Protest zu kümmern. Als alles wieder in Ordnung gebracht war, zog sie einen Stuhl ans Bett, setzte sich und hielt der Kranken die Hand.

»Wisst Ihr, wir haben zwei prächtige Söhne. Bevor die Pest ausbrach, änderte Pedro, der als der Ältere unser Erbe ist, im Einvernehmen mit seinem Vater und mir seinen Namen, damit das Haus der Larrea weiter besteht und der Name nicht untergeht. Nun heißt er Pedro González de Larrea.«

María war tief bewegt. Als sie damals erfahren hatte, dass ihr Name Aragón war, hatte sie vor lauter Stolz vergessen, dass Larrea der erste Name gewesen war, der ihr mit der Geburt gegeben wurde. Die Familie ihrer Mutter hatte sie angenommen und anerkannt, sie hatten sich ihrer Geburt nicht geschämt. Wenn die Dinge anders gelaufen wären, wäre sie mit dem Namen María de Larrea aufgewachsen. Sie war Inés und ihrem Mann dankbar für die Treue, die sie ihr und all ihren Vorfahren gegenüber bewiesen, die dafür gekämpft und gearbeitet hatten, ein Erbe zu schaffen und zu erhalten, das eines biskayischen Adelsgeschlechts würdig war.

»Am meisten bedaure ich, Doña María, dass ich meine drei Männer zurücklassen muss, die ich so sehr liebe. Obwohl sie so stark wirken, weiß ich, dass sie mich brauchen. Vor allem mein geliebter Gonzalo. Ich weiß nicht, was aus ihm werden soll, wenn ich nicht mehr bin …«

»Denk nicht daran und überlasse es Gott, sich darum zu sorgen.«

»Noch etwas …« Ihre Stimme versagte für einen Moment. »Bevor das alles passierte, die Dürre, die Flut, die Pest, fand ich etwas in einem Kästchen, das in dem kleinen Tischchen versteckt war, das dort am Fenster steht. Es gehörte Eurem Onkel.«

María wandte sich um und betrachtete das Möbelstück. Es war ein zierlich geschnitzter, schwarz, rot und blau bemalter Sekretär, der eher zu einem jungen Mädchen gepasst hätte als zu einem gestandenen Mann wie Don Pedro de Larrea.

»Er muss Eurer Mutter gehört haben«, fuhr Inés fort, »denn ich fand darin ein kleines Kästchen mit einigen Gedichten und einem von ihrer Hand geschriebenen und unterzeichneten Brief. Ich hätte es Euch zukommen lassen, doch Ihr seht ja, dass es mir unmöglich war. Es ist dort drüben auf dem Tisch.«

Auf dem Tischchen neben dem Bett stand ein kleines Holzkästchen, auf dessen Deckel eine fliegende Taube gemalt war. María betrachtete es, wagte jedoch nicht, die Hand danach auszustrecken.

»Seid Ihr nicht neugierig zu erfahren, was in diesen Papieren steht? Ich schwöre Euch, dass ich sie nicht gelesen habe«, setzte die Kranke launig hinzu. »Ich habe sie lediglich überflogen, um herauszufinden, wem sie gehörten und …«

Der Husten unterbrach sie jäh, und als sie sich wieder beruhigte, konnte María feststellen, dass sie noch blasser geworden war und kaum Luft bekam. Beunruhigt ging sie hinaus und rief nach Gonzalo. Er war sofort bei ihr, begleitet von seinen beiden Söhnen. Als María ihre verängstigten Gesichter und ihre tränengefüllten Augen sah, gab es ihrem Herzen einen Stich. Sie wollte aus dem Zimmer gehen und die Familie alleine lassen, die vielleicht zum letzten Mal versammelt war, als sie Inés' Stimme hörte.

»Kusine, María … Geht nicht weg. Ihr gehört zu uns, dies ist Eure Familie und hier ist Euer Platz.«

Sie kehrte ans Bett der Sterbenden zurück und umarmte sie.

»Ich liebe dich, meine Tochter«, flüsterte sie.

»Ich dich auch, Mutter.«

Inés starb in den frühen Morgenstunden, umgeben von den Menschen, die sie am meisten liebte. Diesmal gab es keine *gau-ila*, denn eine Anordnung des Stadtrats befahl, die Pesttoten unverzüglich zu verbrennen oder zu beerdigen, und so geschah es auch bei ihr.

Noch am selben Tag ordnete María mithilfe einer Dienerin die Hinterlassenschaft der Verstorbenen. Sie verbrannte die Laken sowie sämtliche Nachtwäsche, Hemden und

Leibwäsche. Kleider, Röcke, Mieder, Umhänge und Schuhe schickte sie an das Kloster La Encarnación, damit sie an die Bedürftigen verteilt würden. Ihren Schmuck und persönliche Gegenstände tat sie in eine kleine Holzschatulle und übergab sie Gonzalo, der nicht aufhörte, untröstlich zu weinen. Dann nahm sie das bemalte Holzkästchen an sich und schloss sich in ihrem Schlafzimmer ein.

Sie wartete über eine Stunde, bis sie es öffnete, und als sie es schließlich tat, zitterten ihr die Hände. Sie hatte geglaubt, dass sie nichts mehr erschüttern könne, doch sie hatte sich getäuscht. Dieses kleine Kästchen und das, was sich darin befand, hatte ihrer Mutter gehört. Sie nahm die Schriftstücke eines nach dem anderen heraus. Das Pergament war mit der Zeit vergilbt und man konnte sehen, wo die Blätter gefaltet gewesen waren, aber sie waren in gutem Zustand. María betrachtete die unregelmäßige, kindliche Schrift, die bewies, dass ihre Mutter zwar schreiben konnte, nicht jedoch die Kunst der Kalligraphie beherrscht hatte. Am Ende jeder Seite befand sich ihre Unterschrift, *Toda*, ein verschlungener, komplizierter Schnörkel. Sie fuhr mit der Spitze des Mittelfingers über den Namen und schloss die Augen.

Sie wäre gerne die Einzige gewesen, die diese Blätter las, die ihr die Zeit wiedergebracht hatte, aber weil sie sämtlich in baskischer Sprache verfasst waren, musste sie sich an Pedro wenden. Der Junge übertrug sie ins Kastilische und überreichte sie ihr, ohne etwas dazu zu sagen. Es handelte sich um ein kurzes Liebesgedicht, dessen ungeschickter Reim ihr ein Lächeln abrang, ein kindliches Testament, in dem Toda ihrer besten Freundin, einer gewissen Sancha, ihr Festtagskleid vermachte, eine Liste von Dingen, die sie erledigen wollte, einige bedeutungslose Schriftstücke sowie einen Brief an sie. Die Schrift war sicherer, so als wäre er Jahre später verfasst worden.

Für meine geliebte Tochter María Esperanza …

Sie hielt inne. Die Rührung übermannte sie und ihre Hände zitterten. Sie begann von vorne.

Für meine geliebte Tochter María Esperanza zu ihrem sechsten Geburtstag.

Ich möchte dir diesen Brief schreiben, damit du weißt, wie viel du mir im Leben bedeutest, wenn du einmal lesen und ihn verstehen kannst. Du hast mir die Freude zurückgebracht, die ich einmal für immer zu verlieren glaubte. Du hast mich überreich für den Kummer entschädigt, den ich empfand, als ich erfuhr, dass ich dich unter dem Herzen trug. Ich wollte sterben und wünschte, du würdest nicht geboren. Verzeih mir, dass ich so etwas gedacht habe. Als ich dein kleines Gesichtchen zum ersten Mal sah, ging mir das Herz über vor Liebe, und seit damals ist diese Liebe immer noch größer geworden. Ich glaube nicht, dass es eine stolzere Mutter gibt als mich. Ich wünsche mir nur, dass du gesund und glücklich heranwächst und das Leben dir gewährt, was es mir verwehrte.

Deine Mutter Toda.

Fünfundfünfzig Jahre, nachdem sie sich zum letzten Mal gesehen hatten, sprach ihre Mutter wieder zu ihr. Sie betrachtete das Porträt, das ihre Verwandten aufmerksamerweise in ihrem Zimmer aufgehängt hatten. Während sie Gott dafür dankte, dass sie diese Zeilen in Händen halten durfte, rannen Tränen des Kummers und der Freude über ihr Gesicht.

Bevor sie nach Madrigal zurückkehrte, besuchte sie das Mausoleum der Larreas. Dort lagen Todas sterbliche Überreste Seite an Seite mit denen ihrer Eltern und Geschwister, und ihr Name war zu den ihren hinzugefügt worden. Sie ruhte friedlich bei den Ihren, und auch María selbst hatte endlich ihren Frieden gefunden.

Epilog

Das Alter machte María zu schaffen. Bei der geringsten Anstrengung war sie erschöpft, sie fühlte sich alt und müde. Alle ihre Lieben waren tot, mit Ausnahme von María *der Jüngeren,* die nach wie vor an ihrer Seite war, und Königin Johannas, die sich einer beneidenswerten körperlichen Gesundheit erfreute. María erhoffte sich nichts mehr vom Leben und wartete nur noch darauf, wieder mit ihrer Mutter vereint zu sein.

Drei Jahre nach Inés' Tod, es war das Jahr 1541, hatte ein Befehl des Kaisers erneut ihr Leben in Aufruhr gebracht. Ihr Neffe befahl ihr, Nuestra Señora de Gracia zu verlassen und sich nach Las Huelgas de Burgos zu begeben, um dort das Amt der Äbtissin im königlichen Kloster zu übernehmen. Sie traute ihren Augen nicht, als sie das Dekret las, das sie zum Wechsel des Ordens ermächtigte. Es wurde ihr von demselben Nuntius überreicht, der damals das päpstliche Sendschreiben überbracht hatte.

»Ist denn die ganze Welt verrückt geworden?«, fragte sie aufgebracht.

»Mäßigt Eure Worte, Doña María Esperanza«, entgegnete der Nuntius. »Ihr sprecht von Seiner Heiligkeit, unserem geliebten Papst, und von unserer erlauchten Hoheit, dem Kaiser. Die beiden haben zum Besten für Las Huelgas und auch für Euch entschieden.«

»Es mag das Beste für das Kloster sein, doch seid versichert, dass es nicht das Beste für mich ist«, antwortete sie ungehalten. »Mit welchem Recht zwingt man mich, meinen Orden zu verlassen und mich um andere Nonnen zu kümmern, deren Ordensregeln ich nicht kenne?«

»Kraft der göttlichen Autoritas, und es steht Euch nicht zu, den Ratschluss Gottes infrage zu stellen.«

Ihre Klagen fruchteten ebenso wenig wie der Hinweis auf ihr fortgeschrittenes Alter, und zum großen Entsetzen des Prälaten zog sie sogar in Zweifel, dass dieser Entschluss unmittelbar von Gott inspiriert gewesen sei: Der Allmächtige habe sich fraglos um sehr viel wichtigere Angelegenheiten zu kümmern. Der Nuntius blieb unerschütterlich und erinnerte sie an den Gehorsam, den sie als Nonne dem Papst und als Untertanin dem König schulde.

Bevor sie sich auf den Weg nach Burgos machte, unternahm sie einen letzten Versuch und schrieb an ihren Neffen. Sie bat ihn, die Weisung zurückzunehmen und sie nicht zu zwingen, eine so große Verantwortung zu übernehmen. Ihre Kräfte begännen zu schwinden und sie könne sich nicht mehr an eine fremde Umgebung gewöhnen. Wenige Tage später erhielt sie ein langes, herzliches Schreiben von Karl, in dem er ihr die Gründe darlegte, die ihn zu dieser Entscheidung bewogen hatten. Das Kloster Santa María de Las Huelgas unterstehe der Krone und sei stets von einem Mitglied der königlichen Familie geleitet worden. In letzter Zeit lasse die Verwaltung der Besitzungen sowie die Stimmung unter den Ordensfrauen sehr zu wünschen übrig, sowohl im spirituellen wie im materiellen Sinne. Er wünsche, dass wieder Ordnung und Disziplin in jenem Kloster herrschten, dem bedeutendsten des Landes, und für diese Aufgabe sei niemand besser geeignet als seine geliebte Tante, in die er großes Vertrauen setze.

Der Brief war freundlich, aber bestimmt. Er ließ ihr keine Wahl, sich dem zu verweigern, was nach allgemeinem Dafürhalten die größte Ehre war, die einer Frau zuteil werden konnte. Aus Gründen, die sie zur Genüge kannte, gab es sonst niemanden, der die Leitung des königlichen Klosters übernehmen konnte. Es gab nichts weiter zu sagen.

Die beiden Marías nahmen in dem Studierzimmer, das von nun an der jüngeren gehören würde, in aller Stille Abschied voneinander. Beide wussten, dass es sehr unwahrscheinlich war, dass sie sich irgendwann wieder sahen.

»Leb wohl, María, Gott segne dich«, sagte die ältere.

»Gott sei auch mit dir, liebe Schwester«, antwortete die andere mit stockender Stimme.

María lächelte. Zum ersten Mal in vierzig Jahren sprach die Jüngere sie mit »du« an, und dieses kleine Detail rührte sie.

»Wir haben den größten Teil unseres Lebens zusammen verbracht, du bist meine einzige Familie gewesen. Ich weiß nicht, was aus mir geworden wäre, wenn ich dich nicht gehabt hätte.«

»Du wärst dieselbe gewesen, die als Kind auf die Bäume kletterte und immer die Arme und Beine voller Schrammen hatte.«

Sie lachten. Wie lange lagen diese Tage zurück, und doch, wie nah schienen sie!

Während sich die Kutsche, die sie nach Burgos bringen sollte, immer weiter von Madrigal entfernte, sah María unverwandt zur Puerta de Medina hinüber. Alle Nonnen hatten sie bis dorthin begleitet und winkten zum Abschied. Sie sah, wie die Silhouetten allmählich immer kleiner und durch den Staub, den die Räder der Kutsche aufwirbelten, immer undeutlicher wurden. Noch lange nachdem der letzte Turm der Stadtmauer verschwunden war, blickte sie unverwandt zurück. Es war ein grauer Tag und die kastilischen Felder erschienen ihr traurig und welk.

Sie bat den Kutscher, in Tordesillas zu halten, und stattete ihrer Schwester, der unglücklichen Prinzessin und Königin, die niemals regiert hatte, einen letzten Besuch ab. Alles war wie immer. Das Einzige, was sich in all den Jahren verändert hatte, waren ihre Dienerinnen und Kerkermeister: Doña Johanna hatte sie alle überlebt. Sie befand sich nach wie vor in einem Zustand völliger Umnachtung, sie war älter und runzliger geworden, doch aus ihren blauen Augen strahlte immer noch die Unschuld des jungen Mädchens, das dazu geboren war, zu lieben und geliebt zu werden. María hielt ihre Hand und es schien ihr, als würde die Verrückte ihr zulächeln. Zumindest wollte sie das glauben.

María war nun seit vier Jahren in Las Huelgas und hatte das getan, was man von ihr erwartete. Im Kapitelsaal hing ein Wappen mit ihrem Namen und dem Blason von Aragón, gleich neben denen ihrer Vorgängerinnen, Infantinnen von Kastilien und adlige Damen, von Doña Misol, der Tochter des Stifterpaares, bis zu Doña Isabella de Mendoza y Navarra, deren Nachfolge sie angetreten hatte. Sie war die zweiunddreißigste Äbtissin, und viele weitere würden folgen. Sie wusste, dass sie nicht beliebt war, unter anderem weil sie sich geweigert hatte, den schwarzen Habit der Augustinerinnen gegen den weißen der Zisterzienserinnen einzutauschen. Sie hatte sich mit keiner von ihnen angefreundet. Sie hatte sie gezwungen, zu den Ordensregeln zurückzukehren, und viele ihrer Privilegien beschnitten. Sie hatte auch nicht das Geringste dazu getan, um von ihnen geschätzt zu werden; ihr genügte es, dass man sie respektierte und ihre Anweisungen befolgte.

Sie sehnte sich nach den Sonnenuntergängen in Madrigal und glaubte noch immer die Meeresbrise zu spüren, die sie an der Biskaya eingeatmet hatte. Ihr Herz war schon lange entzweigeteilt und würde es selbst im Tod bleiben, wenn sie Seite an Seite mit den Königen ruhen würde, die dieses Land regiert hatten und von denen sie abstammte. Prinzen und Infantinnen würden ihre letzten Weggefährten sein, doch auch wenn die Welt sie als María Esperanza de Aragón in Erinnerung behalten würde, die illegitime Tochter König Ferdinands, genannt *der Katholische*, wusste sie, dass sie einfach nur María war, Toda de Larreas Tochter.

Zeittafel

1469 Heirat Ferdinands von Aragón und Isabellas von Kastilien
1476 Ferdinand von Aragón kommt nach Bilbao, um auf die Fueros zu schwören.
1477 María Esperanza de Aragón wird geboren.
1484 Isabella von Kastilien schwört in Bilbao auf die Fueros.
1492 Kolumbus entdeckt West-Indien. Rückeroberung Granadas.
1504 Isabella stirbt in Medina del Campo.
1509 Johanna *die Wahnsinnige* wird in Tordesillas gefangen gesetzt.
1516 Ferdinand stirbt in Madrigalejo.
1538 Kaiser Karl überlässt den Augustinerinnen den Palast Johanns II. für die Klostergründung Nuestra Señora de Gracia de Madrigal.
1541 María Esperanza de Aragón y Larrea wird zur Äbtissin von Las Huelgas de Burgos ernannt.
1545 Tod von María Esperanza de Aragón y Larrea.
1555 Tod Johannas *der Wahnsinnigen*.

Stammbaum

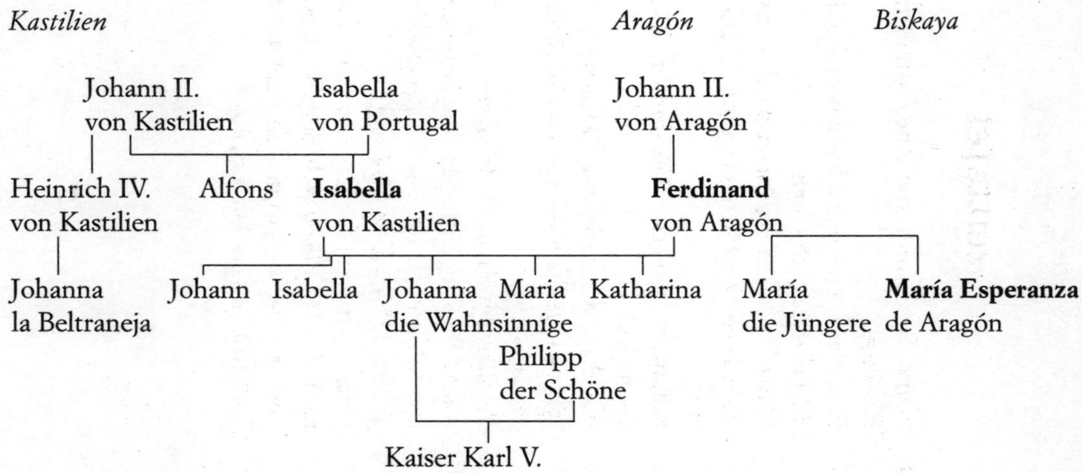
Kastilien
Aragón
Biskaya
Johann II. von Kastilien
Isabella von Portugal
Johann II. von Aragón
Heinrich IV. von Kastilien
Alfons
Isabella von Kastilien
Ferdinand von Aragón
Johanna la Beltraneja
Johann
Isabella
Johanna die Wahnsinnige
Maria
Katharina
María die Jüngere
María Esperanza de Aragón
Philipp der Schöne
Kaiser Karl V.

Golf von Bisk
Gijón
Santander
Oviedo
Cordillera Cantábrica
León
Burgo
KASTILIE
Medina de Rioseco
Valladolid
Tordesillas
Zamora
Duero
Medina del Campo
Madrigal
Salamanca
Segovia
Sierra de Guadarra
Ávila
Madrid
Sierra
Sierra de Gredos
PORTUGAL
Tole
Tajo
Sierra de Guadeloupe
Montes de Toledo
Trujillo

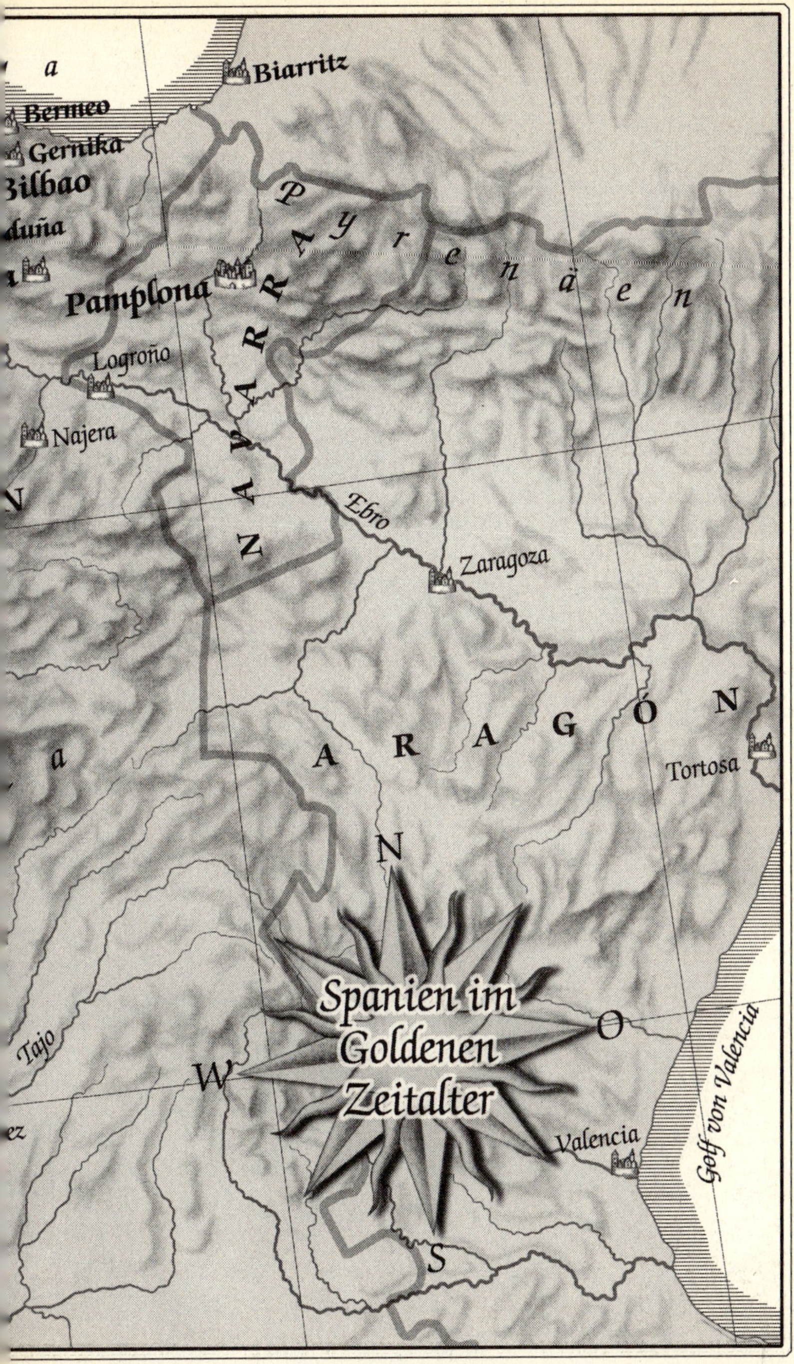

a
Biarritz
Bermeo
Gernika
Bilbao
duña
Pamplona
Pyrenäen
NAVARRA
Logroño
Najera
N
Ebro
Zaragoza
ARAGÓN
Tortosa
a
N
Spanien im Goldenen Zeitalter
O
W
S
Tajo
ez
Valencia
Golf von Valencia